〖中华诗词存稿·名家专辑〗

中华诗词学会 编

# 江南游子京华客

## （上）

周清印 著

中国书籍出版社
China Book Press

图书在版编目（CIP）数据

江南游子京华客 / 周清印著 . — 北京 : 中国书籍
出版社 , 2020.10
ISBN 978-7-5068-8004-6

Ⅰ . ①江… Ⅱ . ①周… Ⅲ . ①诗词－作品集－中国－
当代 Ⅳ . ① I227

中国版本图书馆 CIP 数据核字 (2020) 第 183748 号

江南游子京华客

周清印 著

| | | |
|---|---|---|
| 责任编辑 | 李国永 | |
| 责任印制 | 孙马飞　马　芝 | |
| 封面设计 | 采薇阁 | |
| 出版发行 | 中国书籍出版社 | |
| 地　　址 | 北京市丰台区三路居路 97 号（邮编：100073） | |
| 电　　话 | (010) 52257143（总编室）　(010) 52257140（发行部） | |
| 电子邮箱 | eo@chinabp.com.cn | |
| 经　　销 | 全国新华书店 | |
| 印　　刷 | 北京虎彩文化传播有限公司 | |
| 开　　本 | 710 毫米 × 1000 毫米　1/16 | |
| 字　　数 | 445 千字 | |
| 印　　张 | 42 | |
| 版　　次 | 2020 年 11 月第 1 版　2020 年 11 月第 1 次印刷 | |
| 书　　号 | ISBN 978-7-5068-8004-6 | |
| 定　　价 | 498.00 元（全 2 册） | |

# 《中华诗词存稿》
# 编委会名单

顾　　问：郑欣淼　郑伯农　刘　征　沈　鹏
　　　　　葉嘉莹

编 委 会：（按姓氏笔画排序）

丁国成　王　强　王改正　王德虎

刘庆霖　吕梁松　李一信　李文朝

李树喜　陈文玲　张桂兴　范诗银

欧阳鹤　杨金亭　林　峰　罗　辉

周兴俊　周笃文　宣奉华　赵永生

赵京战　钱志熙　晨　崧　梁　东

雍文华

主　　任：范诗银

副 主 任：林　峰　刘庆霖

执行主编：吕梁松　王　强　李伟成

秘　　书：李葆国

# 作者简介

　　周清印，中华诗词学会副会长，新华社高级编辑，《新华诗叶》总编辑，北京大学魏晋南北朝隋唐文学专业硕士。先后担任《半月谈内部版》和《半月谈》主编，连续 20 次参与策划组织全国两会报道，荣获新华社首届优秀青年导师。连续多届担任全球华语大学生短诗大赛终审评委，多年担任中华诗词学会教育培训中心导师。

　　著有诗集《周郎诗三百》《抗疫诗三百》、诗剧《白虹贯日》，参与编纂五卷本《增订注释全唐诗》。创作诗词近 3000 首，被选入当代诗坛百家文库等多种出版物。曾荣获诗圣杯杜甫诞辰 1300 周年全国诗词大赛桂冠，中华诗词学会华夏诗词奖一等奖，当代军旅诗词大赛一等奖。当选第二届《诗刊》子曰年度青年诗人，第三届海峡两岸聂绀弩杯年度诗坛人物。

# 总　序

　　我们这个诗歌大国有一个很好的传统，历来注重"采诗"、搜集整理诗歌材料。作为唯一的全国性诗词组织的中华诗词学会，自 1987 年 5 月成立以来，就十分重视这项工作。学会每年的学术研讨会和历届"华夏诗词奖"，都出版论文集和获奖作品集。纪念学会成立二十年、三十年时，还专门编辑出版了《大事记》《论文选集》《诗词选集》。《中华诗词》创刊以来，每年都制作年度合订本。2007 年 5 月，在北京天识东方文化艺术传播有限公司的资助下，以近代以来诗词创作、诗词理论、诗词运动重要文献汇编，当代名家个人作品专集等为主要内容，出版了《中华诗词文库》。经过十来年的编辑整理，已经出了近百卷。这些诗集、文集的出版，记录了近百年来尤其是改革开放四十多年来，中华诗词从起步、复苏走向复兴的砥砺前行的历程，为近、当代诗歌史的撰写准备了丰富的资料。

　　党的十八大以来，中华民族优秀传统文化重新受到应有的重视。习近平总书记《念奴娇·追思焦裕禄》词和《军民情》七律的相继发表，引领中华大地诗潮滚滚而来。《中共中央关于繁荣发展社会主义文艺的意见》和中办、国办《关于实施中华优秀传统文化传承发展工程的意见》，都明确提出"加强对中华诗词、音乐舞蹈、书法绘画、曲艺杂技和历史文化纪录片、动画片、出版物等的扶持。"国家教育部组织制定由中华诗词学会起草的新中国语言体系中的新韵书《中华通韵》已经通过国家语言文字工作委员会语言文字规范标准审定委员会审定，即将颁布全国试行。这些都使我们真切地感受到，中华诗词的春天真的到来了。诗人们乘着骀荡春风，正以高昂的激情，书写着中华民族伟大复兴的新时代、新史诗，国家富强、民族振兴、人民幸福的中国梦；正以与人民同呼吸、共命运的诗人之心，对人民的欢乐、人民的忧患、人民的情怀给以诗意的表达；正以"美"或"刺"的诗人之笔，对市场经济大潮中人民对幸福生活的期待，对美好未来的希望，对假丑恶的深恶痛绝，或给以方向，或给以赞美，或给以鞭挞。正如习近平总书记所指出的："好的文艺作品就应该像蓝天上的阳光、春季里的清风一样，能够启迪思想、温润心灵、陶冶人生，能够扫除颓废萎靡之风。"

当前，传统诗词创作者和诗词爱好者队伍发展迅速，已超过三百万。每天创作的诗词作品超过唐诗、宋词、元曲的总和。诗词评论研究队伍也成长很快，诗词评论、诗词学、诗词创作理论研究成果丰硕。如何从浩如烟海的诗词作品中"淘"出优秀作品，并使之存下来、传下去，如何使诗词研究理论成果"面世"并发挥应有的指导作用，确实是摆在我们面前的无可回避的一个重要课题。中华诗词学会是一个没有国家编制，没有国家拨款的社会团体，事业的运转主要靠社会赞助和会员费支撑。俊识（北京）文化传媒有限公司总经理吕梁松、北京采薇阁总经理王强，两位一直是对中华传统文化情有独钟的热心人，慷慨解囊，愿意同中华诗词学会一起，搜集整理编辑推出《中华诗词存稿》这套书，共同为中华诗词文化的继承和发展，做成这件十分有意义的事情。

　　《中华诗词存稿》主要搜集整理出版三部分内容的资料：一是当代诗词名家的个人作品集；二是当代诗词评论家、诗词学者的学术著作集；三是当代诗词作品、诗词理论学术成果阶段性、专题性、地域性的集成类作品集。诗词作品强调精品意识，沙里淘金，把"有筋骨、有道德、有温度"的优秀诗词作品搜集起来。诗词评论、研究类资料强调理论性和创新性，应具有鲜明的个性特点，具有创建性的见解。集成类的资料应有一定的史料保存价值。总之，做成一套具有当代价值和历史意义的好书。在此，我们编委会人员，向提供资料、筛选编辑、版面设计、校对勘误，包括所有为这套资料付出辛勤劳动的同志们，表示真诚的谢意！

郑欣淼

二〇一九年七月于北京

# 《江南游子京华客》诗集卷目（共九辑）

# 目　　录

# 第二辑：五言绝句

# 第三辑：五言律诗

# 第四辑：五言古风

# 第五辑：七言绝句

第一辑：人文群像

# 历代骚人咏

## 一、屈原

### 七绝三章·岁岁端阳遥祭屈子

#### （一）

古来恶日蝥难逃，遍插菖蒲挂艾蒿。
百毒不侵吾有术：劳生苦旅读离骚。

#### （二）

雷鸣瓦釜志多违，香草美人何所依？
扬子江吞千稔粽，诗魂憔悴鳄鱼肥。

#### （三）

诗名偏掩济时才，匡国魂兮归去来。
但使嬴秦未亡楚，千年美政出心裁。

# 七律·过汨罗江

侘傺怀沙岂惜身，涉江百代哭骚人。

七雄最合独尊楚，六国奈何皆媚秦？

两戒河山九州统，千年蛮狄一家亲。

水晶宫底招魂返，惊看汀兰岸芷新。

# 霜天晓角·酷夏访楚都鄢郢之战故址

日烘牛粪，残郭埋蒿里。探问楚王台榭，牛不语、频摇尾。　　决渠憎白起，怀沙嗟屈子。收捡瓦当轻击，恐惊出、淹沉鬼。

# 二、宋玉

# 喝火令·还原玉人

九辩飘摇叹，双雄屈宋辞。几曾僄薄操行亏？荆璧一教蝇点，秋士百年悲。　　史剧谁翻案？乡贤共解疑。正名今使瞽夫知：岂但风流，岂但美风姿；岂但浩然风骨，儒雅亦吾师。

## 五律·悲秋宋玉赋西风

悲哉为气也，空降细如愁。
山顶涂红叶，人间催白头。
梦招三旧友，酣饮最高楼。
不以千樽酒，谁堪万滴秋？

# 三、曹操

## 七绝二章·谒碣石山曹操观沧海处

### （一）

魏武雄心惜暮年，东临碣石有遗篇。
卑微草芥如吾辈，愧对沧溟怅对天。

### （二）

碣石巍巍不可攀，人生易老鬓先斑。
他年善养浩然气，观海重登万仞山。

## 七古·碣石之谜

东临碣石观海处，欲问但见茫茫雾。
北戴河接东戴河，碑趺瓦当频出土。
秦皇驻跸遍行宫，史家疑似每多误。
皎月何年初照人？碣石潇湘无限路。
君看不烂三片石，兀矗沧海说千古。

# 四、诸葛亮

## 七绝·隆冬入隆中

雾又蒙蒙山又重，地文不与八方同。
已非三国分天下，犹信江湖有卧龙。

## 画堂春·襄阳隆中唐诗论坛感赋

三分天下霸图空，今朝文治称雄。集贤问策古隆中，却振唐风。　　千载乡愁重酿，好风留醉诗翁。试看潜卧汉江龙，唤雨腾空。

# 五、王粲

## 七绝·襄阳古城王粲登楼处

万方纷浊动乡愁，庄舄钟仪涕泗流。
自此夕阳沦落客，爱登楼却怯登楼。

# 六、曹植

## 七绝·遗梦洛水之滨

伊洛桥头多驿尘，梦中子建会伊人。
伤情美赋千年诵，知为甄妃为洛神？

## 忆江南·洛神今生

东都好，唤醒洛河神。水府休嗟丁古赋，王城笑采一枝春。遍赠往来人。

# 七、嵇康

## 七律·感嵇中散因言获罪弹琴赴死

竹下风流狷且狂，坑儒魏晋法秦皇。
俊贤本自崇明月，霸主从来喜暗箱。
一语罪成京洛斩，五弦琴绝广陵亡。
吾今颙仰东周日，列国百家言路长。

## 七律·己亥元日驱驾亳州

汲古久谙谯郡名，春风百里始经行。
老庄道德千秋揖，汉魏英雄三国争。
鸣炮街头通短巷，运兵地下筑长城。
竹林七子嵇康墓，留待重游酹月明。

# 八、刘琨

## 念奴娇·拒马河畔读《扶风歌》《重赠卢谌》

饮酎深涉，觅沉沙折戟，穿岩残锷。旌斾悠悠曾拒马，波怒风嗥帷幄。舞剑闻鸡，枕戈待旦，直欲清河洛。苍龙难缚，巨缨惊变缢索。　　何意百炼钢溶，化柔绕指，泣听桓筝作。孟德肯容刘越石？纵使建安横槊。易拒胡儿，难愉人主，千古多交恶。满江红处，待招多少英魄！

# 九、葛洪

## 七绝二章·惠州罗浮山重温《抱朴子》

### （一）

孔孟老庄难两全，一成贤圣一成仙。
若寻儒道双修法，尽在皇皇内外篇。

### （二）

罗浮山下致冲虚，抱朴全真八卷书。
道士帝王迷本末，丹心不炼炼丹炉。

# 十、王羲之

## 思佳客·绍兴兰亭怀书圣

风度翛然东晋人，一觞一咏绝红尘。兰亭痛饮倾佳酿，曲水高吟避俗宾。　湍未涸，酒犹醇。情怀不似永和春。千年寂寞山阴道，几个逍遥放浪身？

# 七绝三章·曲水流觞

## （一）

每从王谢识文心，迅景隙驹哀古今。
纵使壶觞流曲水，晋人风度再难寻。

## （二）

唐宗清帝亦知音，真迹兰亭何处寻？
浩劫更兼兵燹久，文明碎片剩惊心。

## （三）

御碑漫漶立鹅池，细认乾隆残缺辞。
一种红尘凡俗客，行人摄影我看碑。

# 七律·重阳前夕畅饮会稽黄酒

开樽能不忆江南？北上京都七不堪。
三月兰亭多醉笔，九秋麹窖久回甘。
饱经晋雨唐风酿，宜伴佳人名士酣。
倘遇山阴道中客，相逢倾盖更倾坛。

# 十一、王子猷

## 五律·泛剡溪觅雪夜访戴处

千首唐诗路，一宵溪雪飞。
意痴寻友去，兴尽唤舟归。
清濑犹遄急，名流已式微。
空遗杨柳岸，都付浣纱衣。

## 鹊桥仙·观昆曲《雪夜访戴》

乌篷一棹，白衣一袭，乘兴而来而去。雪花一夜洒空茫，任放浪、灵魂之舞。　　剡溪濑涧，山阴路杳，不遇晋人风度。邯郸道拥客匆匆，有几个、清狂之旅？

## 五律·夏有竹君

宿酒晓吹醒，凉生襟欲青。
从知千棵绿，绝胜百花馨。
非有一竿瘦，宁除中岁腥？
因师子猷去，嫩箨植前庭。

# 十二、陶渊明

## 五律四章·东篱菊色近重阳

### （一）

陶菊避春色，秋风催乃开。
在茶清肺膈，入药解形骸。
高咏诗词曲，低吟归去来。
天涯长夜冷，移到梦边栽。

### （二）

吾有一枝花，南山友紫霞。
冷香餐胜药，新火试为茶。
壶纳秋之色，神交隐者家。
修人淡如菊，得日月精华。

### （三）

吾有一壶茶，黄英泛赭砂。
兴来休劝酒，兴尽但拈花。
不润佳人颊，唯供高士家。
浓浓行未远，淡淡走天涯。

## （四）

返京寒露降，骨瘦更披裳。

九陌槐杨柳，一窗红绿黄。

心安卜何地？形役在他乡。

犹幸楼前菊，同吾隐市坊。

# 七绝二章·友送紫黄二色菊花入室因怀陶令

## （一）

风急楼高闻叩门，秋魂留住菊三盆。

容吾啸傲东篱下，不向长安道上奔。

## （二）

掩门天许作闲人，怨李恩牛勿复陈。

重九虽过犹采菊，养吾霜节与风神。

# 十三、谢灵运

## 五律·游历永嘉怀中国山水诗鼻祖谢灵运

东南云气深，山水有清音。
日涉江湖远，夜栖林壑阴。
崖悬千尺剑，瀑溅一条琴。
蹑彼谢公屐，澄吾遗世心。

## 鹧鸪天·秋宿永嘉楠溪江

散尽渔夫灭尽灯，滩声遥共瀑声听。蜘蛛落户桥头网，萤火谈心天上星。　知澹澹，忘营营。只须一筏任漂零。更无人忆还无待，梦比江南溪水清。

# 十四、江淹

## 浣溪沙·漓江阻雨重读江淹《恨赋》《别赋》

江水江峰岂自颦？有文字始有骚人。有骚人有大悲欣。　恨压山低迁谪客，泪飞水急别离魂。今吾系缆泊何村？

# 十五、周兴嗣

## 七绝三章·乙未晚春与吟友同游
## 沈丘中华槐园遥怀千字文作者

### (一)

庭训春从万户闻，功侔子曰与诗云。
皇家诏诰应充栋，输与一篇千字文。

### (二)

与君同族料同根，一度槐花一忆君。
解道玄黄天地色，轩辕劫后重斯文。

### (三)

滋兰九畹尚余芬，一夕吟安百代勋。
岂作童蒙等闲读，更令长吏览斯文。

# 十六、昭明太子

## 七律·览昭明文选赞中华文言之大美

极简之间留白多，美哉短调胜长歌。
须珍仓颉象形字，莫废星娥擒锦梭。
秦月汉关兴器抱，唐风宋雨养山河。
千年诗国萧条久，待唤骚人共踏莎。

## 忆王孙·入襄阳古城见说凡周遭
## 新建商厦不得高过昭明太子读书台

千秋文选解风骚，汉水流今涌市潮，会馆旗
亭竞折腰。育英髦，依旧诗书台最高！

# 十七、王勃

## 临江仙·滕王阁上悼王勃

贪看落霞孤鹜好，半年三度登临。引觞酹罢
赣江深。滔滔流不返：诗魄与文心。　　梦笔初
花蛟亦妒，只教四杰同林。吁天拍浪哭精禽。Ⅲ
年沉海后，李杜起高吟。

# 十八、骆宾王

## 七绝二章·义乌骆家塘乃骆宾王诞生地

### （一）

咏蝉已老狱中身，皓发飘沾宦海尘。
梦驾白驹重过隙，咏鹅犹是七龄人。

### （二）

义旗偃戟亦英雄，四杰独推匡复功。
讨曌檄传天下耳，逍遥江海莫知终。

# 十九、王之涣

## 七绝三章·飞越河西走廊梦回盛唐边塞雄风

### （一）

阳关雄峙玉门关，一座边城万座山。
四郡六州征战地，任吾指点在云间。

（二）

夜光杯满月轮黄，千里河西变酒廊。
新奏六州边塞曲，齐听羌笛不思乡。

（三）

臂掖重张眺远方，边陬丝路绿洲长。
祁连山顶千秋雪，流出大唐诗万行。

# 二十、孟浩然

## 七律·初下厨回味盛唐田园之乐

每惜人归日落前，试燃新灶袅炊烟。
炖浓酱骨髓筋烂，烹嫩红虾鳍尾鲜。
白藕随泥出湖泊，青葱带露梦园田。
悦心岂在舌尖乐，一馔身亲大自然。

# 二十一、王昌龄

## 七绝三章·过龙城王昌龄故里

### （一）

何必逢人说晋商，旗亭画壁斗佳章。
豪情涌似汾河水，凤啭龙吟歌盛唐。

### （二）

霸府雄藩都晋阳，龙城七代帝王乡。
劫余双塔凌霄上，文脉犹能震朔方。

### （三）

古来战地息干戈，投笔从戎俊彦多。
双塔能穷千里目，汾河南望入黄河。

## 七绝二章·过咸阳吟秦时明月之句

### (一)

未作神仙作鬼雄，只传二世霸图空。
秦时明月今犹在，肯照骊山陵下宫？

### (二)

吾在云端望帝乡，万年王气已浑茫。
祖龙若遇长生草，白骨坑深儒尽殇。

# 二十二、王维

## 七绝二章·过阳关

### (一)

元二通关应不前，夕阳垂地马垂鞭。
渭城东望风弹泪，滴向天边更碛边。

### (二)

丝路阳关吾辈行，不闻大漠响驼铃。
黄沙未绝骆驼草，任向车前车后青。

## 五律·终南山辋川独寻诗佛手植银杏

更劝渭城酒，曾歌红豆讴。

入山听磬钹，植杏泯情仇。

百劫根犹定，千年果渐稠。

诗魂疑不朽，化作一株秋。

## 五律·传闻终南山当世隐者近万

极简聚同科，谷空皆鸟窝。

暮从碧山下，晓送紫烟过。

一旦辞妻子，三生礼佛陀。

隐踪君莫觅，处处白云多。

# 二十三、李白

## 七绝·芳春咏诗仙宴桃李园序

相看不厌一株葩，疑是大唐桃李花。

把酒问天还问月，曾经诗国属中华！

## 满庭芳·重读李白春夜宴桃李园序

蝶梦浮生，光阴过客，乃兴诗酒生涯。谪仙高卧，冠盖满京华。围坐飞花秉烛，携俊侣、吟劝流霞。欢无极，谯楼挝鼓，醉眼月西斜。　　长嗟。风雅集，销沉百代，今在谁家？奈文牍攀山，会海浮槎。顾曲周郎渐老！金樽换、罢酒思茶。摇窗影，一丛犹似，桃李大唐花。

## 南乡子·秋泛秋浦忆太白

一筏任漂流，好个澄溪好个秋。闻道昭明垂钓处，移舟。三五蜻蜓飞上头。　　我辈复来游，敢与诗仙竞自由。霜鬓只生明镜里，无求。心澈焉生千丈愁？

# 二十四、崔颢

## 七绝三章·过黄鹤楼

### （一）

又披烟雨过长江，不及楚天黄鹤翔。
纵使青云志难遂，栖身隐退白云乡。

(二)

忽闻汉调楚歌腔，望尽千帆过大江。
黄鹤归来料迷路，结群扑入万家窗。

(三)

客子昔吟黄鹤楼，过江极目楚天秋。
东湖一片新山水，缺个骚人翰墨留。

# 二十五、常建

## 七绝二章·地铁偶温常建诗集蓦忆少年初读时

(一)

曲径通幽世尽知，无人知是此君诗。
未名湖畔读书影，可认周郎华发滋？

(二)

读破唐诗过万篇，芳华吟咏不知眠。
重温曲径通幽句，暗转流光廿四年。

# 二十六、杜甫

## 七律·清明草堂遥祭诗圣

河岳英灵何处祭？客中独踏浣花溪。

此时细草萋萋绿，往昔娇莺恰恰啼。

千载茅庐经雨破，万间广厦与云齐。

儒林今自卜华屋，谁复先忧寒士栖？

## 五律·百花潭畔悼杜拾遗

吾有一潭水，潺湲偎草堂。

流来千载句，浣出百花香。

俎豆同崇圣，歌吟独冠唐。

临渊更兼济，非即隐沧浪。

## 七律·过瞿塘峡白帝城遥思杜甫流寓奉节

一出夔门势若吞，江奔壁立壮诗魂。

孤城三峡星河动，多病百年风骨存。

自许腐儒沦草野，终成吟圣矗昆仑。

昔年落魄栖何处？白帝淹沉夕照昏。

## 七律·朝辞夔州白帝怀杜工部

两岸猿啼不啸哀，云闲浪静鹭停桅。
江心湖面今如镜，舟子号声曾若雷。
全徙夔民失桑梓，半淹峡壁减崔巍。
吾来轻易渡天堑，梦搏风波滟滪堆。

# 二十七、岑参

## 七律·西出银川留别京城故人

从军出塞曲翻新，岑氏歌行殊可亲。
春夜梨花胡地雪，战场黄菊故园人。
大唐豪气旌旗壮，西域奇风笔墨真。
岂慕刀钱赠游子，嘉州一卷洗征尘。

# 二十八、韩愈

## 七绝·潮州谒韩文公祠复眺韩江对岸开元寺

西寺东祠各岌峨，佛儒只隔一江波。
浮桥应晓千年事：客揖门前谁最多？

# 二十九、白居易

## 七绝二章·九江浔阳楼秋夜吟琵琶行

### （一）

巨轮非复木兰舟，不载江湖羁旅愁。
最冷西江一片月，人间照白少年头。

### （二）

千帆尽隐不闻鸥，滚滚西江宵自流。
流走一江春去也，江滩谁倚最高楼？

## 七绝·早春雨巷闻琵琶语

细雨无寒毕竟春，一弦一柱说良辰。
座中谁忆浔阳事？不是天涯沦落人。

# 三十、李贺

## 七律·秋夜又读唐诗三百首叹诗鬼早殇

三秋三览诗三百，一览三宵泪一行。
自是华章出蹇命，岂关神笔赐江郎。
吐珠蚌病千重浪，困雨驴骑九曲肠。
穷则后工遗绝唱，血书鬼语入奚囊。

# 三十一、陆羽

## 七律·过龙井村品读茶圣《茶经》

茶经三卷喜初成，书案六经多一经。
狂者儒兮狷者道，酒中醉罢茗中醒。
立身淡泊明心志，养气从容任性灵。
五味百肴君不羡，唯痴嘉木叶青青。

# 三十二、杜牧

## 七绝二章·杏花村酒家遥怀杜牧主政池州

### （一）

祈雨悯农诛盗跖，徭轻赋薄欲匡时。
奈何刺史多遗爱，千载唯传一首诗？

### （二）

讼争名利断诗魂，欲饮黄公酒已浑。
廛市四围多广厦，杜郎岂认杏花村？

# 三十三、刘蕡

## 七律·惊晚唐甘露之变感刘蕡不第事

凉风原在殿西头，逐凤摧兰一夕秋。
李郃让贤空伏阙，刘蕡落第直陈忧。
侏儒肥马策高足，博士瘦羊居末流。
阉寺黄门养痈剧，彤庭各为保身谋。

# 三十四、李商隐

## 七律·重识玉溪生

楚兰梦雨费疑猜，抱玉献芹怀未开。

儒圣律诗增富艳，谪仙绝句隐深哀。

无题皆诵缘情语，有托谁知咏史才？

季世斜阳一声叹，千年后到耳边来！

## 钗头凤·夜雨又览李商隐集

枯荷雨，红楼雨。夜徂灯暗巴山雨。春蚕歇，秋蝉歇。蜡灰珠泪，此情难歇。绝！绝！绝！　　　吴宫暮，荆州暮。乐游原上斜阳暮。秦时月，南朝月。钧天沉坠，大唐明月。灭！灭！灭！

# 三十五、方干

## 七绝·访芦茨湾方干隐居

谁识芦湾老布衣？官无寸禄早旋归。

富春江净鲈鱼美，胜似首阳歌采薇。

# 三十六、黄巢

## 七律·攀仙霞关怀黄巢

直上莽苍云海间，劈荆伐道首刊山。
骅骝百战汗成血，甲胄千瘢身不还。
闽浙咽喉越唐宋，东南锁钥出尘寰。
八关迤逦何由度？未闯三关已觉艰。

# 三十七、林逋

## 踏莎行·孤山寻梅

故我今吾，行行止止。劳生谁得闲如是？暗香浮动影横斜，慕梅且住为佳耳。　　嫩白先醒，嫣红正睡。波平放鹤亭前水。坐看红萼几时开，夕阳红到乌篷尾。

## 临江仙·孤山怀林逋诸雅士

树蕙滋兰无倦，前身疑乃花仙？梅妻鹤子再生缘。何须花解语，相对两忘言。　　更有痴于吾者，怡红公子当年。大观园咏百花篇。牡丹唐学士，黄菊晋遗贤。

# 三十八、范仲淹

## 五绝·登岳阳楼

一纸岳阳贵，乃知滕子京。
英雄遍湖野，青史未留名！

# 三十九、欧阳修

## 七绝·颍州寻访一代文宗欧阳修后裔村落

醉翁长卧是斯庄，千稔春风姓氏香。
圈点欧阳后生辈，几人续脉赋华章？

## 七绝二章·重浚颍州西湖

### （一）

南北当年斗秀姿，杭州西子独相思。
一湖波漾一湖死，八十年前堤决时。

## （二）

唐湖宋水丧洪荒，已决雌雄颍与杭。
巨匠引来仿盛景，一桥一阁一回廊。

# 四十、苏舜钦

## 七律·沧浪亭留别

任是留园留不住，沧浪亭北送将行。
崇仁崇智亲山水，濯足濯缨分浊清。
鱼乐鱼应知我乐，身轻身更觉船轻。
江湖载酒重来日，一榭一桥如故朋。

# 四十一、苏轼

## 念奴娇·东坡赤壁

赤矶雄峙，唤羊毫在手，吟成双阕。便握雄兵驱万马，坚壁在胸如铁。杂处渔樵，寄情山水，醒醉皆怡悦。雪堂新筑，庙堂湖海无别。　堪笑诗案乌台，一蓑烟雨，寒食三题帖。问答泛舟忘主客，二赋高怀清绝。太白飘然，少陵忧患，未得庄骚协。问君襟抱？远山风涌江月。

## 浣溪沙·苏堤暮览苏轼碑迹

　　三教融通无不为，江湖廊庙两相宜。半生三黜未低眉。　　烟雨一蓑真旷达，婵娟千里共盈亏。今谁堪做士林师？

## 七绝二章·感恩苏轼三地疏浚西湖

### （一）

　　青云士与烟霞客，出处浮沉两晏如。
半世谪踪杭颍惠，总能三度管西湖。

### （二）

　　浚筑堤桥功告成，千年普度众生行。
湖边遗爱谁能比？一介文豪一座城。

## 水调歌头·苏轼一门数代家风赞

　　明月几时有？明月逐人来。清光独照苏门，奕代出英才。驰翰诗江文海，承训经邦匡国，一脉岂曾衰？达则济天下，穷不坠襟怀。　　六月雪，摧兰蕙，弃蒿莱。十年百劫，千门宗谱炬秦灰。不信残根抉尽，要使游魂复活，元气孕新胎。万户传家训，玉树满庭栽。

# 四十二、李清照

## 浣溪沙·夏日梧桐树下怀易安居士

衣染桐阴绿墨痕，两全避暑避新瘟。开轩啸傲举金樽。　　莫待西风凋碧树，又听细雨到黄昏。秋窗滴碎掩深门。

# 四十三、岳飞

## 七绝·登齐山翠微亭岳飞戎马经行处

铁马催征趁月明，元戎小憩翠微亭。
今逢海晏河清日，谁忆金戈鼙鼓声？

## 七绝·过岳飞故里汤阴

一门正气剑裁虹，生做人雄死鬼雄。
岳子岳孙洹水畔，仰天犹唱满江红。

# 四十四、朱熹

## 七绝三章·过上饶途经熹园

### (一)

取法姑苏匠意新，朱熹故宅是前身。
方塘一鉴清如许，少个晴耕雨读人。

### (二)

池馆重修精已殚，欲传文脉料应难。
文房四宝俱陈设，阁内谁人气若兰？

### (三)

谁泼群峦绿墨浓，文心哲思更无穷。
梦回两宋文昌日，遍地鸿儒此道逢。

# 四十五、陆游

## 七绝·放翁生辰

诗存万首若遗言，铁马冰河入梦繁。
八百年来家祭日，王师频告定中原。

# 七绝四章·沈园绝唱

## （一）

曲谱词牌两凄然，回肠弹断几根弦？
人间多少钗头凤，未傍妆台到百年。

## （二）

孔雀东南飞此来，青梅竹马两无猜。
壁题双阕钗头凤，别嫁重婚各自哀。

## （三）

拟古重修何益哉？沈园非复旧池台。
红尘已少痴情客，谁为相思到此来？

## （四）

遣致酒肴宁挟私？王孙宗室见风期。
废园重缮唯生憾，应为斯君别撰碑。

# 四十六、范成大

## 七律·芒种麦收重温石湖居士四时田园杂兴

晨昏布谷唤无休，千里平畴陨火球。

金穗皆争迎夏熟，银镰岂肯待秋收。

芒尖秆密埋麻屦，浪伏风吹见帻头。

呼妇酿成新醅曲，端阳一醉复何求？

## 七律·秋分又值第二届农民丰收节

玉露金风今最佳，平分秋色到天涯。

遍从四野观五谷，胜似三春看百花。

多难苍生忧稼穑，厚恩黄土壮桑麻。

田园二度狂欢节，醉卧瓜棚几万家？

# 四十七、辛弃疾

## 七绝·夜观稼轩唯一传世笔墨

突骑当年拥万夫，词兼豪婉复何如？

投生羞做坫坛主，国破空遗一纸书。

## 七绝·别赣州眺郁孤台

暮出残垣北宋城，郁孤台下赣江横。
章江贡水于斯合，江合人分向北征。

# 四十八、姜夔

## 七律·姑苏探梅吟哦两宋梅花词

宋时月色照登临，第几桥边庭院深？
瘦影暗香秋水槛，竹君蕉友粉墙阴。
百年身赖文心养，一剪梅从词境寻。
白石易安俱作古，凭谁折寄共谁吟？

## 临江仙·灵峰寻梅吟骚雅词宗自度曲暗香疏影

竹坞苍云屯满，板桥初雪飞迟。山翁更指碧岑西。断无人迹到，湿耳鹧鸪啼。　　暗送香魂盈袖，静梳鬟影临溪。为谁久候老筋肌？绿犹南宋萼，瘦是晚唐枝。

# 四十九、吴文英

## 七绝·读梦窗词

埋玉瘗花倾至诚，裁红剪翠慰平生。
鲛绡如有莺啼泪，二百言犹未了情。

# 五十、张炎

## 西江月·西湖怀张炎王沂孙等南宋遗民词人

季世遗民襟抱，江南游子情怀。吾欣有托久悠哉，讵恐人间称怪？　南浦扁舟撑柳，西湖初雪藏梅。传杯顾曲上琴台，醉卧繁花幂盖。

# 五十一、黄公望

## 七绝二章·烟雨访黄公望富春山隐居处

### (一)

耄耋黄公此结庐，山居泼墨富春图。
谁知烟雨丹青手，皴染匠心人不如。

（二）

寻址复原劳悴神，幽居逼似画中真。
山川未异当年景，世已难寻淡泊人。

## 长相思·泛富春江

春水生，秋水生。载酒黄公画里行。我来鱼不惊。　听滩声，听橹声。捞起繁星梦照明。帝京无此灯。

# 五十二、关汉卿

## 沁园春·关汉卿之醉

辱尽斯文，未列三台，反入九流。做红伶契友，梨园领袖；琼筵醉客，浪子班头。六艺精谙，五经饱读，腹有诗书徒自囚。身何在？寄勾栏瓦肆，且混春秋。　嘲风弄月无休，便尽挹西江肯涤羞？看儒巾羽扇，酒痕污渍；红巾翠袖，粉泪垂流。难煮难蒸，难槌难炒，铜豆当年硬骨头。长毋醒，把戏文百种，换酒销愁！

# 五十三、马致远

## 七绝三章·西域古道怀千古秋思之祖

### （一）

西风古道又斜阳，丝路重开谁断肠？
使者如云任来去，轻车代马越胡杨。

### （二）

风雨廊桥憩马帮，乡愁贮满黑茶觞。
梦魂万里南归雁，未过黄河两翼霜。

### （三）

汉关秦月宋桥廊，伏案何如在远方？
欲陟高冈驰万里，路歧我马亦玄黄。

# 五十四、刘基

## 七绝·丽水石门飞瀑寻刘伯温少年读书处

潭皆缥碧瀑飞烟，万卷藏胸枕石眠。
绝似隆中卧龙隐，帝师谋事更谋天。

# 五十五、于谦

## 七律·于谦颂

变生土木寇南侵，誓捍京师日不沉。
峻节孤忠殚碧血，君轻国重捧丹心。
望无阴翳遮明月，听有清风吹素襟。
代代真儒歌正气，深山长忆石灰吟。

# 五十六、唐寅

## 七绝三章·姑苏绝唱探寻唐寅徐谓故居

### （一）

黛瓦粉墙低送迎，千年古巷少人行。
绣娘老尽文人死，莫向儿童问旧名。

## （二）

养成文脉费千春，煮鹤焚琴百载频。
昔者文人多落魄，今多落魄少文人。

## （三）

亭前梅竹竹边桥，昆曲弹词水上漂。
我有两行思古泪，无端每向废园抛。

# 五十七、王阳明

## 七律·过赣州通天岩遥仰王守仁

访遍江南处处山，柏祠书院墨斑斑。
传灯光射丹霞穴，戮叛魂归梅岭关。
格物宁能达天理？立心原要正人寰。
孔丘道丧千年后，一圣重生克世艰。

# 五十八、梁辰鱼

## 七绝三章·昆曲故里追怀首部昆剧作家梁辰鱼

### (一)

四百年前落魄天，澜槽梁宅几遭迁。
苟非一部浣纱记，昆剧迟生多少年？

### (二)

幽兰空谷洵清贵，移向凡尘韵更饶。
怪得新磨腔若水，阳澄湖近水迢迢。

### (三)

巴城风雅笛声飘，一曲妖娆步步娇。
十二时辰皆乐事，家家传唱皂罗袍。

# 五十九、戚继光

## 七绝二章·谒蓬莱戚继光故里

### （一）

戚家军继岳家军，万里沙场荡寇勋。
碧海青山殓忠骨，毕功恨未遇明君。

### （二）

举族横戈马上行，梦魂只在海波平。
古来天意高难测，不识君心唯识兵。

## 五律·蓬莱听潮

八仙过海处，百战净倭氛。
横槊千重浪，垂天五色云。
频窥钓鱼岛，更忆戚家军。
潮涌催鼙鼓，擂声惊梦闻。

# 六十、汤显祖

## 七绝四章·骚人兴会汤显祖文化节

### （一）

美政孤施万历年，汤公遗爱至今传。
倘非一剧还魂记，百代谁知梅尉贤？

### （二）

秋宵县古沸箫笙，风雅颂怀绵邈情。
自是仁人多美政，非缘一曲牡丹亭。

### （三）

九山半水半分田，直把吟鞭换犊鞭。
五稔班春劝农罢，僻乡亦自有尧天。

### （四）

梯田抱绿入云中，场圃晒秋多醉翁。
一自汤公崇教化，秋风敦厚似民风。

# 七律·汤显祖任遂昌县宰五年岁岁班春劝农名剧牡丹亭亦始创于此

偏从世内辟桃源，遗爱甘棠四百年。
射箭直须谋虎口，开犁先要试牛鞭。
纵囚观焰无冤狱，募勇淘金减税钱。
息讼公庭闲弄曲，牡丹亭外有情天。

# 六十一、徐霞客

## 七绝二章·四觅徐霞客游踪

### （一）

杖筇徒步一何艰！七尺寄身云海间。
九域名山君访半，长惭吾辈畏登攀。

### （二）

万壑千川得自由，呼猱为友鹄为俦。
前身我亦烟霞客，锁向樊笼阻远游。

## 七律·攀江郎山一线天

霞客游踪录此山，诚知险陌试跻攀。
天开一线云微露，地拔双峰石尽斑。
四野牛娃皆健足，八方驴友各欢颜。
凯歌谷应回声久，登顶身疑出九寰。

# 六十二、袁崇焕

## 七律·蓟辽督师府读袁崇焕功到雄奇即罪名诗句

两败后金遭磔刑，红夷大炮哑无声。
弟兄流放三千里，部将逃降十万兵。
功到雄奇翻获罪，冤惊神鬼欲亡明。
田横岛浪兼天涌，犹为忠魂鸣不平。

# 六十三、张岱

## 七绝·读陶庵梦忆西湖梦寻

榴火无烟属对工，湖心饮雪六桥空。
游心品艺真痴绝，易代何妨名士风？

# 六十四、张溥

## 五律·苏州山塘重读五人墓碑记

激义振姑苏，雄哉五匹夫！
偏令青史改，也为暴民呼。
扼腕詈阉党，悬头羞腐儒。
古城门十座，气壮血模糊。

# 六十五、陈子龙

## 七绝·赞陈子龙及复社诸江南士子

诗酒风流惊陆沉，兵来说剑弃箫心。
秦淮八艳秋波转，半壁江南仰士林。

# 六十六、吴伟业

## 七律·哀清初诗宗吴梅村

江左三家哭凤凰，醴泉练实觅何方？
儒冠忏被花翎误，琪树枯因孤节伤。
梅蕊北迁寒恻恻，僧蓑南殁暮苍苍。
遗民血尽圆圆曲，后世谩夸罗绮香。

# 六十七、冒襄

## 虞美人·过如皋阅冒辟疆影梅庵忆语

风鬟雾鬓长离乱，何逊桃花扇？铅华不御共安贫，却道敬其心胜爱其身。　　百凶双虐多情种，家国千钧重。清流正气影梅庵，莫作等闲才子美人看。

## 五律·水绘园之忆

情笃人多忆，世移园几修？
清川忆奔汇，名士忆交游。
忆国金瓯破，忆姬梅影留。
异时谁忆我，倚此水明楼？

# 六十八、八大山人

## 七律·末世王孙

天崩地裂梦惊残，剩水颓山吊影单。
亦道亦僧伴戏谑，借花借鸟写荒寒。
尘埃溷迹我为大，帝胄逃名心自安。
冉冉流年老将至，浑忘歌哭两无端。

# 六十九、陈维崧

## 沁园春·惊赞阳羡派词宗凌厉气魄今古无两

巨擘清词，孰似斯翁，蹈厉翕张？遍奚囊
驴背，酒旗街鼓；纤夫江口，井巷河梁。醉祖呼
鹰，狂歌射隼，易水桥寒剑气霜。侯嬴老，过
信陵祠下，铅泪倾墙。　　嵚崎霸悍飞扬，又自
笑多情旖旎肠。记洗妆楼苑，草怜萧后；吹箫水
绘，梅咏檀郎。侧帽垂鞭，清谈挥麈，禅榻风来
莲雪香。生前事，入倚声千阕，填罢苍凉。

# 七十、朱彝尊

## 七律·秋雪庵两浙词人祠揖拜浙西词派鼻祖

浙西词境尚灵虚，祠外庵前宜卜居。
身返素心矰缴远，仓盈闲室稻粱余。
穷奢浮世多新宅，极简行囊只旧书。
载酒江湖长泊此，见贤不乐复何如？

# 七十一、顾贞观

## 七绝二章·读弹指词感然诺救友事

### （一）

饮觥屈膝为知音，廿载周旋感不禁。
尸骨未埋宁古塔，归来浊泪各沾襟。

### （二）

然君一诺重千金，脱剑先防墓草深。
绝塞生还吴季子，京师千劫故人心。

# 七十二、孔尚任

## 满庭芳·秦淮河畔再访《桃花扇》李香君故居

吴水盈盈，荷灯粲粲，画船容与秦淮。媚香楼圮，甄判赖吴梅。云散风流八艳，零余此、阁窈廊回。朱阑畔，美人曾倚，金桂乍重开。　　时乖。纤手按，铜琶绛帐，铁笛妆台。惜红雨缤纷，血溅香腮。扇底风云骨气，算不逊、风月情怀。今安顿，瑶筝玉簟，梦魄肯归来？

# 七十三、纳兰性德

## 七绝二章·读饮水词感贵胄金兰交

### （一）

未期京洛有情天，不染缁尘出白莲。
互剖一声金缕曲，各抛双泪落君前。

### （二）

师友忘尊又忘年，诗词深结后生缘。
摔琴绝响千年后，再续高山流水弦。

# 七十四、蒲松龄

## 词二章·遇崂山道士玄想聊斋志异情境

### 其一 鹧鸪天

碌碌浮生五日闲，得攀海畔最高山。三清宫
插云霄里，万代松穿石穴间。　　叹逝水，损朱
颜。稗闻道士有清欢。世心冷与蒲翁说，谈笑聊
斋月下还。

## 其二 浣溪沙

灌汲樵苏不计年，太清宫观上摩天。红尘何处遇神仙？　　海畔三山无径路，乡关半亩有园田。晴耕雨读亦称贤。

# 七十五、厉鹗

## 金缕曲·西溪寻梅访浙西词派中坚厉太鸿隐逸处

又溯西溪渡。惜流年、者番春早，彼番秋暮。料是补天顽石陨，银汉于斯倾注。九曲碧、容吾一橹。竹外冷红临岸发，乍为谁梳掠期谁顾？波照影，艳如许。　　雪泥鸿爪浮生路。可栖迟、弃捐轩冕，宿岩渔父。樊榭幽魂高士骨，疑化梅花树树。莫触落、祠庵红雨。嗅馥何求盈手赠？自笑拈即是心安处。舟不系，漾花浦。

## 浣溪沙·西溪秋憩

棹拨蒹葭捞晚霞，临溪晞发越人家。烹来蚌蟹嫩于虾。　　倦矣且停千里足，陶然更进一杯茶。知谁忆我在天涯？

# 七十六、曹雪芹

## 七律·京郊西山芳春踏访曹雪芹著书处

披阅十年痴复嗔，箪瓢败壁眺无邻。

墩前黄叶村头雨，眼底红楼梦里人。

三教独尊真佛性，四书最恨假儒巾。

通灵宝玉今安在？树树春花疑后身。

## 七律·庚子元旦进大观园

泪尽春闺十二钗，妆台傍罢傍莲台。

终疑浊世佳公子，始卜前身真佛胎。

蘅芷苑荒金覆雪，潇湘馆冷玉成埃。

新阳不解人间梦，犹照红楼旧院苔。

# 七十七、袁枚

## 七律·南京寻随园遗址重温随园诗话

择易一园何快哉！江宁而立舍官阶。

性灵随意教诗话，月色多情浸酒杯。

弟子岂因红袖拒，苔花也学牡丹开。

只今章甫缙绅士，谁肯解缨归去来？

# 七十八、黄仲则

## 七律·读黄景仁律诗全集

怪哉昭代弃贫鸥，折翅西风苦浪游。
燕筑吴箫终不遇，绮怀秋思只工愁。
一双眼蓄三生泪，千首诗惭万户侯。
郁子同声长恨晚，未能共醉木兰舟。

# 七十九、龚自珍

## 七律·杭州马坡巷谒龚自珍纪念馆

老尽莺雏老尽苔，吹箫说剑唤风雷。
虫生百足僵难死，霾积九霄挥却来。
食黍怒听肥鼠啮，系枝忍见病梅栽。
吾今亦劝天公瘟，更降凌烟阁上才。

# 念奴娇·己亥怀归

凉风天末，搅江东张翰，莼鲈之思。回望高城天尺五，多少旧都新贵？曳尾泥途，摧眉廨署，岂惬平生志？鲁戈纵挽，芰衣初服久弃。　　因羡己亥狂生，箫心剑胆，一怒辞燕市。更筑书城栖郁子，风雨茅庐名士。龙井茶经，孤山梅谱，闲待从头理。富春江上，夕阳红透船尾。

# 七绝组诗十章·己亥思归慕龚定盦

## （一）

京尘久涅遂初衣，鲈老江南鸿倦飞。
应被梅花笑天命，半生计左不如归。

## （二）

狼藉丹黄信可哀，简编屡拂蠹鱼灰。
剑虹气短箫声咽，胡不早吟归去来？

## （三）

守雌守默匿真形，中矩趋承远性灵。
怪得几多凡燕雀，琴高骑鲤上青冥。

## （四）

屠沽驵卒喜于形，未必鸿儒胜白丁。
半世飘零文字海，当知天命却痴冥。

## （五）

逃禅未果欲逃名，皓首宁能穷一经？
天下之人吾未负，半生独负鬓青青。

## （六）

庄骚兼得计难寻，千载故多秋士心。
秋气秋怀秋不尽，知音绝矣摔嵇琴。

## （七）

卞和献玉诬为石，梦泽荆山楚客悲。
岂是人间无白璧？青蝇点后尽生疵！

## （八）

技成无用学屠龙，枉负芳华流水中。
王谢一门皆玉树，授刀应感吕虔功。

## （九）

廨馆官梅多病梅，何如江泽野梅开？
每抛涕泪观青史，代有才人未尽材。

## （十）

谁念庄樗散木哀？大而难用作亭台。
荒埛安借匠人手，为柱为舟堪尽材。

# 八十、蒋春霖

## 浪淘沙·读水云词感垂虹桥殉情事

飞絮倦漂流，兵燹无休。垂虹桥畔舣行舟。
天以百凶加一士，词客工愁。　　贫贱拆鸳俦，
姬久难留。烂柯山野买臣羞。桥底落花沉逝水，
岂为情投？

# 八十一、文廷式

## 鹧鸪天·哀珍妃宗师

溽水西奔偏逆流，倚天剑吼夕阳楼。千疮末世凭谁救，万感中年不自由。　　家国耻，帝妃羞。新亭涕泪洒神州。江湖闲却经纶手，白发词人万丈愁。

## 卜算子·读文廷式木棉词

岭表木棉花，不是英雄树。空见啼鹃喋血红，岂似熊熊炬？　　拔剑补苍天，志士横眉怒。不灭丹心浴火光，照海花无数。

# 八十二、左宗棠

## 七绝三章·河西走廊见左公柳

### （一）

古道西风大漠烟，万株老树不吹绵。
河西不比江南柳，媚悦春风三月天。

（二）

百年树木忆甘棠，瘦马西风下夕阳。
丝路自兹添旅友，同途元是柳千行。

（三）

乡愁惊破恨驼铃，夜夜商帮觅七星。
丝路遥连茶马道，左公柳老几时青？

# 八十三、梁启超

## 七律·清明谒西山梁启超墓

雪松拱卫僻无人，德不孤兮月一轮。
陋室饮冰言立德，公车书愤命维新。
呼来浩荡岭南绿，唤醒苍茫朔北春。
每诵少年中国说，犹能百载觉斯民。

# 八十四、郁达夫

## 鹧鸪天·重走郁达夫登翁家山路线

　　满陇之西龙井东，细闻迟桂觅文踪。投生不易成人杰，向死殊难为鬼雄。　　旗映日，日当空。秦灰劫罅鸟惊弓。莫嗟身葬南洋外，犹幸名彰烽火中。

## 西江月·金秋翁家山读郁达夫《迟桂花》

　　未伴三人同道，迟生八十三年。翁家兄妹只天然，今也天然希见。　　剩我江南过客，独寻桂子空山。神交若定后身缘，迟桂多情早绽。

## 七律六章·冒雨访郁达夫故居重读乱离杂诗

### （一）

　　蜚声岂止著沉沦？民国吟坛第一人。
　　文挟怒潮亡窜恨，诗含元气性情真。
　　南洋从此添名士，天下缘君重富春。
　　梦得魂归大江畔，鬼雄洗砚笔如神。

（二）

鸩雏乱世遁仙乡，坛坫宗师阻寓杭。
安得茅庐避风雨，漫劳土木筑檐梁。
久为客子貂裘破，几易主人华屋荒。
诗魄未随骸骨朽，归来可辨旧时堂？

（三）

变身志士克时艰，原在风流名士班。
狂醉狂吟鞭赤兔，多情多病累红颜。
埋名孤岛昔长殁，遗骨炎荒今未还。
国恨乡愁浪千叠，富春江绕富春山。

（四）

叔世危邦赖众扶，摈除风月习阴符。
毁家宁泼马前水，亡国何堪胯下奴？
避地瘴烟无乐土，捐躯烽火有遗孤。
尸骸焉觅田横岛，魂返富春江上图。

## （五）

空闻狄寇竖降旗，破晓曙钟无乃迟。
笔伐南荒身老矣，烽遮北斗夜何其？
欲销罪愆须钳口，难掩声名竟毁尸。
绝胜夔门秋兴赋，鬼雄泣血乱离诗。

## （六）

抗疫重温抗战诗，同仇异代恨生迟。
国家不幸乃如此？肝胆相倾终向谁？
萧剑一身何所殓？烽烟九死亦奚辞？
组章每做血书读，风骨风华两我师。

第二辑：五言绝句

# 渤海日出

火凤浴汪洋，漫天疑佛光。
光从千古返，人向百年殇。

# 秋夜思

九天星斗下，几亿未眠人。
一枕秋风起，天涯谁比邻？

# 奥运时节

银发青蒲扇，矮墙金桂香。
黄昏佝偻者，围坐说刘翔。

# 人文西湖

一泓唐宋水，古往多文士。
今我过斯湖，文人知剩几？

# 湖畔人家

国事茶寮止，布衣长不仕。
卧听烟雨帘，惟梦白娘子。

# 肃杀之冬

瑟瑟无名草，似倒终未倒。
天地怀大慈，慎杀一物少。

# 祁寒致太阳二章

## （一）

亿载何曾老，东方金翅鸟。
不离复不弃，恒与人间好。

## （二）

君在天上候，吾在人间走。
一悬亿年前，一归百年后。

## 酒泉夜光杯

醉从西域回，唯带夜光杯。
明月照吾饮，何须客作陪？

## 张掖丹霞

炼石补苍天，女娲功德全。
千枚七彩石，余剩落祁连。

## 敦煌兴衰

万众说敦煌，举杯怀盛唐。
千年存一憾，烽火起渔阳。

## 西安古意

长安大道斜，春酒醉琵琶。
眼有颜如玉，心无火似花。

# 老山之春

老山非必老，花涌最高坡。
空谷无争让，分吾春色多。

# 园林梅花

民国一园梅，山中处士栽。
时无朗吟者，寂寞向谁开？

# 早春二月酬答梁园李药师旅途五章

## （一）

黑塞隐明珠，君怀德不孤。
吾心如满月，朗朗照征途。

## （二）

春寒早出行，旷野一儒生。
郑国初过境，归京犹半程。

## （三）

通宵履上霜，达旦谒新娘。
七日梳篦懒，情丝堕地长。

## （四）

联句各无阻，隔车还隔墙。
若非慈母劝，酬唱到天光。

## （五）

良久回音绝，疑应电池灭。
如斯兰契交，殊与众生别。

# 幽燕秋夜与岳阳黄君酬唱八章

## （一）

洞庭名士群，京兆忽怀君。
君隐寻何处？潇湘多水云。

## （二）

访君何处秋？宜上岳阳楼。
楼古清光满，凭栏小九州。

## （三）

湘楚杯同把，京师夜独歌。
身随木叶去，犹落洞庭波。

## （四）

湖海固君隐，庙堂奚我栖？
何论高或远，俱不借云梯。

## （五）

纤辔马宵嘶，卅年无鼓鼙。
空磨三尺剑，不舞五更鸡。

## （六）

秋汉挂窗低，斯身真复迷。
洞箫吹我梦，直泊洞庭西。

## （七）

高咏莫沉迷，霜深重续题。
休将欲圆月，孤照绣帏妻。

## （八）

湖到巴陵阔，溪萦九曲迷。
湖溪阔且曲，骚客此中栖。

# 新年上班

蓝天幕重启，红日镜新磨。
窗鸽鸣声变，应非旧岁歌。

# 孤山墓群

幽冥结诗社，鬼友草狂书。
名士魂栖满，孤山德不孤。

# 翠堤丽人

百步逢西子，烟波长自喜。
苏堤任去来，不入豪门里。

# 西子姑娘

最是一低头，莲红西子羞。
谁家驯悍妇，送此学温柔。

# 燃泪越剧

千古相思地，情痴甘为累。
西湖梅雨多，都化优伶泪。

# 越派丹青

浓绘水边水，淡描山外山。
易摩山水媚，难画越人闲。

# 桂傍文渊

四库藏湖阁，两廊金桂黄。
只因长侍坐，花带墨痕香。

# 太子湾

西湖百舸漂，曲水不胜桥。
小也何须鄙，大哉何足骄？

## 满陇桂雨

非值九秋夜，不飘天外香。
三春守素默，槛外任蜂狂。

## 龙井问茶

夜吸月之华，朝衔日畔霞。
光华旦复旦，始孕一畦茶。

## 画中人生

人醉画中眠，身轻春水船。
待圆尧舜梦，来做画中仙。

## 那时散漫

捉雀晨徂晌，顽童皆散养。
曝书于矮檐，听裂融冰响。

## 官道板车

始龀未齐时，板车率意驰。
黄昏迷岔路，蹲宿黑桑枝。

## 渡头芦花

芦花复霜花，飒飒飘无歇。
岁岁落滩头，白增漂母发。

## 东园柿树

十年枯槁木，荡子辞庭树。
不结血红果，恐伤堂北母。

## 沼池榆树

炊熟日当午，同餐老榆树。
缘何纷散去，各自立门户。

## 河滩贺岁戏

百家听鼓弦，岁晏马灯悬。
乡戏一宵闹，相思十整年。

## 丙戌除夕

华发樽中谢，桃符雪里鲜。
相思才一夜，天上已双年。

# 过天桥遇贩夫鬻杭州莲子二章

## （一）

此物出三潭，波光旧熟谙。
廿年羁北国，一霎忆江南。

## （二）

西湖比西子，莲子如眸子。
日啖两三枚，人心善若水。

# 出入京郊

京兆多歧路，车驰八大处。
身从闹市来，心返空城去。

# 少年歌泣

浥裳三径露，呵手一庭霜。
多少无端泪，落于初学堂。

# 对弈

营营一局枰，开局不公平。
先失一棋子，毕生拼赌赢。

# 夏收二章

## （一）

晨起换征衣，丰登胡不归？
空添新麦浪，阡陌故人稀。

## （二）

端午夜犹劳，上弦弯月高。
难将金穗刈，空挂似镰刀。

# 秋风落叶

一夜梦模糊，凉飙吹枕初。
平明叶盈地，哪页是家书？

# 丁亥春节三章

## (一)

同在一城中，迢迢隔太空。
斯番北上后，老死不重逢？

## (二)

我自帝京来，还向帝京回。
去也终须去，不带一尘埃。

## (三)

彷徨忽薄暮，大地笼浓雾。
丁亥元春日，却教春色误。

# 诺言

三春绝影踪，百转托飞鸿。
一诺江心月，无波掬也空。

# 前门往事

月光驱梦游，结局即开头。
长伫成灯柱，路歧车水流。

# 悲喜之上

道骨非他藉，毒龙原自生。
悲欣须两弃，岂复辨箫笙？

# 秋水

霜凝古渡头，独占一湖秋。
高月来看护，中流不系舟。

# 山寺桃花遇雪

三月桃花雪，避开山寺枝。
红装同素裹，过眼两空时。

# 见独

谁言德不孤？风雨卷江湖。
病蚌沉沙底，自衔明月珠。

# 腊八日暮二章

## （一）

凭轩眺落晖，昨是悟今非。
腊后新年近，远游胡不归？

## （二）

粥罢尽余杯，故人何处哉？
丰巢搜快递，谁寄一枝梅？

# 花国亦有不公

紫薇盈道旁，炎夏岂无芳？
无视骄阳炙，咸夸梅傲霜。

# 暴雨后见石榴花二章

## （一）

星星之火种，何用借东风？
骤雨浇难灭，红烧万绿丛。

## （二）

重开天序幕，草木溢奇香。
榴火空投罢，熊熊燃到墙。

# 盘兰罗坊梯田

密密绣娘心，情丝缝翠衾。
铺成千匹锦，不与度金针。

# 南京鸡鸣寺樱花二章

## （一）

屠城尽血腥，草木厌言兵。
八十一年后，倾城观日樱。

## （二）

飘雪叹无声，春归不夜城。
落英犹有恨，缟素祭亡灵。

# 暮登老山遥怀李商隐

兀坐最高坡，俯望车似梭。
如何逢盛世，仍觉夕阳多？

# 溪山行旅图

溪尽峰连峰，山空松看松。
不教青鸟度，独许白云通。

# 半月园早菊催秋

不待月如霜，先催淡淡黄。
香犹带余燥，暂莫插文房。

# 深秋客来

黄叶半辞枝，停杯欲语迟。
俱成孺子父，莫话少年时。

# 本命年关

还乡雪未飘，不待故人邀。
寒暑衡门掩，听风木叶凋。

# 夜驱怀菊二章

## （一）

未嗅江南桂，黄英绕圃扉。
时无高士隐，人比菊花肥。

## （二）

世味若禅茶，冷香斟此佳。
浓浓行不远，淡淡走天涯。

# 滇西古镇桂花

庭桂早知秋，天香檐上留。
西风茶马道，折桂动乡愁。

# 独龙族出嫁有以蝶纹面风俗

化蝶信冥神，蝶飞双颊春。
出闺纹面女，吉利一家人？

## 热带雨林

树上还生树，叶端能长草。
天人有接力，代代毋言老。

## 南粤人居

枝上再生树，楼檐更吐花。
岭南无限绿，染色白窗纱。

## 观同事室兰入冬初绽

养兰春复夏，闻香岁已末。
不赶新时代，犹自慢生活。

## 燕山听琴

谁抚古时琴？人稀秋色深。
山鸣谷应答，替我做知音。

# 友王君中岁拜三孺学弈三章

## （一）

俯首揖童子，三人必有师。
但得棋中趣，何妨世笑痴。

## （二）

九龄三孺子，今俱作王师。
王问赢输术，不答但嗤嗤。

## （三）

一童正襟坐，二童笑观棋。
三童教一徒，徒儿颇有髭。

# 客家茶山雁南飞二章

## （一）

谷空闻画眉，峰断放云飞。
大雁南迁后，千年不北归。

（二）

明前明后茶，岭北岭南花。
莫问来何处，心安即是家。

## 夏日阳光

日照何公道！光盈寸草心。
先忧寒士宅，穿竹到墙阴。

## 秋宿渤海畔

车沾塞北霜，支帐海鸥旁。
千里不知倦，心安皆故乡。

## 暴雨突袭蛛网

结网日当午，摧倾一夜雨。
平明坐屋檐，更吐丝千缕。

第三辑·五言律诗

# 房车一族

驱驾欲何求？住行皆自由。
旦辞城郭外，暮宿海滩头。
随遇堪栖泊，忘情任去留。
漫漫求索路，不复羡沙鸥。

# 烟

青青火中叶，本自出园田。
何必愁浇酒，已教人变仙。
秋风凋木后，夜雪扑灯前。
环顾唯斯物，深交到百年。

# 闻千古蜀道申遗

百代多过客，咸言蜀路艰。
骢亡荔枝道，虎伏剑门关。
飞将攻难克，贬官流未还。
投生固如此，吾岂畏登攀？

# 朝辞邯郸

赵国神游罢，燕山返此身。
长空一雁远，北地两都邻。
遍野英雄冢，填坑车马轮。
平原君骨烂，献策向谁人？

# 谒无锡阿炳墓

微命若丝弦，天音响二泉。
调哀松影听，目瞽月轮悬。
身历三生劫，名凭一曲传。
江湖多艺匠，隐没在流年。

# 北方城市草坪虚热

一月即枯荣，园丁愁且惊。
终难安水土，岂易进都城？
漫有清泉灌，浑无野趣生。
黄肥而绿瘦，功过待谁评？

# 立春放鸽

同客京华倦，温阳此日多。
一隅身久困，四海志难磨。
箪食乐宁改？笼囚颜自和。
终当化鹏去，振羽向天歌。

# 致大海

人向百年去，君从千古来。
壮哉吞日月，空乃纳涓埃。
只取一瓢饮，能澄万里怀。
愁丝同白发，莫许鬓前栽。

# 致海水

一勺天然水，取从山海湾。
月曾投碧影，日亦滤金斑。
收此精华气，置之人世间。
长宜洗肝胆，荣辱两欢颜。

## 致海鸥

庸安濠濮隐？溟阔更谁驯？
浪急难摧翮，风淳不避人。
剪开天序幕，浴出海精神。
久在樊笼客，卜居鸥比邻。

## 北宋斜塔晚唐梅

天地刚柔气，于斯两比邻。
冠云怀旷士，含馥待幽人。
百仞千年古，一丛元月新。
塔前花下我，险变宋唐身。

## 雪夜颍州审刊

身甫归桑梓，心犹念帝京。
纸刊千里至，书案一灯明。
华发落新版，雪人堆旧庭。
围炉烹绿茗，换得夜长醒。

# 京东卜居

江海皆过客，几时身得安？
自嘲垂翅鹤，也入看房团。
料此新居阔，容吾旧梦宽。
讵求精粉饰？一室养芝兰。

# 都门之东

岁暮徙东隅，西辞鲁谷居。
希贤素心远，崇简故人疏。
行李无多物，情怀唯古书。
一轮诗国月，还照旧时吾。

# 城东明月

秦时月一轮，朗照古今民。
泻影偎甍瓦，和光同驿尘。
应知九霄冷，长近万家亲。
非必中秋望，冬宵亦可人。

## 京陌小桃红遇雪

料负梅花约，误飘桃李丛。
三春红袖女，一夜白头翁。
委地千轮碾，辞枝半树空。
国今轻傲骨，多惯媚东风。

## 燕山红叶

秋采一枝丹，上无红泪弹。
山山霜酿酒，树树醉成欢。
色岂尘中减？焰应云际看。
初心赤如此，君莫等闲观。

## 红海滩前碱蓬草

疑是珊瑚树，退潮浮出湾。
铺成红地毯，遮护白沙滩。
涛吼催旋舞，霞升染醉颜。
不知荣辱事，几度换人间。

# 海之味

京华常踽踽，碧海暂逍遥。
鱼跃归舱满，鸥鸣击浪高。
烹汤开扇贝，佐酒劝梭鳌。
疗我悲秋疾，何须柳叶刀？

# 渤海之湾

独立海天秋，百川东到头。
沧桑周复始，日月嬗无休。
待取一瓢水，来销万古愁。
淘沙须大浪，浊世剩清流。

# 昙花双绽今夕寒露

白露团团滴，冰心缓缓开。
莫求高士采，非待美人来。
岂惯丛中笑，只应天上栽。
月华如有意，一夜照楼台。

## 古都元夕望月

皇都一色清，月满丽飞甍。
东海留难住，中天送独明。
朱门舞俦侣，紫陌奏簧笙。
玉镜千秋转，回春体更轻。

## 赠韩国女子大学沈君

幽燕月下弦，鲛客意如煎。
病蚌泣将绝，碧华修未圆。
心嚼珠一粒，海运路千年。
长恐光投暗，与卿终失缘。

## 中秋夜深微月乃出浮云犹蔽京城

无心待圞月，云破月来迟。
思彼九霄远，除吾一念痴。
半珪光射处，万户梦圆时。
谁入蟾宫里，明朝折桂枝？

# 付印罢片闲早返百子湾

夕阳如醉汉，红卧半边天。
墨印书香里，人归日落前。
入厨调五味，开灶煮三鲜。
炉畔无多虑，炊烟亦晏然。

# 烟火诗意

人归日落前，炊爨北窗烟。
炖骨蹄筋烂，烹虾鳍尾鲜。
青葱梦田埂，白藕忆江边。
岂在舌尖乐？重亲大自然。

# 夏夜萤火虫

泽野舞精灵，皎于天上星。
四围无际黑，双眼向谁青？
欲与禅灯近，难寻草屋停。
百年怀隐士，寂寞冷蘋汀。

## 秋虫早鸣

立秋方二日，一雨袭凉襟。
树杪蝉蜩歇，墙根蟋蟀吟。
辟尘寻地籁，警世听天音。
惊梦年光半，高楼夜夜心。

## 龙井问茶

龙湫井一泓，香透两襟风。
不润佳人色，但开高士胸。
三瓯忘物我，千盏悟穷通。
更上山阿饮，云深绿雾浓。

## 春华秋实

偶采缤纷果，平分朋友圈。
春光岂独好？秋色倍堪怜。
愧乏丹青笔，徒吟诗赋篇。
无言观大美，捻断几茎烟？

# 北国瑞雪遥忆西湖初雪

天水俱澄澈，梅花欣此节。
苏堤第几桥，曾与美人别。
浊世众争驰，初心君独洁。
御风辞帝京，一掬江南雪！

# 京华夜雪

今夜冰心雪，飞扬何处来？
欲将仙鹤羽，尽掩浊尘埃。
银锭千枝挂，梨花万朵开。
明朝看世界，璞玉返襟怀。

# 瑞雪留痕

偏于千户静，落向素心人。
不借风和雨，轻埋淖与尘。
抬吾第一脚，蹴此万团银。
共享雪中乐，何须论富贫？

## 观雪乐道

昔闻先哲训，忧道不忧贫。
普降一场雪，平分千户银。
秃枝成玉树，片瓦变龙鳞。
刮目看尘世，倍惊天地新。

## 沿途识国情

地少半山川，槐花荒野燃。
国须农固本，民以食为天。
难拓无疆土，深耕有限田。
牢牢端饭碗，万户庆余年。

## 孟夏平旦

夏夜寅时旦，晨兴少寐人。
旭暾将冉冉，车水已辚辚。
鸠鹊迁新樾，蔷薇守晚春。
飞檐谁亮掌？精武健其身。

# 六月五日芒种

往年芒种节，梅与麦俱黄。
疑卜夏粮减，迟眠今夜长。
欲巡千里野，亲验万家仓。
久疫忧耕稼，殊珍一饭香。

# 发奉节之万州

隧道暗深藏，沿途多且长。
四围山剖腹，两岸峡开膛。
外覆千年草，中盘九曲肠。
洞扉闻鸟笑，乃见日重光。

# 暮访景山国色天香

了却公家事，补看红牡丹。
姚黄千瓣展，赵粉半园残。
开谢俱称易，荣衰两忘难。
花花世界里，修得寸心安。

## 挽九五后消防战士鲁信

天地有英雄，西来黄果树。
长怀正气歌，只把生灵护。
五脏碾成齑，一身撑作柱。
乡关瀑布声，料是安魂处。

## 赣南红土地

滴滴生灵汗，斑斑将士血。
疑将日减辉，敢与火同烈。
花吐映山红，笃怀抱石节。
深深掬一抔，醇酒心头热。

## 越剧十姐妹时代繁华谢幕

吾有一条琴，欲弹霜夜深。
枝开十流派，幕落百年心。
桃李江南满，风华天外寻。
繁星眨银汉，颗颗料知音。

# 图书馆前紫丁香

嘉树慕阳春，书窗择比邻。

高擎紫云伞，长佑素心人。

色岂霾中减？香应月下醇。

朝朝枝下憩，三省若修身。

# 齐鲁自信

十七府州城，群英万座星。

千门今厚德，两圣古留名。

五岳独尊泰，一河同盼清。

浩然家国气，百代向天横。

# 正月十六

夕阳真醉汉，赧赤半边天。

事毕元宵后，人归日落前。

迎春补心愿，开灶煮汤圆。

炉畔无多虑，闲看袅袅烟。

## 春雪对话故宫

万羽翩翩雪，千年寂寂宫。
飞花积霭满，霸业转头空。
上下精灵舞，东西殿阁封。
人间存老境，已不纳春风。

## 年后值班

赋闲三昼短，积稿几堆多？
未渡浮生岸，长泅苦海波。
天青幕重启，日白镜新磨。
鸣鸽声声变，应非旧岁歌。

## 雨谒西湖孤山名士墓群

群英齐会处，孤山必不孤。
魂游新月满，香暗老梅疏。
鬼友结诗社，泉台论剑书。
安期百年后，斯地肯容吾？

# 豫园深处

攘攘熙熙路，幽幽曲曲湖。

惊斯大世界，隐此小姑苏。

欲远千夫鄙，常亲一苑殊。

东方塔高矗，今古两明珠。

# 次都江堰夜听岷江澎湃

破家唯一震，补魄竟三年。

人殁土中土，魂升天外天。

应无羌笛泪，犹挂镜腮边。

冥路何由探？江潮搅梦眠。

# 水磨镇震后访羌族母子

三年沉寂罢，小镇复喧哗。

拭泪开妆镜，当街贩锦纱。

齿松母忘事，髭密子当家。

夜梦黄泉浊，犹呼妻沏茶。

## 自汶川抵成都

今收汶川泪，思蜀不思京。
川大寻名士，草堂朝圣英。
步移宽窄巷，酒注浅深情。
海内存诗侣，飘鸿万里征。

## 印象锦官城

锦官休促织，绮满万家栊。
濯足芳庭女，斗牌深宅翁。
淡浓煎竹叶，红白折芙蓉。
民罕求闻达，闲情今古同。

## 将别南戴河望海客栈口占

明晓别汪洋，今宵已怅伤。
隙驹三世短，梦蝶五更凉。
峤岬潮擂鼓，京城月化霜。
欲留咸气息，彩贝湿行囊。

# 初冬重访北戴河二章

## （一）

冠盖啸如风，喧阗号夏宫。
吾来全盛罢，客散半城空。
退汐汀俱袒，藏鸥海欲封。
楼堂深锁处，柿挂寂寥红。

## （二）

斜阳忽沉溺，团霭霸沧溟。
潮带惊雷退，舟随乱石横。
千门歌吹哑，半载馆堂扃。
礁壁逢鳌妇，采蚝宵未停。

# 重阳自京之邯郸驿途作

才辞边塞草，又下石家庄。
斑皴丑眉目，胡沙沉笈囊。
动车千里短，浪子半生长。
却羡众翁媪，持螯三举觞。

## 登岳阳楼怀滕子京

一纸岳阳贵，始尊良牧声。
巴陵千廪实，百废一年兴。
忧乐看黔首，沉浮望洞庭。
英雄遍湖野，未刻汗青名。

## 冬登岳麓山暨书院

千年书院山，吾辈晚登攀。
啸谷云裳落，插梅香墨寒。
名师皆隐士，智叟赛童颜。
才俊斯为盛，非徒曾国藩。

## 木渎镇姑苏台遥忆吴王

神木连沟渎，三年筑馆娃。
珍珠镶玉槛，酒色傲仙家。
八节长春景，四时无歇花。
国倾尸未殓，喂饱太湖虾。

# 凌峨眉山金顶

蜀友约重逢，候吾云雾中。
佛光开赤日，香火绕苍穹。
贡嘎遥还近，须弥有即空。
何须钟磬诵，一啸悟圆通。

# 夏日吴宫寻故人

独酌金阊肆，红尘谁与亲？
留园留旧客，舞榭舞新人。
一片花藏雾，三生梦不真。
情天苦无极，慎矣早抽身。

# 本命年归家二章

## （一）

去京还故庐，本命觅孩初。
雾褪川湄荻，霜依垄上蔬。
鬐髦猜所属，耄耋惑焉如？
人力非真宰，浑归大化炉。

## （二）

停针日亭午，童稚逐相呼。
猿性离笼久，莲心出水初。
嗟余失乐土，怜子写真图。
龀侄频问讯，沙包缝好无？

## 青蛙之死

东南林壑佳，石罅跃新蛙。
一别烟尘市，廿年何处家？
怡然初出穴，恨矣永遗疤。
复与人间绝，宁邻鬼与蛇！

## 国庆秋钓图

金秋稼穑毕，盛世有余闲。
浪静眠黄鸟，波清鉴紫衫。
机心凝一念，秋日上三竿。
但得斯中趣，何求篓满还？

# 元宵新月若少年

春月出天然，腾空一少年。
东鞭千里马，南上九重天。
斫桂燃高焰，掀云叱众仙。
清光始满地，万户幕帘褰。

# 欧洲王室嫁娶平民热

王侯宁有种？婚嫁却由衷。
但得神魂契，何拘门户同？
星移新世纪，月落旧王宫。
王子青蛙恋，已非童话中。

# 自武汉之黄山高速道上途经黄梅县

幼识黄梅戏，今吾此县栖。
鸡鸣三省远，戏唱九州迷。
樵曲一身汗，渔歌两腿泥。
剧团城久入，肯再下山溪？

# 四月五日自黄龙之九寨沟

霞光射金顶，歌啸吼天风。
万树皆神木，千山惟雪峰。
崖崩羌马跃，冰冻杜鹃红。
盘岭车千转，登天路可通？

# 重读旧笺寄室友

时翻旧短章，迟悟意深长。
珠玉常投暗，金兰晚吐香。
乘凉月低肆，求药雨淋裳。
今恨言无忌，昔将君妄伤。

# 九龄傣僧

家家言小乘，傣寨问童僧。
晨诵汉家赋，宵温贝叶经。
目虽空四大，心亦惜三生。
春浴澜沧畔，僧袍一蝶停。

# 芳春雅浴腾冲露野温泉

大唐天子浴，今得近凡夫。
虽贱异时运，应尊同发肤。
杜鹃红映瀑，苔石绿喷珠。
出浴新生月，万年初照吾。

# 兰陵春望

吾从齐鲁回，陌上百花开。
万户风犹古，千年德未衰。
修身兰佩玉，结友义轻财。
未济苍生事，岂歌归去来？

# 房山之冬

众鸟巢枝遍，天蓝好个冬。
蛰虫皆入梦，落木只看松。
风定东西陌，云飘南北峰。
呼朋出门去，路转各无踪。

## 颍州梅园

长路初心改，江南迁入淮。
厌同寒雪友，喜逐暖阳开。
浇薄今如此，朴纯安在哉？
相思千里驿，谁寄一枝梅！

## 故园举市禁放鞭炮

晨签军令状，暮押五千钱。
白雪积檐后，红标悬宅前。
顽童思放焰，巡警惮鸣鞭。
万户齐喑哑，如斯中国年。

## 夜走江淮元日

江淮多古道，朔旦少人行。
一夜风梳稷，三更鸟练声。
春山遥可望，春水近堪听。
只欠惊雷吼，花明百座城。

## 维扬明月

千古一轮月，清光斯独多。
穿花入箫管，遇水荡桥波。
十里春风遍，初心明镜磨。
周郎亦俊赏，梦觉起吟哦。

## 海之味

七天为海客，只与海倾心。
雪浪堆还碎，碧螺漂复沉。
千年月初照，三世梦重寻。
留得咸腥味，归京莫浣襟。

## 海峤中秋既度

朝登海畔山，暮与一鸥还。
节后风声紧，滩头叶色斓。
游人归上国，店主闭深关。
安自营营里，重偷七日闲？

## 海畔望月致海内师友

吾持月一轮，遥赠万家人。
此物来沧海，兹光澄俗身。
偶教云霭翳，不失性情真。
共守初心在，清华最可珍。

## 海之声

春辞北戴河，悄带一囊螺。
长伴吾吟啸，如闻海唱歌。
京中车噪笛，壳内贝翻波。
此曲知音寡，只缘天籁多。

## 跃马永定河

神游龙漠北，形隐帝京西。
出郭人狂啸，腾空骏久嘶。
云鹰穷目远，滩草压腰齐。
过隙驹光疾，蹚河更奋蹄。

# 中宵审读

一半年光尽，轻烟燃梦初。
倦开双浊目，细辨百行书。
万颗星沉落，数根髭断无？
忧从识仓颉，古训不欺吾！

# 感恩夜与昼轮回

交接无声响，潜从天外来。
彩毫涂壁画，浓墨泼窗台。
大化周而复，初心安在哉？
穿行光影下，容我发痴呆。

# 津门萨克斯村

一村仓廪食，万管感恩施。
初为谋生制，复缘怡性吹。
篪箫亦清远，笙笛更华滋。
何日漂洋去，蜚声比利时。

## 盛夏早桂奇绽

吾犹未闻达，庭桂早涵芬。
色熠黄金镂，香奇玉兔薰。
喜悲嗟逝水，富贵仰浮云。
何以忘荣辱？修身胜建勋。

## 华夏立秋

喘月悸吴牛，惊呼天际秋。
凉生柳阴榻，风到水边楼。
未伐余炎退，犹揩薄汗流。
贩夫夸鲜物，纷已鬻红榴。

## 丽江三眼井

甘泉出雪山，三眼各潺潺。
清浊人牲别，高低泾渭间。
居家灌园圃，背井梦乡关。
茶马驿中客，几回双泪潸。

## 稼穑新农人

治世免皇粮，农人犹自忙。
朝掰新玉米，暮摘老瓜秧。
联网敲盘键，晒场邀电商。
点钞过夜半，黄犬吠前堂。

## 桂生江南

天地有秋心，闲庭悬古今。
其形纤若米，其色綮于金。
唤露凉初至，拒霜寒未侵。
一年最好处，寻梦比春深。

## 辞燕山

千里驹过隙，载吾南下身。
樊笼归祿蠹，秋色属闲人。
合璧碧云暮，点金香稻醇。
征尘几番浣，重与地天亲。

## 温旧唐书赞唐宣宗李忱

从谏穆清风，时誉小太宗。
殿廷严法纪，河陇建勋功。
史笔修青史，中兴在大中。
回天逢季世，留住夕阳红。

## 一中队哨兵

绿营无战事，岗哨即沙场。
红日丹心炽，青松铁骨刚。
既敲盘上键，更练手中枪。
忽梦烽烟起，扬眉弹出膛。

## 秋恙唯以诗遣

才值秋分半，身心两欠安。
终宵烟作友，永昼药为餐。
独卧床栏窄，谁言天地宽！
枯萎一丛菊，无乃染风寒？

# 抱疴对菊

桌案三丛菊，东篱移植来。
霜迟未凝瓦，香冷已盈怀。
病骨吾衰矣，初心安在哉？
神游天地外，借梦更登台。

# 看松入冬

平生未爱松，今乃若初逢。
自禀贞刚质，不呈妖媚容。
霜飞摧百草，木落瘦千峰。
天地英雄气，孤军反剿冬！

# 品冬

性本爱春秋，为冬今试讴。
删繁唯落木，空色剩荒丘。
对酒何期劝，当歌莫与酬。
无涯寂寒美，一一上心头。

# 冬夜漫读

休问何时旦，寒宵品自长。
烟灰今积厚，卷帙昔翻黄。
朔气穿双袖，禅魂越八荒。
昊天如有意，添助雪飞扬。

# 房山猫

人过不惊逃，合群伸懒腰。
爪轻阶砌矮，毛暖太阳高。
少虑长贪睡，多情互撒娇。
空空当此际，欲变一闲猫。

# 冬眠

众鸟巢枝遍，天人共此冬。
蛰虫皆匿迹，落木只看松。
风剪日光薄，雾封山色空。
平生多少梦，积压到年终。

# 摆渡

何当彼岸通，百患溺无踪。
涧水千年碧，山花一霎红。
情天泪偿尽，恨海剑悬空。
亲者同仇者，皆于两忘中。

# 赴岷峨诗会宿磁峰

后山横翠屏，橘柚覆前庭。
篝火孟冬旺，俚谣中夜听。
土溪穿碧石，竹海接青冥。
民宿仙居所，无须挂五星。

# 寒夜寻舟

我有一条船，逍遥颍水边。
鸥朋下樯橹，鱼族上舱舷。
潮退孤帆失，霜凝乱石坚。
渔夫云识得，只在卅年前。

# 冬至寒宵

一城黄叶疏，大地返空无。
更尽杯中物，还温枕畔书。
天涯如有待，岁暮总成虚。
黑夜浓于墨，高吟德不孤。

# 陟山门街五号

我爱此槐阴，长栖高士心。
弦歌消鄙吝，简册廓胸襟。
七秩人初寿，三秋绿已深。
缁尘久京洛，勤浣向斯寻。

# 严师咏

我有一恩师，温颜清瘦姿。
笔尖讥恶丑，座上讷言辞。
常挺松高骨，何期雪化时。
程门难入室，顽石笑吾痴。

# 大雪节气竟无初雪

我有酒盈樽，暮云西郭屯。

问君何所待？剑客下昆仑。

霜积菊犹斗，风鸣槐半髡。

天涯人未至，壶冷不堪温。

# 重九花雕

我有半壶酒，重阳才续尝。

三樽浇块垒，一梦到钱塘。

吴越枝犹碧，幽燕叶尽苍。

怀人当此节，持蟹枕黄粱。

# 枯荷草书

呵霜挥秃笔，独立砚池空。

不复接天碧，浑无映日红。

回风凄且厉，狂草慨而雄。

怪字谁能识？落霞圈阅中。

# 秋夜见诸少俊驾共享单车

我有少狂时，轻车率意驰。
中年未油腻，素袖已尘缁。
念念初心远，茫茫夜路歧。
闻铃响深巷，去去欲何之？

# 敬答逸犁女史《江城子·忆周恩来》

一阕江城子，深情六十年。
风篦湖畔柳，桡拨水中天。
冉冉虹霞落，琅琅笑语传。
伟人和小鬼，往事未如烟。

# 都市菜园

我有半分园，僻无车马喧。
春苗泥埂软，夏叶露珠繁。
一纸拆迁令，三秋荒废村。
首都疏解事，欲辩已忘言。

## 哀纸媒

君成孤岛侠，四面已汪洋。
世爱掌中宝，谁怀油墨香？
生瑜复生亮，相斗则相伤。
愿各美其美，迎新旧莫亡。

## 秋分别长安

城门朝唳雁，城堞暮归云。
雁落云齐落，秋分人亦分！
平生谙独乐，于此怅离群。
一片秦时月，照吾还照君。

## 西溪探梅

斯称高士花，深隐水之涯。
俗客多如我，幽怀不及它。
暗香盈袖底，黄蜡镂枝桠。
遂梦庄生蝶，心安此即家。

# 攸县油茶花立冬独秀

今吾北国来，落叶葬秋骸。
山入罗霄翠，花从霜树开。
中年获娇女，迟秀异凡胎。
斯亦天伦乐，绕丛如戏孩。

# 根雕佛殿外孟冬见迟桂花

根择浙西隐，花邻禅界开。
迟馨如我待，灵性与时乖。
欲折金枝叶，长供明镜台。
重阴满京国，北望正多霾。

# 南京军区总医院黎氏一门三院士

芸芸众生相，欲壑正滔滔。
待救国民性，谁操柳叶刀？
失魂伤骨气，搔痒隔皮毛。
慷慨辞藤野，终推鲁迅高。

# 灵魂与脚步二章

## （一）

万夫捷足狂，魂弃野茫茫。

汲汲穷机巧，营营争稻粱。

天心善若水，人性猛于狼。

卅载待魂返，回头医内伤。

## （二）

羞吾礼义邦，戾沴入肝肠。

廛肆斧刀举，簧门禽兽藏。

摔婴争驿道，仇吏炸机场。

安得经纶手，轩辕正气彰。

# 惊曝棱镜门斯诺登避祸无门

神隐终非策，无援躲劫波。

白宫何咄咄，列国只呵呵。

避难藏身紧，追逃灭口多。

但忧时醉呓，泄密与星河。

# 邯郸黄粱梦道上

千年多古道，此道梦悠长。
暮借卢生枕，朝登天子堂。
浮沉游宦海，瘴疠谪蛮乡。
不向黑甜处，谁逃夜未央？

# 全唐诗

我有大唐友，行藏两晏如。
枯荷听夜雨，春韭剪荒闾。
系马垂杨岸，啼猿出峡初。
一轮诗国月，长照半床书。

# 寒夜重温典籍

秋尽孟冬至，围炉宜读诗。
久谙炎宋阕，不废晚清词。
入世盛唐气，出尘东晋姿。
古风十九首，吟罢惜芳时。

# 冬至夜煮茶拟修订旧作如理乱丝不胜劳倦乃辍

三年千首诗，品茗夜温之。
风雅几人示，悲欣皆自持。
但期尊古调，岂在媚时宜？
魏晋多高士，情怀比我痴。

# 夜之人

幸非生极昼，偏与夜相亲。
万籁耳无噪，一灯眸有神。
目穷天地客，意会古今人。
破晓看尘世，迷离反不真。

# 经行太湖怀范蠡

功成身勇退，寄畅五湖秋。
东渚独张网，西施同泛舟。
人间少高士，屿岸起高楼。
山水不堪隐，于今车马稠。

# 故园之殇组诗十六章

## 其一 故园之惑

故园堪采菊，陶令昔遗芳。
为底今州牧，造城而弃乡？
莺花俱有伴，耕读两无妨。
廿载京华客，初心未敢忘。

## 其二 故园秋色

秋光不知事，还照旧时房。
一纸拆迁令，百家离别觞。
蒙童梦新宅，野叟恋原乡。
况乃丰收节，榴红柿转黄。

## 其三 故园夜巡

解酲衣袂凉，淮颍夜苍苍。
露湿坝前草，桂噙庭外香。
一河流日月，万丈起楼房。
虽曰新城好，神游旧梦乡。

## 其四 故园不寐

秋夜若加长，铲车惊梦乡。
百家将瓦砾，一野剩星潢。
闻造风光带，摧坍祖辈堂。
依依折庭桂，留得故园香。

## 其五 故园秋虫

蟋蟀夜鸣床，平明白露凉。
低眉怜蛩泣，骋目羡鸿翔。
彼鸟择高杪，斯人怀祖堂。
将圆一轮月，应照故园荒。

## 其六 故园秋曙

晨曦无限好，照我幼时床。
市井皆歆羡，田园独守望。
长天鸪长啸，秋水鲤深藏。
北顾京师邈，梦魂依梓桑。

## 其七 故园催迁

归来烟瘾剧，非为夜初长。
城扩虽云好，乡愁岂遽忘？
中秋催背井，无乃太仓皇！
未得拆而富，纷纷议补偿。

## 其八 故园民愤

昏旦闻喧嚷，群情日激昂。
一条官道狭，百户怨声狂。
昔作闲谈地，今为聚议场。
维权五人者，明发访公堂。

## 其九 故园记忆

东厢凝伫久，理我少年箱。
粮票旧商铺，画书初学堂。
百封家信皱，几缕墨痕香？
倚桂怀先祖，曾教诗数行。

## 其十 故园将芜

协议催签订，公差今验房。
举家迁别处，四壁剩空墙。
莫伐秋窗树，留招明月光。
肯宽三日限？最后拆东厢。

## 其十一 故园别宴

今宵辞故乡，三日屋将亡。
星湿露千点，众倾醪一觞。
虽言怀旧物，安可入行囊？
莫弃笼中鸽，留看翅翕张。

## 其十二 故园知了

捕蜩炎夏夜，河岸柳千行。
铁镬过油炸，金蝉扑鼻香。
后生催赶路，慈母塞行囊。
斯是故乡味，堪充游子肠。

## 其十三 故园遭毁

颍水浩汤汤，乡愁似个长。
牧歌喑野壤，铲器毁檐廊。
弃彼榴和柿，任其红与黄。
旧居痕迹灭，何处觅周郎？

## 其十四 故园猫审

养如双密友，一黑一毛黄。
推土墙崩檩，觅腥猫断粮。
哀号从此夜，流浪向何方？
生灭虽天意，人非铁石肠。

## 其十五 故园怀古

惭无陶令识，解组早还乡。
南亩豆苗绿，东篱菊盏黄。
固穷耕计拙，乐道凤歌狂。
已矣将何叹，一叹三断肠。

## 其十六 故园失忆

幸哉归有光，老屋百年长。

五代人同灶，中秋月上墙。

亭亭桂倾盖，密密线缝裳。

今我俱抛掷，乡愁自此亡！

第四辑：五言古风

# 过酒泉怀念霍去病

白马辞建章，漠北射天狼。
不灭匈奴尽，何以佑家邦？
万骑济河西，奇袭邀濮王。
春来焉支山，碧血喋沙场。
马前花枝俏，马后白雪扬。
剩勇追穷寇，披锐慨而慷。
胡虏尽诛醢，杀气日昏黄。
阏氏失颜色，六畜失牧粮。
浑邪铩羽遁，遣使乞受降。
干戈化玉帛，烽燧靖远疆。
汉武闻大捷，论功厚褒臧。
封邑九千户，御液赉西凉。
酒寡将士众，安得共琼浆？
元戎倾酒坛，泻向泉池旁。
甲士两战苦，掬泉饮若狂。
乃以酒泉名，边城震遐荒。
斯人吾不见，甘泉流汤汤。
夏岂困涸鲋，冬不结冰霜。
斯泉何足贵？但感骠骑尝。
中有英雄气，千载尚流香。

# 泼水颂

一三七一年，傣历又新春。

东方狂欢节，泼水祭女神。

发肤虽云贵，今日不惜身。

出门便相泼，孰论疏与亲？

凤尾竹楼女，菩提树僧侣。

昨日勤织布，今日成泼妇。

昨日小沙弥，今日成泼皮。

男松紫襟扣，女褪绿筒裙。

小泼尚不足，大泼广场奔。

广场澜沧渚，六万众生聚。

波章何威武，仪式列队伍。

傣女面江跪，祈取吉祥水。

银钵倒金钵，诵经久未已。

锵锵象脚鼓，袅袅孔雀舞。

演绎古传说，礼赞七公主。

章哈曲演罢，万众恣欢娱。

可怜好摄徒，镜头裹重膜。

湿尽千里目，摄尽极乐图。

出浴布朗汉，散发基诺姑。

相逐且为乐，相戏不为粗。

一州十三族，多族共一呼。

同呼水水水，顿觉天人美。

女现水蛇腰，男露圆脐纹。

湿身亦未免，警察与士军。

州长刀林荫，同乐万民群。

一江连六国，同饮澜沧江。

缅老泰柬越，远来贺吉祥。

共倾湄公水，瓢泼向太阳。

泼去千年垢，祈福万年长。

午后出门望，泼喊犹更狂。

茫茫皆人海，人海水茫茫。

# 三峡脱贫果

客从西南来，脆李一篓开。

言是扶贫果，广向巫山栽。

青翠凝碧玉，甘酸胜杨梅。

捧果望巴渝，喜极涕盈腮。

临篓不忍啖，深为稼穑哀。

土瘠勤灌溉，枝繁细剪裁。

累累佳果熟，涔涔汗滴埃。

丰产忧鬻贱，伤农亦悲摧。

安得风雨谐，田园永无灾。

更待秋分日，击壤歌如雷。

大地丰收节，共醉酒一杯。

# 京城蟋蟀吟

四更公务毕，独归夜如漆。
天籁响何域？忽远忽在侧。
一声叹独清，两声相和鸣。
三声啼不住，四围尽秋声。
秋声何凄切！唧唧起何穴？
寻声访异类，灯明照工地。
夙兴多劳碌，工友半睡熟。
袒腹卧地铺，横陈不知数。
借问看夜翁，呢哝竟何虫？
答曰名蛐蛐，别号曰促织。
雌虫常缄默，雄虫鸣不息。
语罢提竹竿，意欲捉与看。
墙角搜索遍，精灵终不见。
自云居濮阳，自古闹饥荒。
地瘠民囊空，老少皆打工。
大男役邢台，中男石家庄。
三女高碑店，我独客帝邦。
打工既已久，壮岁成老叟。
全家凡七口，妇孺独留守。
中秋难聚面，他乡各异县。
秋后方满工，还家一梦中。
闻言费思量，夜露单裾凉。
却辞老翁去，去去归何处。
虫声忽复起，随风半余里。

此断彼相续，百虫共一曲。
悠长若丝缕，密促若急雨。
乍听满径路，忽焉入高树。
悲怆感清商，泪下湿客裳。
吾亦打工者，羁泊十年也。
一身难自主，袖为他人舞。
何似看夜翁？何似秋夜虫？
斯虫出田园，何必入城垣？
本自餐风露，终为浮名误。
归卧高楼巅，半宿未肯眠。
青灯如一豆，顿觉半生谬。
拥衾秋气深，梦里蟋蟀吟。
平明进公廨，案牍乱如麻。
虫声杳无痕，电话铃声繁！

## 烹蟹吟

故人居姑苏，千里托鸿书。
遥寄八闽蟹，野生阳澄湖。
饱饮江南水，脐圆钳爪殊。
盔甲清一色，波光犹在躯。
故人音信传：当日速烹鲜。
燃灶起炊烟，八蟹若疯癫。
破篓四奔突，拒不集炉前。
似闻群蟹泣，哀告诚堪怜：
今夕赴汤去，绝似下黄泉。

君缘舌尖乐，不教八命全。
与君虽异类，奈何急相煎？
三蟹留清池，五蟹投釜中。
入汤犹顽抗，击水溅吾胸。
须臾四下静，堂壁响晚钟。
不闻蟹哀泣，但见蒸气冲。
揭锅扬沸汤，五蟹若改妆。
适才青青色，忽转灿灿黄。
悄看清池泉，三蟹尚安详。
一蟹唼水泡，两蟹窥灯光。
彼不知同类，命丧赴滚汤。
停箸不忍啖，夜色正苍苍。

## 京洛少年

王气十三朝，龙脉蹶然终。
龙脉毁难接，文脉断犹通。
谁言弱冠身，神与先贤通。
行止崇周礼，清芬揖周公。
不卑亦不骄，君子执中庸。
养家或可迟，养气早盈胸。
耻与轻薄儿，斗奢洛城东。
剧恶洛阳铲，十墓九盗空。
凡花岂国色，独慕洛阳红。
闲亦游网上，不与愤青同。
一拒变房奴，二拒变网虫。

嗟尔洛阳子，幼志贯长虹。
奇哉轩辕裔，振吾汉唐风！

## 长干行童真挽歌

满月中天上，凤城悲未央。
忽忽岁聿暮，悠悠怀故乡。
故邦桑麻老，独悼一儿郎。
胡觅宁馨儿？混沌鬓龀乡。
天赋灵秀气，胎袭侠义肠。
青眼爱黄犬，白肌衬红装。
靡由殊贪笑，余响久绕梁。
黉门一投缘，童心两无妨。
寒窗灯弄影，野渡露为霜。
不虞大限降，天年骤反常。
淮堤春洪涨，衡门月金黄。
潮卷红孩儿，一夜犬狺狂。
明旦洪荒退，犬随主人殇。
一别如雨降，奚再返霁光？
芳草自萋萋，无梦托周郎。
疑随王子晋，控鹤谢周王。
归幡怅何许？缑岭隔阴阳。
之子难再得，十年悼遗芳。

# 古都踏雪行

未待岁聿暮，皎皎九月雪。
高卧浑不觉，开轩神自惬。
玻璃新发硎，乾坤古画帖。
戏我双鬓角，翩翩三五蝶。
魂迁三清界，未名湖一瞥。
出闼人渐多，媚言弥殷切。
焕然青春色，摄影留笑靥。
行乐当此节，斯人胡不悦？
忆吾红孩儿，俯仰十年别。
红酥手呵暖，猫头鞋踏裂。
雪仗逐河滩，弹弓射林樾。
瑞雪年年落，旧游难重阅。
总角倏而立，兰心缘愁折。
可怜乘兴来，归去兴渐歇。

# 归耕操午醒记梦

鸿雁念于归，玄冬辞帝畿。
游子走旷野，举家倚闾扉。
桑柘木叶萎，高堂白发滋。
执手都无泪，当垆另备炊。
乃云鸡黍熟，且啖填征饥。
独不见阿弟，问母何所之。
但答野玩去，踪迹亦莫知。

投箸不忍食，呼唤循冰堤。

麦秀渐离离，纸鸢舞参差。

率彼麦塍下，雀跃五童子。

中有红孩儿，与弟庶相似。

麦浪隐我身，蹑足寸步移。

叱喝蹿跃出，同伙俱惊奇。

阿弟独嗤嗤，笑若不自支。

但问居几日，但答久栖迟。

阿弟拊掌乐，引路忽如驰。


# 春归故里

赴都入春半，去家泊双周。

昧旦倒裳履，慊慊眷故丘。

惊寤节候迁，景风奏九州。

北国固岑寂，淮颍先绸缪。

菖蒲如有信，齐赴天尽头。

柳卷新流黄，参差望已稠。

杏影乍扶垣，夭桃半夷尤。

油菜殊无忌，阡陌荞麦浮。

官道夹桑柘，林薄下羊牛。

燕燕还故巢，鸭雏呼新俦。

潺潺初鱼汛，悠悠古木舟。

青阳无偏私，玄阴无勾留。

物物承恩泽，户户转青眸。

廊昼自迟迟，炊烟亦悠悠。

淳朴失复得，浇薄忽如丢。

髦佴冬睡足，人前闹不休。

学语手当口，跌跤若滚球。

伶俐李佴女，五岁联袂游。

四目未遑歇，东邻串西沟。

群孺散学早，晏笑不可收。

光风长骀荡，纸鹤抟云楼。

阿弟竟何事，东堂百运筹。

解囊拣花籽，撒向鲜泥丘。


## 燕园之春


律中夹钟末，清明指日会。

申旦竟失眠，日午倦无奈。

独学而无友，面壁何聊赖。

勺园步延睐，青帝敷弘爱。

朱甍矫鸽队，墙曲发虫籁。

垂柳翠伞盖，连翘黄绶带。

紫英劣出薄，金蜂不可耐。

天人各欣然，身心两无碍。

扬眉闻鹊喜，徽祜知安在？

# 独不见

晡食紫藤架，学府暂为家。
绿树贪夕照，青阳迟收霞。
楼道弭群响，康衢骛方车。
纷纷竟何之，兴发咸无涯。
此身恶何住，徒对春昼赊。
入夜转愁予，百匝绕郛鸦。

# 夏夜白茉莉

遥遥念初心，似尔素淡极！
蓄得几多白？来敌夜如墨。
应嫌五色眩，通体裹素帛。
因谁一丛发？粲然幽廊壁。
倚楼当此际，绕丛忍挼摘。
非藉熏风起，暗香生岑寂。
盈襟细芬渐，掬之复无迹。

# 古朗月行

满月破云来，心网犹未开。
怫郁劝孤影，涕泗醉黄埃。
宁不好慷慨？运蹇时若乖。
鸳鸯蝴蝶梦，相弃于蒿莱。
屈指今生月，空圆已百回。

# 行路难

漉漉雪封户，奄奄悬车辰。
邻壁鸡黍熟，屡空肠欲伸。
硬币搜箧尽，逡巡叩西邻。
主人笑延进，借贷难出唇。
悄辞主人去，雪压白屋贫。
素性侔高月，微命委路尘。
魏阙初游衍，出入常畏人。
由来有清寒，岂敢怨天神？
哀而应不伤，弃置勿复陈。

# 苦寒行

雪国弭金綮，哀猥奚自持？
步出篁门南，去去欲何之？
流眄失故旧，言展断新知。
随意搭末班，不由径路驰。
腹肠辘辘转，轮鞅辚辚移。
黄花雪里埋，麻雀绕黑枝。
路灯照空寂，玄飙窗隙窥。
万家红炉室，长街饥寒儿。
徙倚复何益，静言候霁曦。

# 结客少年场行

苍云浮帝京，有湖曰未名。

比来不到处，九秋自作冰。

波心敛贞静，凝碧连岸平。

光华三五子，捷足履太清。

燕燕转弧影，精灵越镜城。

余霞披飒爽，素月摄空明。

疾疾冰鞋舞，冉冉流光停。

感慨人间世，持底驻永生？

讵匪王子晋，丹丘与鹤盟。

白驹一过隙，畴保尊与荣？

芳华躬自乐，效彼少年行。

终觉隔非雾，徒兴临渊情。

# 长歌行

每近耆艾前，寸心畏大迁。

岂无韶华游，秋容谢春妍。

冉冉老将至，自身恐亦然。

六根忽迟钝，五音溘不全。

鳍纹生眉目，颅顶愁白烟。

肌理不复实，肤光岂重鲜？

念此心如捣，因梦遇真仙。

玉树植玉京，婉娈不知年。

谁觌古道士，今日白云边？

挥金难买寿，矧自寡刀钱。
唯将孵清泪，蚌病吐珠圆。


## 猗兰操

幽兰王者香，独种不成林。
南风之熏矣，汲泉润甘霖。
一日凡三顾，葳蕤碧色深。
纫兰以为佩，采采掇素襟。
芬芳盈怀抱，何处赠同心？
徙倚忽薄暮，空谷秋气侵。
自开还自谢，幽香难再寻。


## 昆曲：美人迟暮

鱼尾侵眉梢，红伶罢舞腰。
回眸红氍毹，万点红泪抛。
玉簪卸蝉鬓，凤钗委风飘。
回天难回春，长恨何以消？

# 姑苏夹竹桃

六月花事尽，独怜夹竹桃。

红白两相间，铺锦百里遥。

飞尘不减色，骄阳助妖娆。

恨不江南老，赏花胜琼瑶。


# 子夜歌

那忽心如捣，惊寤在中宵。

灯火暗都邑，静言思故交。

故交乃尔寥，一一在烟霄。

乾坤阴气胜，凝雪半未消。

不见王子猷，夜访戴安道。

世心何澹澹，余心何灏灏。

来生学逍遥，无情试一遭。


# 湖湘寻师中途染恙

入湘既三日，山路复水程。

大雪湘潭渡，浓雾益阳城。

泽国水气蒸，一日九阴晴。

瓢饮米醪醉，烟熏腊肉腥。

家宴湘潭散，夜投长沙栈。

寒瘴袭皮囊，炎烧灼青眼。

起坐浑无力，恹恹但卧床。

夜半喊店主，重衾仍呼凉。

虚汗淋漓出，魂飘知何方。

楼外霓虹影，驿馆思故乡。

乡关淮颍畔，亲朋料满堂。

围炉正闲话，争说远行郎。

远行胡不归？谁与送寒衣？

年节投他县，未遑与亲辞。

百物难牵绊，一心访名师。

名师隐何处？遥在资水湄。

涉江寻隐士，桂棹几溯洄。

吾行殊未已，兰芷俱未开。

湘江何灏灏，资水清且漪。

湘资汇有日，师徒会有期。


## 二君子吟


同衙共昏晨，蹉跎十二春。

十春非谓短，山河几翻新。

如何二君子，布衣不脱身。

巽坎谁先觉？出仕入迷津。

一为庸吏误，两俱不如人。

贤士日以远，佞奴日以亲。

遂使二君子，弃置不足珍。

松立泰山顶，君谪野荒榛。

竹生碧水涧，吾陷涸泽滨。

雪知松高洁，风知竹清真。
风雪竟不至，吾辈久逡巡。
逡巡复何益，壮岁不待人。
皎皎三江月，艳艳五湖春。
卮酒君解忧，昆曲吾入神。
三十功名误，日暮走良辰。
烟灰堕书脊，白发落鬈巾。
襟怀岂得展？壮志何由伸？
君幸挈妻子，犹得享天伦。
吾自抱孤独，家业两沉沦。
斯生亦已矣，悲愤问苍旻。
龙泉匣中吼，剑铗网蛛尘。
燕赵多壮士，侠义刺强秦。
竹林七贤士，季世佯狂人。
一朝逢治世，报国书经纶。
君信天有道，天诛大不仁。
吾信地有角，地灭厚黑人。
重使风物淳，再令星月新。
吾拂珠玉土，百年光绝尘。
君骋鲸鹄志，万里谁能驯？

## 春宵雅集

逢春多佳事，逢宴多雅士。
中有性情汉，早春开夜宴。
置酒天坛东，咸亨酒旗红。
犹哂孔乙己，赊账终未讫。

世纪忽轮回，吾辈驱驾来。

鲈莼思江东，帘卷起春风。

江东正花朝，北地尚含苞。

料得过月半，万瓣一时绽。

彼时春如海，高朋知安在？

且将有限身，珍重眼前人。

但尽片时欢，莫令翠舣寒。

浅斟花雕酒，天坛三稽首。

一樽人长久，二樽交游厚。

三樽醉国剧，国运共长寿。

有酒岂无歌？逸响惠风和。

梅派王者香，余音更绕梁。

良宵展胸臆，良会难胜记。

扶醉各分散，星汉自灿烂。

回瞻天坛阙，圜丘半边月。

十里长安路，载我归何处？


# 泰山夜与昼


清秋泰山月，静夜何煌煌！

上照天心满，下照礼仪邦。

宾主皆酣寐，游子独彷徨。

皓月悬千古，东岳立苍茫。

皓月与东岳，恒久共高昂。

哀哉人间世，两情总无常。

山盟犹在耳，分道天一方。

艳阳桃与李，须臾九秋霜。
嗟叹复何益，夜露滋客裳。
旦登泰山阿，月落欲曙光。
天梯十八盘，千步升仙坊。
南天门半敞，曜灵正昭彰。
碑铭摩崖刻，封禅秦汉唐。
喜鹊不识墨，绕岩披云翔。
下瞰众生界，天地一色苍。
人烟密匝匝，汶水浩汤汤。
仙果烂漫紫，板栗恣意黄。
蹈足九霄雨，振衣千仞冈。
天街逢道士，极顶谒东皇。
祈借江山助，销此儿女肠。
半空闻天语，天语久铿锵。
情性虽人本，情痴君自伤。
忘情归无欲，泰山磐石刚！

## 黎明赞四言古风

云骖霞仗，群动交响。
神力何处，黑夜沦丧？
元气几何，暴霖止降？
寥廓九霄，油画铺张。
侵檐鸟语，拂槛花香。
胡不遐遁，风月情长。
天地不殁，泪眼断肠。

蛛网柔丝，须炼成钢。

凡性妄念，宜戒宜藏。

嗔痴弗舍，徒劳自伤。

且与黎明，盟约东方。

登高周览，辉煌气象。

行立天地，境界何状？

旭日之灿，满月之朗。

赤婴之纯，剑客之壮。

当荷则荷，当放则放。

一弛一张，一阴一阳。

生不满百，胡惧胡伤？

## 银杏操四言古风

银杏成行，傲立朔方。

络纬啼紧，其叶陨黄。

天实为之，非关风霜。

木叶当空，扑人裾裳。

徙倚蹊径，余心惊惶。

羡尔来兹，忽复辉煌。

人命一掷，胡不重光？

焉访巫术，焚彼沉香。

肢解吾躯，嫁接此桩。

与汝偕隐，爰得仙乡。

因任造化，何惧何伤？

# 农夫市长歌

江右多奇士，辞官莳稻禾。

陶令千载后，乃见李豆罗。

畴昔牧洪都，告老眄庭柯。

门前春水生，不改旧时波。

岂伊乐独善？悯农乡愁多。

招饮诸乡贤，乡建共琢磨。

自谓良策在，改地易山河。

红石铺村径，泥泞毋涅靴。

公厕十二座，人畜毋同窠。

苗木卌万株，绿阴翳荒坡。

布新讵破旧？马头墙巍峨。

更起农博馆，农具穷耒笼。

更修李族谱，风俗期淳和。

龙舟济湍濑，狮灯舞婆娑。

耆叟夜不扃，童子口不讹。

借问桃花源，与之埒美么？

市长变农夫，五稔忽如梭。

驱犊暮荷笠，插秧雨披蓑。

陂塘剥莲藕，湖沼唤凫鹅。

蛙鼓稻花香，兴来醉颜酡。

此中有真乐，与人乐如何？

苟遂济世志，且行且啸歌。

# 鸟窝歌

或占最高柯，或巢向暾坡。

极目出西郭，人少鸟窝多。

独不见百鸟，啾啾鸣玉珂。

春胡不遄至？别处春几何？

飒飒野风起，暖暖微云过。

此中如有待，天人各殊科：

花待一丛艳，鸟待一林歌。

女待一帘梦，士待万里波。

此待岂可灭？此待每多磨。

浩浩俯逝水，耿耿仰星河。

寄语天下客，虽待匪蹉跎。

生命怒放日，忆吾鸟窝歌。

第五辑：七言绝句

## 古都冬夜

多少英雄聚此城？千年出没未留名。
箫心剑气入城去，出得城来白发生。

## 寒宵送客

谁从天外觑红尘？炯炯清光月一轮。
照我今宵送过客，来年吾亦远行人。

## 上海滩

十里洋场万国楼，九流三教各春秋。
大亨金粉贩夫汗，同入浦江今古流。

## 涉长江第一湾

水拍金沙石鼓鸣，群山千仞阻南行。
若非掉转东流去，焉得长江万里名？

## 元月八日临近乃周恩来忌日

君子神交万国朋，纵横国共德兼能。
蒋家失道终遗恨，未得周公做股肱。

# 爆米花

青纱帐里识戎机，今试枪膛子弹飞。
炸得自由花怒放，粉身碎骨视如归。

# 闻月球长出第一株棉花绿芽

玉兔须防啮嫩芽，九天谁扎绿篱笆？
寒宫千载嫦娥冷，乃种棉花换桂花。

# 月宫首绿

九霄春色一株芽，欲往踏青牛女家。
闻讯嫦娥梳洗罢，寒宫从此有芳华。

# 致玉兔四号月球车二章

## （一）

皆梦蟾宫折桂来，始知月背尽岩埃。
千秋骚客应惊问：桂在广寒何处栽？

## （二）

人间不若在云间，谁见嫦娥双鬓斑？
广寒宫静无人管，纵使孤零自在闲。

# 昔过阳关锋燧悼战神霍去病三章

## （一）

六挫单于度此关，旄旌十万踏千山。
皇天假以三年寿，不遣楼兰匹马还。

## （二）

封侯万里岂争奢，未灭匈奴何以家？
身后驼铃辟丝路，生前残锷掩荒沙。

## （三）

西出阳关丝路行，未闻大漠响驼铃。
夕阳垂地马垂首，千载英雄不复生。

# 感李世民父子太原起兵二章

## （一）

唤雨蛟龙潜帝乡，太原公子梦兴唐。
拥兵养晦揭竿起，自此神州知晋阳。

## （二）

贞观美政展经纶，旷代明君遇谏臣。
端拱垂衣天下治，灵丹只在恤斯民。

# 京杭运河最南端拱宸桥夕望

锦帆千里忆宸游，漕道今容几叶舟？
多少文明成碎片，不堪缝缀不堪修。

# 爱上冬夜

四围万物共深沉，面壁悠悠怀古今。
此刻天涯同寂静，于无声处拾童心。

# 夏日石榴

张骞奉使鬓微霜，西域驮来飨汉皇。
添我炎黄花果谱，庶民千载齿噙香。

# 海之始

盘古开天海亦开，繁星洗出若婴胎。
蚌螺病至珠成了，礁石老从鱼化来。

# 大美春光

昔我忧怀悯万民，独负芳华又负春。
百花王国应无主，今我何妨做主人？

# 三峡桃花

立身偏在最高峡，岂做闲庭低院花。
万片落红沉浪去，一江春水向天涯。

# 燕挂柳梢

金缕玉衣新剪裁，翩翩早有燕归来。
柳丝搭起秋千架，一日摇身荡几回？

# 地铁站外夭桃迎客

夜驰卅里驿途遐，吾与春风同到家。
出站南行三百步，归来艳遇见桃花。

# 过惠州朝云墓

瘴雨蛮烟只若晴，远随禅悟六如亭。
惠州萤火儋州月，一种清光两界明。

# 法源寺丁香

一株花影一观音，最是夜深香亦深。
蜂阵飞过萧寺去，花间难采是禅心。

# 春夜审稿

坐拥春光三月天，书刊改讫夜如铅。
几时一室香飘尽？兰蕙枕窗先我眠。

# 春日过孔庙

大成殿外士人疏，苍柏孤望先哲居。
万丈红尘几翻覆，谁家犹读圣贤书？

## 国子监辟雍四面环水

帝施绛帐若临朝，天子门生磬折腰。
万卷书和千里路，何如百步过池桥？

## 致蝴蝶兰二章

### （一）

昔闻庄子梦成蝶，千载今看蝶变兰。
凋又谁知化何物？三生两忘是悲欢。

### （二）

是兰无语自眠迟，是蝶不飞惟静思。
互表身前身后事，何妨对坐夜深时？

## 生辰夜半久听车声

子夜高楼弦乐停，半珪残月淡于星。
南辕北辙尘埃起，载去芳华是此声。

## 腊日出门

卅年腊日客京华，不似江南神韵佳。
腊八粥添腊八蒜，园前终缺腊梅花。

## 冬至夜复审刊

皓首穷经非所求，期期接续几时休？
最长一夜高寒月，照罢眉头照白头。

## 帝京过客

窗外千门灯火红，重帘不卷夜来风。
城西入世城东隐，一日身心两不同。

## 基层报材料之患

文山座座垒年关，事事留痕满纸间。
污我中华好文字，斑斑积渍久难删。

## 看松仰高士

静穆峭然睨岁寒，贞刚自禀撼应难。
此时百媚俱寥落，只把青松青眼看。

## 京畿迟雪未至

岁岁迟来雪飞花，绕向江南塞北家。
守得初心遇初雪，料嫌冠盖满京华。

## 帝都清明题大雁塔碧桃图

同登雁塔醉凭栏，星汉经天指点看。
八载知交零落尽，桃花忆我在长安。

## 霜降后车越燕山深处

日暮途穷率意驰，秋山宜画不宜诗。
平分万树红黄绿，秋露秋霜俱大师。

## 燕山秋深别友二章

### （一）

万壑霜题红叶笺，人间惜别是中年。
离情脉脉西沉日，不绝余晖散满天。

## （二）

飘落棋盘红叶轻，古琴吟罢鸟回声。
人间竟隐真居士，不为功名误一生。

# 太行野柿二章

## （一）

大自然中襟抱开，山擎红日入吾怀。
停车摇晃灯笼树，秋色沉沉落下来。

## （二）

春日相思未曾害，秋风一吻便红腮。
岂能柿柿真如意？日啖三枚已快哉。

# 太行野菊二章

## （一）

岂因地僻自卑哀？要学牡丹开一回。
欲带黄花出幽谷，京华处处惹尘埃。

## （二）

崇山罕见路人来，金色芳心风打开。
采摘一枝香入袖，好藏秋色住吾怀。

# 逐鹿老藤葡萄二章

## （一）

大败蚩尤绥八方，人文始祖忆炎黄。
当时倘酿葡萄酒，逐鹿凯旋豪饮狂。

## （二）

清帝天骄恩露滋，百年不老古藤枝。
壶中日月精华满，莫负当歌对酒时。

# 入关东见鸿雁

日落辽西人更稀，荒滩归雁濯翎衣。
秋风万顷芦花荡，任尔栖隐任尔飞。

# 海岸线

山海同湾一色天，绵绵岸线古无边。
秦皇岛外葫芦岛，越界飞鸥两地穿。

# 海之蓝

与天一色两相谐，阔我襟胸悟海涵。
何必临风同把酒？醉人已是海之蓝。

# 秋深又见大海二章

## （一）

重来不见一鸥飞，霜冷秋溟万象非。
别有苍凉深入骨，海滩遥迈不添衣。

## （二）

天容垂老海苍苍，污垢万年深底藏。
淘尽几多浑浊浪，清流始得出汪洋。

# 旦发汉口

一夜秋风江汉关，滩头斜月照吾还。
怅知别后桂华发，飘落天香萦楚山。

# 秋宿黄梅县夜望宋塔

千年长共月如钩，上有榛丛雀迹留。
百尺孤悬知县古，传衣四祖隐黄州。

# 闻黄梅县尚存一千六百年前古梅

东晋高僧支遁栽，江心寺畔一枝梅。
吾来偏值金秋节，未遇冬春二度开。

# 与郑君忆及初中众同窗往事二章

## （一）

倾谈不觉夜深沉，趣话黉门旧梦寻。
镜里朱颜都改尽，江湖未改少年心。

## （二）

卅载天涯若比邻，初心同未染霾尘。
何当豪饮西湖酒，南下江淮多故人。

## 周六值班毕回望办公楼门庭两株雪松

杀青旧稿候新篇，犹喜人归日落前。
左右雪松双卫侍，殷勤迎送已多年。

## 值班归途眺望斜阳红染一角高楼

淡抹浓妆日落迟，空中调色费神思。
宋唐多少丹青匠，甘拜夕阳真画师。

## 人间烟火暮归备炊二章

### （一）

骚人谁可废三餐？淘米新蒸玉一团。
烟火气飘楼道外，烟霞气敛夕阳端。

## （二）

无人陪汝立黄昏，自有陈年酒可温。
市井红尘烟火色，也藏诗意改乾坤。

# 四合院人家

坐拥秋光九月天，回廊影壁画中仙。
棋盘弈久桂花落，鸽哨归来升爨烟。

# 中秋节下太原二章

## （一）

投笔从戎去不还，太行山压吕梁山。
吾来边邑逢秋色，客舍并州无苦颜。

## （二）

风雅南朝鄙北朝，每从乐府识并刀。
君今淘尽汾河底，料有锋铓铁未销。

# 观太原 666 架无人机灯光秀

万灯炫亮太行山，直射苍茫云海间。
明月失光星让路，只疑身不在尘寰。

# 龙城故友留别

仰止太行安可攀？江湖重会鬓先斑。
归京且养浩然气，来日同登万仞山。

# 抵京之夜遥寄太原故人

阔别中年悟莫愁，南飞雁叫太行秋。
万家灯影初长夜，同望燕山月似钩。

# 京城之秋答龙城尹君

久违廿载故人情，九月西风吹帝京。
共拥燕山同一脉，连绵秋色到龙城。

# 致土地

炎黄血火久烽烟，廿四史翻人世迁。
定力无边唯后土，静观上下五千年。

# 江东诗友寄水中人参鸡头米二章

## （一）

手剥初离曲水边，百枚串起佛珠圆。
物移千里进京夜，犹梦波光鱼戏莲。

## （二）

古镇初尝芡实糕，水乡风物梦频招。
周郎一别江南久，料有湖山生寂寥。

# 康乾足迹

占尽名山是寺僧，帝王亦倦御街行。
康乾六下江南处，指点江山万里情。

# 暮辞京门下江南二章

## （一）

望极燕山白日曛，故宫不见见流云。
秋凉北国蛩鸣早，留与他人子夜闻。

## （二）

公牍劳形费一春，秋来方得有闲身。
临行莫奏渭城曲，诗画江南多故人。

# 夜抵江南二章

## （一）

唐诗雨罢宋词烟，润出江南一片天。
乘兴夜来思访戴，何方犹泊晋时船？

## （二）

俊贤辈出此山川，唐宋流芳锦绣篇。
兵燹劫波皆历遍，风华处处减当年。

# 人文荟萃之地二章

## （一）

读透西湖能几人？众生徒见往来频。
湖山赖有文人养，绣口锦心惊绝尘。

(二)

千年之后怅登临，名士故居藏隐深。
碑刻楹联久漫漶，僻无人处辨文心。

## 断桥二章

(一)

聚则相欢散则休，过桥不复做情囚。
绝痴最是白娘子，执手谁今到白头？

(二)

修得同船三世缘，风流一段说千年。
桥头过尽青衫客，若个书生再遇仙？

## 过胡雪岩旧居二章

(一)

溶洞高墙隔世尘，百思避祸欲全身。
陶朱公去千年后，恒产恒心能几人？

### （二）

深宅隐栖红顶商，传家处世两难防。
苦心藏富还藏拙，终是南柯梦一场。

## 经杭州戴望舒雨巷

女郎心结锁丁香，油纸伞中叹息长。
深巷仍多杏花雨，几人惆怅独彷徨？

## 经海宁徐志摩故里

生做情魔不羡仙，死为情鬼续前缘。
百年碧落黄泉下，可有人间四月天？

## 上天台山感阮肇刘晨遇仙事二章

### （一）

悔别仙姬归去来，胡麻饭饱下天台。
乡邻零落不相识，愁白青丝银发栽。

## （二）

桃花春向赤城开，久客求归下天台。
牢落仙姬绛罗帐，二郎何事不重来？

# 万松书院传为梁祝求学处四章

## （一）

青衿化蝶不成龙，师道尊严竟折功。
书院空施绛纱帐，未能解惑醒痴虫。

## （二）

气贵中和善养成，立人三省泮池行。
情缘深重书缘浅，梁祝当年业未精。

## （三）

谁道情殇瘗雁丘，登科山伯为民谋。
他年重撰新梁祝，化蝶哭坟移鄞州。

## （四）

岭院书香世莫知，蟾宫折桂是男儿。
满城金桂俱沉寂，独绽秋风第一枝。

## 皇初平昔为道士携至金华山石室

赤松子系牧羊儿，名载游仙两晋诗。
五百年来容不改，茯苓服罢食松脂。

## 金华北山双龙洞

钟乳悬空泉暗流，奇形怪似两龙头。
洞天三十六难渡，仰卧才容一叶舟。

## 东阳卢宅二章

### （一）

木雕彩绘出东阳，斗拱枋檐接画梁。
三大主厅庭九进，肃雍树德复荆堂。

## （二）

书香望族实堪尊，玉树芝兰大宅门。
天意宗儒敦礼教，护兹府第世间存。

## 义乌缘起

颜乌淳孝感群乌，衔土为坟哭大儒。
乌喙皆伤埋父子，呜呼毛血洒平芜。

## 重过东汉严子陵钓台

性与帝王之术乖，钓鱼岂为钓名来？
早知身后名如此，不向春江筑钓台。

## 浦江建光村诗人小镇

莫嫌村小慕风骚，黛瓦粉墙青石桥。
太白路连居易路，梦回唐朝接宋朝。

## 江南第一家郑氏宗祠

十五世孙居一门，治家尚义孝廉尊。
千年文脉何曾绝，为底今朝猝断根？

# 过江南鸿儒门第

儒道文明碎片残，一过一宅一深叹。
今谁得似先贤辈，腹饱诗书气若兰。

# 龙游士大夫旧府邸

宰辅牌坊进士居，一门诗礼乐何如？
深深庭院承庭训，出户胸藏万卷书。

# 龙游石窟

洞天福地步虚惊，鬼斧何时始凿成？
北斗七星连七窟，越王操练秘屯兵。

# 衢江烟雨

雨击键兮江抚弦，和声清耳已安禅。
静观水墨江南画，晴霁何须频问天？

# 夜宿须江畔

江南踏遍几多州，总有清江抱郭流。
宦海沉浮载游子，千年不涸是乡愁。

# 烂柯山下

山上棋仙去不还，谁能寡欲出尘寰？
今看山下樵薪者，犹为忧贫多苦颜。

# 过烂柯山

白云苍狗几经迁，对弈仙童未计年。
棋子落时松子落，纵然得道不飞天。

# 避雨西子湖畔二章

## （一）

并坐朱栏听雨声，秋湖柳浪不闻莺。
纸巾揩鬓蒙君赐，心若安时便是晴。

## （二）

避雨何曾通姓名，人间乐与善同行。
馈君报以天堂伞，淅沥声中各趱程。

# 南宋皇城街区小镇

文采风流异昔时，折梅折桂步迟迟。
若无泥马渡江事，半减珠光两宋词。

# 初秋夜听平常山房主人谈禅

桂子香飘八月天，汲泉煮茗夜听禅。
终当抛却红尘累，一壑一丘归自然。

# 天竺秋夜闻奏梅花三弄

桓笛吹来山更幽，梦回魏晋慕风流。
梅花开在清秋节，谁是座中王子猷？

# 秋夕黄君山馆设宴留别二章

## （一）

满斝新友故人情，黄酒三樽红靥生。
身化江南四才子，醉游唐宋又明清。

## （二）

玉笛飞声洗袖尘，惜无越剧唱良辰。
北归莫奏阳关曲，富甲江南多故人。

## 过龙井

草木无情亦有情，端居片叶煮浮生。
茶经三卷初成后，书案六经多一经。

## 满觉陇桂花

碧岑灵雨洒枝头，凉极始喷香更幽。
山寺月宫飘桂子，天上人间各中秋。

## 保俶塔

吴越王妃返故扉，君王望断燕双飞。
温柔一语真名世，陌上花开缓缓归。

# 登顶吴山城隍阁

东南信美敌天堂，独下吴山石径长。
今对湖山发宏愿，卜居晚岁住苏杭。

# 再别西湖二章

## （一）

世藏如此好湖山，半月盘桓不欲还。
旧十景兼新十景，三堤双塔更三潭。

## （二）

暮云合璧动离愁，又别风华第一州。
空剩无边好风月，周郎北去孰吟讴？

# 江南假日尾声

远逊当年霞客行，一周水驿复山程。
网中亲友如相问，善养天人真性情。

# 武威铜马

昔年霞客远行游，未抵安西沙尽头。
天马行空踏飞燕，万家羌笛是凉州。

# 敦煌琵琶

飞天女伎舞琵琶，声逐张骞入汉家。
非是龟兹传燕乐，宋词焉得播天涯？

# 又见蜻蜓

郊坰犹有绿蜻蜓，点水穿花飞复停。
羡尔未随懵懂客，廿年垂翅入燕京。

# 宝葫芦娃

夏日葫芦冬日瓢，舀泉舀酒百愁浇。
青藤一架田园梦，雨读晴耕忆晋朝。

# 故都秋雨二章

## （一）

朝雨潺潺蝉噪休，绿庭草叶尚无愁。
几番秋雨江湖夜，壮士美人俱白头。

## （二）

滴断琴心第几弦？听风听雨入中年。
天公亦老偏多泪，洒向门边更路边。

# 周日值班途中惨遭密雨浇透

未向东坡借一蓑，旅途难躲雨滂沱。
若心安处长晴霁，笑傲江湖风雨多。

# 夜值归途阻雨京坊

一雨成秋万户扃，江南忆滴故园庭。
无弦琴与悠长梦，最向芭蕉叶上听。

## 望月出楼

秦时明月挂西楼，老尽嫦娥做软囚。
今世今生照今我，中年中夜忆中秋。

## 旧历七月十七夜

蟾光下月是中秋，一任芳华付水流。
岂做人间惆怅客，无为有处卧高楼。

## 下楼闻促织

急报秋来第一声，阶前蟋蟀换蝉鸣。
万间广厦密如许，草罅犹藏天籁清。

## 老人与鸬鹚

白髯无恨亦无憎，竹筏漂流日月升。
自笑一生无大用，漓江唯善放鱼鹰。

# 观二战影片《这里的黎明静悄悄》二章

## （一）

一肩弹雨染芳华，天国收留五朵花。
战后重逢曾有约：故乡同唱喀秋莎。

## （二）

踏破军靴白桦林，枪膛射出女儿心。
血色黎明重寂寂，空余喜鹊自佳音。

# 朔方蓝天下

覆载苍生亿万年，高楼直上白云边。
情怀宜解千千结，来对茫茫湛湛天。

# 孟冬重归校园二章

## （一）

影摇孤塔水中央，霜染蓼红文杏黄。
日月光华出尘界，湖边曾照读书郎。

## （二）

重过黉门夙志违，韶华剩得梦依稀。
故交风流云散尽，独数水禽湖畔飞。

# 零下十度

初雪未飞风酷寒，月光瑟缩入窗栏。
红炉茶鼎门深掩，外有人间行路难。

# 当止

致虚守静倦雄谈，屏不刷新酲半酣。
指下停敲蓝键久，于灯阑处忆江南。

# 紫丛菊

霜风奇袭百花杀，偏向旧瓶开紫霞。
焉得深秋艳如许？疑春长住此人家。

# 桂林诗友晒桂花凋谢照二章

## （一）

象鼻山前金屑飘，长风万瓣堕林梢。
若为漂向漓江去，波光百里变香潮。

## （二）

瓣瓣秋华天地心，微于粟粒灿于金。
原凭山水甲天下，今夜闻香识桂林。

# 读史记之春秋庆忌

要离断臂计洵灵，刺客渡江漂血腥。
任是众人皆欲杀，英雄怎奈惜惺惺。

# 读史记之战国冯谖

寄食齐门霜发增，布衣自诮客无能。
倘非狡兔谋三窟，弹铗谁知为化鹏？

# 读史记之秦汉邵平

城东谁识卖瓜贤？韦杜城南尺五天。
莫道上林如许树，鹓鹓未借一枝眠。

# 大郊亭地名起源二章

## （一）

东郊狩猎出辽京，帝子王孙正壮龄。
射罢水禽无憩处，大郊亭筑小郊亭。

## （二）

千年淀泊了无踪，万物生生易变中。
凫鹜野麋何处遁？车如流水马如龙。

# 冬眠

秃干枯枝叶落频，新年轮掩旧年轮。
周而复始千山绿，又被人间唤作春。

# 重至惠州又宿西湖孤岛二章

## （一）

掬月枕涛桥作床，寄身忽在水中央。
澄怀乃梦东坡面，传道论诗一夜长。

## （二）

浮桥凝伫一湖烟，水槛波平月上弦。
孤屿若添中夜雨，青灯犹似六年前。

# 感苏轼谪放惠州二章

## （一）

吾本浪游君贬官，俱从苦境品清欢。
同为异代江湖客，若比前贤路已宽。

## （二）

两江合处起城楼，不夜歌呼闾巷头。
料想东坡初寓惠，一蓑烟雨木兰舟。

# 惠州西湖吊苏轼侍妾王朝云墓

未随苏子更南迁，料与西湖有宿缘。
岂羡巫山神女梦，六如亭畔化湖仙。

# 惠州西湖孟冬犹春二章

## （一）

堤桥十里缀亭台，三角梅偏蘸水开。
巡湖当惊殊世界，坡翁可惜不重来。

## （二）

闻报京华飞雪来，岭南花雨紫荆开。
环湖何物春光闹？四季桂和三角梅。

# 惠州西湖岸多奇树二章

## （一）

香殒孤亭鬼夜歌，朝云离魄梦东坡。
台湾移植相思树，种向西湖思更多。

## （二）

榕树鬈密芒果稠，南方花木可明眸。
观之不足无名树，九曲桥通点翠洲。

# 巽寮湾之夜二章

## （一）

知是心潮与海潮？梦闻浪拍击天高。
为谁鸣吼不平事，一夜鱼龙掀怒涛。

## （二）

一夕潮声应未闲，周遭昏黑见汀滩。
鱼龙潜跃华灯上，疑在维多利亚湾。

# 明月湾平海古城

户户家声继世长，儒风犹带古时芳。
岛民日近长安远，教化何能达海疆？

# 冬夜瞻仰中山纪念堂二章

## （一）

武略文韬济世雄，厥功奇伟不居功。
昊天假以廿年寿，天下为公谋大同。

## （二）

岁岁丹心化木棉，英雄气壮岭南天。
莫轻南国闲花草，热血喷时火炬燃。

# 珠江之舟

两岸灯流万座楼，开轩时见夜行舟。
往来只载淘金梦，不载离人阔别愁。

# 极简之冬

帝京过客各匆匆，尽是他乡萍水逢。
冬极空寥人极简，萧萧落木独看松。

## 北国之冬

卅年冬蛰客京华，不似江南神韵佳。
欲与岁寒三友约，楼前缺竹缺梅花。

## 对外经贸大学经典诵读评审

子曰诗云响泮宫，梦回大汉盛唐风。
莘莘学子青衿改，一种情怀今古同。

## 卷毛黄韭

妙计脱贫思锦囊，冬阳烫发一畦秧。
只疑晚菊金丝卷，垄上谁知是韭黄？

## 夜归遇小雪飒然而降

归途微霰洒绨袍，若有还无堕地消。
吾劝雨师休急骤，好留积雪踏琼瑶。

## 雪宵煮酒

万家醉倚玉栏杆，千里江山此夜寒。
绿蚁红炉围坐久，半生悲尽只言欢。

# 雪夜怀人

天涯各耐岁寒冬，南国梅花北国松。
亦惯人间多隔绝，不教执手话重逢。

# 残雪

玉屑斑斑幽处明，霁阳疑不到荒坪。
人间别有余哀在，心未放晴天已晴。

# 潇湘夜雨

楚湘古道水纵横，多少江湖过客行。
冬雨未凋南国树，当时相送此相迎。

# 夜驰雷锋故里

雨雾迷蒙阻夜行，绕道慕名过望城。
停车为觅英雄气，红色少年斯地生。

# 雨夜驱驰少奇故里

夜幕苍茫雨幕凉，抚膺扼腕近宁乡。
英魂不散游何处？长绕花明楼外墙。

# 己亥冬至

塞北云凝千丈冰，长空万里不飞鹰。
一年今日最长夜，焐暖情怀面壁灯。

# 冬至斋夜会客

江湖漂泊各天涯，岁末灯阑聚品茶。
一事同君终觉憾：京华冬至缺梅花。

# 安化行

浪迹资江碧山间，偷得浮生三日闲。
此去未登茶马道，听人博古话南蛮。

# 茶马古道

西行万里夜无灯，石烂残垂不老藤。
纵使重铺茶马道，惜无志士苦攀登。

# 安化红茶

一勺波光琥珀澄，寒宵香暖影摇灯。
知须日饮几樽后，淡泊人间泯爱憎？

# 油茶花开

冬至油茶犹吐花，仙葩阆苑玉无瑕。
明春若遇茶花女，相约开园歌采茶。

# 平安夜祈祷来日多闲

遍将宝物馈人间，神主深知涉世艰。
平安夜里朱颜改，不祈福祉只祈闲。

# 全球平安夜

太平洋望大西洋，吹灭几多红烛光？
拂晓神明赐何物？万家不寐各思量。

# 圣诞老人访华之惑

潜行一夜越西洋，乘鹿携来百宝囊。
愁赠髫童选何物？万家玩具已琳琅。

# 惊闻赴俄友人告知平安夜天气

连日红场气转和，疑身不在莫斯科。
司空见惯寰球暖，南极冰融料亦多。

## 桐城文友招饮席上闻臭鳜鱼

庖师切鲙入宸京，远别徽州江水清。
欲守洁身人不识，摇身一臭便扬名。

## 夜观国民硬菜地理

海味山珍不觉鲜，屠龙烹凤试争先。
月宫若长舌尖物，早驾神舟登九天。

## 审刊稿至夜深瞥见水仙奇绽

文案劳神意不佳，暗香新透厚窗纱。
陪人最是水仙子，子夜还添三五花。

## 今夕腊八

谁人陪汝立黄昏？自有熏炉粥可温。
滚滚红尘烟火气，舌尖吞吐是诗痕。

## 敬悉耆硕移居岭南度冬

南国繁花倍可亲，绿窗冬暖早知春。
平生己养浩然气，更养遐龄松鹤身。

# 五道营胡同

拆旧残余五道营，挥戈曾驻八旗兵。
百年变尽风云色，空巷唯看童子行。

# 篁岭雪柿

山深秋挂小灯笼，几树未凋犹耐冬。
只恐梅花太孤独，岁寒结伴雪中红。

# 天坛回音壁祈年殿

回音欲感九重天，何故难逢尧舜年？
此日圜丘跪天子，明朝高举暴君鞭。

# 天坛柏林寻九龙柏

寒翠苍苍一肃然，百年古木柏三千。
九龙柏下盘桓久，直唤龙腾兆梦圆。

# 小雪夜宴

轻裘驱驾蹴琼瑶，扶醉归途瑞雪飘。
六代同堂童叟乐，举杯俱是忘年交。

# 宴罢喜逢瑞雪二章

## （一）

送客归迟雪满襟，寒宵天地玉为心。
壮胸古井三樽暖，踏碎琼瑶几寸深？

## （二）

银妆一夜改山川，听雪品茶迟未眠。
劝嘱门前持帚者，明朝莫扫竹林边！

# 残雪夕聆听配乐诗朗诵故乡

一片归心千唤声，诗含韵律诵含情。
但愁雪阻梦游路，未过长淮天已明。

# 京师雪霁忆雪

六瓣飞花善粉妆，皇天后土白茫茫。
遥看玉树琼枝里，尘世恩仇尽雪藏。

## 残雪之悔

万室围炉裹麛袍，空遗冷月照琼瑶。
洁身自好无人赏，悔下凡尘走一遭。

## 曾厝垵

网红奇果味殊佳，燕侣多成美食家。
彼岸金门返乡客，浅湾不复隔天涯。

## 鹭岛之冬

秀拔东南气不同，拂衣温润一湾风。
绿荫红遍羊蹄甲，留住春光到岁终。

## 鼓浪屿菽庄花园

暗引汪洋入菽庄，长桥九曲接苍茫。
百年犹羡旧园主，独辟桃源世内藏。

## 遥怀鼓浪屿菽庄花园主人林尔嘉

四十四桥通五洋，移天缩地入私囊。
百年海上升明月，照见仙居清梦长。

# 胡里山炮台

百年双炮一尊存，毋忘厦门连国门。
洋务如非偃旗早，天朝或可转乾坤。

# 澳洲山火肆虐四月未熄二章

## （一）

六州榛莽尽枯焦，百日硝烟迟未消。
袋鼠机灵考拉笨，一般厄运两难逃。

## （二）

真成炼狱在人间，末日难民多苦颜。
首府烟花迎圣诞，权臣半未忘休闲。

# 夜宿闽南

舟车劳顿不知愁，渐悟吾身化鹭鸥。
听罢闽南异乡语，今宵梦入古泉州。

## 子夜车声

楼外灯河车水流，网红货向五洲邮。
重寻海上丝绸路，多少闽商夜未休？

## 茶之国度

绿黄白斗黑青红，颜值香型各不同。
极尽人间舌尖乐，人工巧欲夺天工。

## 安溪道上

路转峰回绕欲迷，梯田直上与云齐。
山前山后皆岚雾，护养春茶几万畦？

## 云岭茶庄园

何处桃源安顿身？凌霄疑与八仙邻。
耽茶迟欲下山去，畏逐人间车马尘。

## 安溪铁观音

闻香慢沁已清心，佳茗如朋不换金。
一世身须日三省，修成南海铁观音。

## 无人机喷虫护茶

云岭无人舞半空，嗡鸣声里减人工。
茶园今禁喷农药，故播螨虫攻害虫。

## 茶工坊

日月精华擎掌中，劝君珍惜妙香浓。
春来一片青青叶，费尽农人十道工！

## 再别厦门

环城皆海枕涛声，碧月先从海上升。
别后化身天际鹭，呼群鼓浪屿中鸣。

## 子夜抵京

南北物华洵不同，返京弥望翠阴空。
白杨萧瑟鸟窝冷，半点青葱是塔松。

## 喜鹊午憩

四觅佳音传万家，销声翕尾寐枝桠。
且容疲喙片时歇，啼出人人梦里花。

# 5·19国家旅游日忽忆武威奔马

天马西来梦远游，万家羌笛是凉州。
江山代有徐霞客，直抵安西沙尽头。

## 蓝天雪松之梦

人间犹未净瘟氛，万里湛蓝无片云。
荷戟群松倚天外，步兵不做改空军。

## 北方之海二章

### （一）

辞京寄宿海汀洲，逆旅主人宵自愁。
一国避瘟连百日，万家迟未远行游。

### （二）

渤海四时三百日，客稀长为水寒忧。
安能煮海呼张羽，冬至何妨浪里游？

## 海畔紫槐花

在水一方无美人，槐花自赏我凝神。
停车坐爱猩红色，亘古荒滩亦有春。

## 海防英烈

潮打荒滩雪浪堆，登礁襟抱似登台。
英雄代代沉沙底，岁岁海鸥南徙来。

## 碧海螺

大浪淘沙溺复漂，浮沉历尽识逍遥。
众声乱耳归京后，梦听心潮逐海潮。

# 洛阳国家牡丹园育花使礼赞二章

## （一）

昔寻旧圃洛阳宫，九色千娇品不同。
半世但求精一业，人工极致夺天工。

## （二）

反季花开随意佳，卅年阆苑育仙葩。
匠心不逐流光改，淡泊心开富贵花。

# 观藏羚羊出没图

六月高原草半黄，双枝群舞见羚羊。
何须挂角藏身寐？夜夜人间少猎枪。

# 重听传统黄梅戏小辞店二章

## （一）

草根市井有情天，谁卜良缘是孽缘？
十字街头一回首，三年往事岂如烟？

## （二）

投身逆旅总须归，露水因缘日易晞。
流泪眼观流泪眼，论谁昨是与今非？

# 芒种蓝

半空布谷赛腔圆，万里无云是此天。
蓝到人心澄澈处，纤尘不染欲通禅。

# 夏夜闻笛二章

## （一）

别有清凉不是风，玉龙吹彻小楼东。
知音岂止人间我？引得夏虫鸣草丛。

## （二）

一支竹管尽悲欢，不是知音不与弹。
万籁曲终皆静默，月移欲下碧云端。

# 儿时初夏

也曾鬈龀不知愁，桑葚酸流红肚兜。
夜半金蝉新蜕变，分兵潜伏柳梢头。

# 城东再望月

秦时明月上吾楼，欲转银盘去复留。
六百回圆光皎皎，人间照白少年头。

# 圆明园莲花二章

## （一）

莫待枯荷听雨声，不辞炎暑绕湖行。
蝉鸣蛙鼓齐呼喊，催出新荷妆乍成。

## （二）

三世三生已渺茫，一花一叶费思量。
废墟哪朵犹含恨，惊梦刀光更火光。

# 长安十二时辰二章

## （一）

岂止危机十二时？开元盛世梦醒迟。
双星乍誓长生殿，鼙鼓渔阳撼帝基。

## （二）

诛叛徒劳郭子仪，大唐元气已颓萎。
江山从此夕阳里，帝国顺民知乱离。

# 大运河莲花

六下江南张锦帆，康乾全盛岂平凡？
御河千里归民庶，两岸莲开不戒严。

# 夏有竹阴二章

## （一）

王谢堂前忆子猷，白衣一袭绿中游。
相随形影如君子，好竹无言胜好述。

## （二）

穿廊痴羡玉琅玕，入夏经冬绿未干。
心动影摇风乍起，一庭秀色可忘餐。

# 东四环外车水灯河

绿光红影疾穿梭，未减车流雨夜多。
天帝自嫌星黯淡，九霄之下望灯河。

## 十渡暮还

回望依依山外山，人生几再片时闲？
夕阳练就丹青手，匀抹群峰皆醉颜。

## 车近易水

野夫抱恨议荆轲，寒彻千秋壮士河。
战国七雄今一统，川平不卷怒时波。

## 穿越十八渡

山围屏宬水浮槎，独慕风光十渡佳。
驱驾今穿十八渡，不思冠盖满京华。

## 驱车百里骤雨忽霁

水幕雨花看未清，空城旷野少人行。
白云鏖战天宫罢，反剿乌云一线明。

## 平谷仙桃

雨润红腮笑出唇，千枚颐寿口生津。
莫随王母升仙去，长做江湖游浪人。

## 拨冗雨夜

一世几人夸自由？名缰利锁更情囚。
何当身与心漂荡，万顷波涛不系舟。

## 仰望星空

情怀少壮久销磨，居所东迁半载多。
伏案年年对仓颉，何如夜夜望星河？

## 燕山夜雨

扶醉痴看一室花，楼台夜雨正沙沙。
魂无归宿皆流浪，心若安时处处家。

## 酒后夜雨听荷

醉看雨打水莲花，谁道诗书气自华？
不必忘情情已远，半生遗落在天涯。

# 今夕不审稿

白茶福鼎有回甘，更取金樽酒半酣。
卸我负担今夜雨，一场清梦下江南。

# 都城黄昏滞雨

霓虹水幕影摇摇，别有忧怀不可浇。
过尽长安街上客，几人诗性梦唐朝？

# 西站红莲花三章

## （一）

嫣然一笑踏波来，偏向红尘闹处开。
阅遍宸京南北客，初心何处惹尘埃？

## （二）

回眸一笑乍凌波，水府蛙声齐踏歌。
热浪红尘俱滚滚，清凉世界不须多。

## （三）

欻变清凉世界人，红裳翠幄两无尘。
睫前一一风荷举，哪朵来生是我身？

## 览贞观政要思大国治理

明君贤相惕民忧，水可载舟能覆舟。
莫道箴言已陈旧，贞观善治烁千秋。

## 西飞青海

人生几度一身轻？初向高原万里行。
极目乾坤真朗朗，浮云不碍日光明。

## 高原风爽

置此天高心亦宽，人间万事等闲看。
风生袖底来天外，只觉清凉未觉寒。

## 青藏高原油菜花六月始开

贬向高原不自哀，芳心静待信风来。
终年更有高寒处，一朵桃花未许开。

# 白公馆狱前石榴二章

## （一）

硝烟散净几春秋？残壁犹存老石榴。
别有英雄魂不散，盘根穿叶到枝头。

## （二）

果瘦花残七十年，只留虬干忆烽烟。
英雄一去红榴老，不媚风和日丽天。

# 车经燕山

铁龙穿隧百重山，落日辉煌天地间。
亘古兵家征战地，万民击壤白云闲。

# 海畔端阳之夜

海潮何事自奔流？夜久人间笑语休。
荡涤我心千尺浪，两忘爱恨与情仇。

## 湖畔隐士

栀子枇杷占后庭，葡萄一架乍垂青。
不迎俗客篱虚掩，只任瓜藤绕宅生。


## 建外送罢吟友端午自往南站

君子南行我北巡，漫天炎毒不侵身。
诗词国里清凉界，每遇仙风道骨人。


## 都城新霁

天地重光万象明，布衣人在玉山行。
奔忙最是穿林鸟，排练新歌换旧声。


## 昏迷复醒南望金陵钱塘

秦淮西子宴豪门，万道波光捧月轮。
只照金杯盈玉液，不照朔马骨嶙峋。


## 街角遇广陵芍药乃购之

烟雨江南移我家，嫣红一抹点朱砂。
夏来百卉俱辞世，留住春光是此花。

## 午醒偶成

一声浩叹觉来惊，踏遍关山未了情。
直道人间留不住，挥鞭更向日边行。

## 日出入行

六龙御日擘天风，西下虞渊无复东。
欲命操戈麾日退，只今安觅鲁阳公？

## 岁末坐闻百年古钟自未名湖畔山亭传出二章

### （一）

江湖渺渺忆金兰，惊破铜钟子夜寒。
已报乾坤改元日，宁无一字问平安？

### （二）

冰湖一片阻行船，钟磬还如百岁前。
变却春江花月夜，随人添寿入新年。

## 燕园留别

从此江湖初问津，牡丹凋谢沁园春。
湖光塔影依依在，留与后来新主人。

## 末班地铁站口

入站沙尘出站风，闻香始觉腹肠空。
更须刊样连宵校，且就摊前饮一盅。

## 双休绝缘

减销筋力逊当年，伏案无边天复天。
默坐花间归陋室，更无多语向人前。

## 玫瑰院落

天女散花过此邦，玫瑰遗落满庭芳。
南风吹卷吾心去，亲近人间自在乡。

## 入夏

且让年华付水流，捱过苦暑是金秋。
人间多少无为客，别有欢颜到白头。

# 天人俱疲惫

炎毒浓云笼永昼，摭来片雨黄昏后。
几多块垒近端阳，鲸饮雄黄须劲酒。

# 初夏夜审稿

前世莫非蝙蝠身？每于深夜长精神。
七篇改定凭栏久，灯影窥吾倍觉亲。

# 海上逢新朋故交

一别江湖各渺茫，今宵细话旧时光。
江南未与春相遇，重聚同攀桂子香。

# 石桥往事

昔岁同尝芡实糕，浮生又倚放生桥。
闲鱼不管人间事，碧浪波翻蹿白条。

# 江南处处遇芭蕉二章

## （一）

又过江南曲水桥，粉垣低掩绿芭蕉。
能供主仆同晴雨，良友如斯诚可交。

## （二）

栖身只在馆墙阴，听惯主人琴夜吟。
不向前庭迎复揖，碧光未减百年心。

# 废园

断井颓垣草不凋，名流门巷久萧条。
江南旰昃众生散，细辨碑铭过拱桥。

# 谍战剧多取景上海

浦江旧事已茫茫，石库门高巷弄长。
出没憧憧多谍影，当年夜色倍苍苍。

## 暮抵上海

晚风含润有回甘，软语吴音久不谙。
吾自北来花落尽，春心未减俏江南。

## 明日立夏

乍有热风掀衽裳，繁华谢幕剩苍凉。
蔷薇芍药知春尽，双倚篱墙疾赶妆。

## 聊城有贤士

暮春掩卷忆聊城，中隐儒贤术业精。
诗国江山主神味，不教意境独蜚声。

## 劳动节连续四日加班

何曾节至觉身轻？空羡闲人郭外行。
草罢文山万言序，树阴馈赠一窗青。

## 雨后斜阳

新霁天如瓷器青，绿肥荫密鹊身轻。
人间纵有伤心客，春霁晴时泪亦晴。

# 听京剧二进宫

不爱西皮爱二黄，苍凉悲慨断人肠。
绕梁绝唱胡弦急，舌战风云起庙堂。

# 甲第巷夜听潮剧荔枝缘

蜚声一剧岭南知，金玉红媒托荔枝。
古巷春宵闻管乐，几家围坐唱相思？

# 沐雨赏社稷坛太庙两处国花二章

## （一）

西社凋零东庙残，乱红塞圃雨帘看。
空忙半月红尘事，已误花期访牡丹。

## （二）

开残国色我来迟，富贵缘悭今更知。
自是劳生多憾事，花期错过错佳期。

# 雨天倒休日二章

## （一）

诗书阅饱下楼台，太庙牡丹招我来。
莫怅园空众生少，国花也为一人开。

## （二）

远离会海更文山，每惜生涯一日闲。
国色料知春欲暮，妆容雨溅泪斑斑。

# 家有国花

茶瓯泡出牡丹花，留住残春住我家。
嗅得天香诗万缕，一怀春意走天涯。

# 暮雨经天安门

一阙完存孤望天，九门拆尽化灰烟。
何当身借百年寿，再阅风云五十年。

## 绿雨知春深

漫卷诗书喜不禁,绿肥帘外已春深。
天宫细雨敲窗入,淋到衣前润到心。

## 晓遇鸢尾花

留住残春赖此花,志存鸿鹄唳天涯。
芳心犹带蓝天色,折翅何年落万家?

## 连续审稿至凌晨乃毕

半室烟圈未合眸,绿茶饮罢饮红牛。
悔同文字长交友,赔尽芳华到白头。

## 抵京之夜

万户灯阑梦早酣,朔京岁月倦重谙。
行囊沾湿紫荆雨,幸与留痕忆岭南。

# 子夜出首都机场偶购庐山牌香烟蓦忆八十年代电影庐山恋

朔方水土朔方天，不惯南归夜未眠。
缕缕香烟燃梦幻，纯真长忆那些年。

## 夕雨别粤归京

榕下谁弹粤语歌？紫荆留客落花多。
离情已似珠江水，暮雨飞来更涨波。

## 中山纪念堂前木棉王礼赞

一岁花开一忆君，百年故国幻风云。
红棉改姓英雄树，长向苍天举炬焚。

## 岭南越秀山静夜思

南越国王安在哉？望穿凤诏日边来。
于今越秀山前客，朔旦谁登朝汉台？

# 读史土木堡之变二章

## (一)

御驾亲征何慨慷，英宗弓满射天狼。
阵前猝变行军路，衣锦家奴归故乡。

## (二)

战地忽成儿戏场，弄臣一笑户生光。
凯旋瓦剌应惊诧：廿万明军半死伤。

# 昆曲故里巴城溯源二章

## (一)

昆曲惊如神曲传，大唐源溯越千年。
黄幡绰寓昆山日，宫乐民谣共入弦。

## (二)

玉山雅集讵如烟？犹见风开并蒂莲。
六百年前曲王植，顾家池毁种相传。

## 羊城坊巷

邻里相望一片天，万家榕树美髻连。
南窗栖鸟穿云出，飞入临街北屋前。

## 梅州夜雨

谪客蛮荒望故乡，千年五度大流亡。
万家苦雨南迁路，淋湿乡愁一夜长。

## 梅州暴雨车不得发

朝雨吞城密似梭，春江骤涨少人过。
客家千载南迁泪，料比梅江潮水多。

## 暴雨岭南道上

泼向群山绿倍增，乐听密雨打窗声。
一蓑已向东坡借，何惧天公不放晴。

## 停车服务区路边店

榴莲橄榄复枇杷，悦目岭南风物佳。
地下何须炫文物，已叹物博是中华。

# 初至世界客都

客都作客月轮升，椰抱梅江江抱城。
平仄分明客家话，恍听古韵诵诗声。

# 感客家方言犹遗唐宋入声韵

别有心潮夜未平，一方未绝古文明。
月斜久立梅江岸，独听客家平仄声。

# 谒梅州叶剑英元帅故居

儒帅原非草莽中，岭南烽火满江红。
濒危不倒故园屋，挺有脊梁拦疾风。

# 继善堂见百只蝙蝠

生前身后不苍凉，厚德门风继世长。
蝙蝠年年犹赐福，群栖仁者旧椽梁。

# 途经松口古渡

梅江津口下南洋，频寄侨批驿使忙。
厚载乡愁如水涨，百年打坏渡头墙。

# 乡村振兴岭南调研七章

## （一）

农耕未绝五千年，不信今贤逊古贤。
话到乡愁牵梦处，雨花飞洒到廊前。

## （二）

百亩池塘即桃源，春养鱼虾夏养莲。
雨污分流乱蝇去，一行白鹭下青天。

## （三）

凤凰山碧隐农庄，累累青蕉夹道旁。
安得一株悬百串，丰年长馈万家香。

## （四）

屋后山前密密栽，过犹不及恐成灾。
村官夜望发财树，物贱心忧跌下来。

## （五）

嘤嘤鹅唱木瓜悬，围屋人空举族迁。
燕子已巢新宅院，叼花犹过旧檐前。

## （六）

村有青梅伴竹林，青梅竹马两情深。
人生若只如初见，来此重寻少小心。

## （七）

借来好雨借东风，梅子熟时黄透红。
更待脱贫闻大捷，青梅煮酒话英雄。

# CA1347

此趟航班一半闲，两边虚席坐中间。
空哥空姐迎宾客，不减淡妆和笑颜。

# 出差前夜洗衣机脱水失灵

且开风扇且空调，水滴应教一夜消？
满室凉飚腾热浪，心忧衣湿恐花凋。

# 朝发帝城

一夜烘干橱架衣，晓来轻逐彩云飞。
燕山怎似珠江岸？知否绿肥红更肥！

## 朝辞京阙

天宫假日彩云闲，银翼频频去复还。
也借长风千万里，送吾飞度岭南山。

## 紫藤花开

丹青费尽百花开，九十韶光妙手裁。
蓦见紫藤爬满架，报人春尽夏初来。

## 昔过张掖丹霞

何时彩石陨人寰？丝路无言夕照间。
夜梦千枚女娲石，补天剩落祁连山。

## 见人食苜蓿

喂羊饲马荒原草，今入舌尖唇齿来。
人畜千年分久合，同餐共处不疑猜？

## 花间小道夕照

南园香谢北园开，曲径春风绿到苔。
四月天忧花褪色，夕阳一抹补妆来。

# 春宵三审校毕乃安二章

## （一）

廿年未敢一身轻，纸上银丝已不惊。
潇洒江湖闲梦短，深知负重是人生。

## （二）

一卷书刊夜夜心，百花酣睡自沉吟。
天涯此刻同幽寂，越宋穿唐思古今。

# 羊蹄甲花满福州

紫气祥云入万家，长驱不觉驿途遐。
满城尽带羊蹄甲，风起天仙齐散花。

# 良宵

繁花谢幕鸟栖林，嫩柳藏莺初静音。
百感欲来春劝止，身轻梦浅夜深沉。

# 江船桃花

照水妆成浓淡间，暗随游子渡江还。
倚舷花颤晚潮急，船尾夕阳山外山。

# 卧佛寺黄梅二章

## （一）

众拜佛陀吾拜花，嵯峨山寺隐云霞。
一枝莫许出墙外，恐使香飘尘俗家。

## （二）

众生日昃散归迟，料被山僧一笑痴：
香色空空花过眼，不遗惆怅不相思。

# 甘棠之花

千年美政尚遗芳，扶风县古遍花乡。
往来车马知多少？总惭父老说甘棠。

# 南国枇杷早春缀花

几人辨识几人看？尘巷冰心玉一团。
不向三春斗颜色，免教梅树太孤寒。

# 诗不如画

莫做骚人做画家，嫣红姹紫正无涯。
勤公但恐夕阳晚，冷落一庭桃李花。

# 山海关丁香二章

## （一）

一统江山不设防，秦月汉关久已荒。
春风绿遍长城垛，关内花开关外香。

## （二）

销尽狼烟古战场，春来唯见紫丁香。
不磨天地英雄气，散入花魂望故乡。

# 举国牺牲者消防为最二章

## （一）

荒林白骨认童颜，三十英灵去不还。
劫后春光花溅泪，英雄一去老苍山。

## （二）

清明西望大凉山，别有芳华人世间。
堂上萱椿家祭日，料添白发更斑斑。

# 红二军渡江碑二章

## （一）

群山夕照满江红，曩昔艄公作鬼雄。
鱼水新谣谁复唱？英雄只在画雕中。

## （二）

金沙水拍令新颁，抢渡长江第一湾。
六叶方舟轻胜羽，红军三万得生还。

# 抚中国地图

寸寸河山设祭坛，千秋多难几戕残？
春来我有男儿泪，不向英雄不与弹。

# 京都初雪复霁二章

## （一）

晓来微霰初凝瓦，黄菊斜垂几万家？
又报岁华摇欲尽，绿窗迟未爆灯花。

## （二）

端居萧索愧韶华，雪霁东窗七彩霞。
谁舞长绳拴日足，崦嵫西望不西斜。

# 解语知音之花

面壁无声一院栽，几人知是美人梅？
春风挥手拨弦罢，五线谱前花怒开。

## 春日牧羊图

左牵紫骏右牵黄，梦个闲人栖远方。
汲水劈柴修木屋，梨花风起牧吾羊。

## 花间牧羊

京郊牧罢散余霞，羊独迟迟不返家。
料亦闻知春欲尽，低头垂耳吻梨花。

## 世有闲人

十字街头一局棋，槐花飘鬓堕长髭。
玉堂金马争来易，一世闲人修炼迟。

## 悲秋难医

西风入室便凝眉，岁岁悲秋成病痴。
下月南迁过五岭，开轩常对绿椰枝。

## 黄梅戏宗师严凤英逝世三十三周年祭

长揖长叹长折腰，仰君才艺岱宗高。
黄梅三度花千树，若比香醇皆涩桃。

# 碧落冰轮

宾朋经岁半零星，卧疾空园醉复醒。
此夕此心谁与共？依然好月落中庭。

# 友寄菏泽牡丹二章

## （一）

半犹遮面半争开，果是曹州国色胎。
何必女皇颁御旨，天香一缕上门来。

## （二）

驿寄梅花未解鞍，江南春色玉关看。
今吾启户迎佳客，客乃远方红牡丹。

# 长街绣球花

匆匆过尽是车流，谁向街心抛绣球？
砸中何人择佳婿，桃为媒妁系红绸。

## 京城四月天

四月邀君来帝京，万家庭院百花迎。
京城多少良宵话，尽被隔窗桃李听。

## 三月殆尽春过大半

明日人间四月来，文山会海困楼台。
东风若与周郎便，陌上繁花缓缓开。

## 海棠夜赏

旧时月色照仙姿，美在万家初睡时。
琴友闲招人不寐，花间对酌斗唐诗。

## 赏心佳日

百岁何怀千岁忧？一年乐事在春秋。
暂收千里射雕眼，看落百花春水流。

## 巴蜀人家

一院闲人只说花，楼台帘卷撤窗纱。
采花许我化庄蝶，飞入成渝百姓家。

## 荒郊野牡丹

谁识荒坡国色胎，几枝选向御廷来？
君王自喜多恩露，野有遗贤未尽才。

## 答于君拟车载故乡牡丹入京

清明料又客京华，千里移栽富贵花。
水土异乡人未服，安能盆绽一枝葩？

## 油菜花海

不教铺向天庭去，四面青山拦复阻。
最是春风魔术师，梯田顿变黄金土。

## 此何庭院

疑入宋词深院中，谁家筑梦百花宫？
只容万紫千红住，不许庸人曲径通。

## 春宵审刊

半世难逃文字交，帝乡空自梦渔樵。
万言改定花都睡，尤负幽兰又一宵。

## 巴黎春早

异国花开高访时，华夷各美互堪师。
元知塞纳河清浅，不及长江万里诗。

## 文明互鉴

飘香各飨国之家，君有咖啡吾有茶。
疑料浓浓行不远，信知淡淡走天涯。

## 七彩兼美

闻香梦入彩云家，滇有咖啡亦有茶。
丝路遥通茶马道，西行南下两天涯。

## 秋登百望山

劳生焉足百回望？此地偏留百望山。
一望一回春一老，百回望断几人还！

## 最美援手致敬十九岁消防警

死生大矣两难间，谁管鸿毛与泰山？
人世茫茫浮苦海，几多反扑救生还？

## 春见幽兰独未见桂

红楼梦里满庭栽，兰桂齐芳送福来。
安得羲和错穿越，春兰秋桂一时开？

## 夜览学人于永森君春江花月夜巨著

孤篇臻美妙无伦，意象圆融意境纯。
别有高峰犹未及，至真至善蠹诗神。

## 帝京夜云

暮收雨伯与雷公，夜涌乌云月晕风。
正是阴阳交战际，城头天马恣行空。

## 观重庆李花不寐图

千年犹号雾都无？夜雨巴山旧驿途。
好是春风弹指处，月移花影满江湖。

## 木瓜花开

花开友善护庭除，翻检诗经名已书。
众里今投木瓜去，几人犹报以琼琚？

# 春日过雍和宫

烟火氤氲香烛台，少年络绎跪尘埃。
谋生祈愿知多少？转运央求锦鲤来。

# 三春白玉兰怒放重过新华社内民国红楼四章

## （一）

百年沐雨几番修？昔有少年居上头。
自本人间惆怅客，花开时节过红楼。

## （二）

宫灯点亮旧红楼，世纪风云残壁留。
二十年前楼上住，凭栏春望未知愁。

## （三）

冉冉芳华去不留，廿年尘世几沉浮？
楼中少俊皆分散，白玉兰犹不识愁。

## （四）

红楼重过忆芳华，朋辈久分天一涯。
不管江湖天亦老，玉兰犹吐少年花。

## 新闻大厦外墙隅遇见桃花

僻无人赏自严妆，深抹嫣红淡抹香。
伫久忘归非独我，迟迟天外下斜阳。

## 政协会闭幕后途经什刹海

九尽皇都阳气回，围湖红雾望成堆。
只缘近水花先发，不待年年青帝催。

## 春之力

未许骚人鸣不平，春来心事转轻盈。
暂将忧国忧民眼，看取山青芳草萌。

## 春之夜

花在楼群幽处明，春来庭院若添丁。
万家切切多私语，任被隔帘桃李听。

# 无花院落

春色平分谬妄哉，楼前不见一花开。
群蜂飞过邻家院，夜幕无私落下来。

# 未名湖上鸳鸯群

双栖不弃不离身，春水长流毛羽新。
湖畔偏多鸳鸯鸟，花前已少白头人。

# 春夜少眠亦少言

为惜芳华夜未眠，晓窗又是赏花天。
春来不爱人前语，美在山林涧水边。

# 审稿罢乘地铁迟归

夜幕低垂睑亦垂，昏灯摇晃倦奔驰。
眼前何物令君喜？出站白兰三两枝。

# 花期

一树芳华一夜诗，前身无乃是花痴？
春来不凑人前语，唯对百花无厌时。

# 玉兰院落

惊谁琢出玉无瑕？何处人家一宅花？
疑入宋词庭院里，红尘阆苑有仙葩。

# 春宵审刊毕乃思清晨种花

捻断髭须花已瞑，稿经三审一身轻。
东风晨与周郎便，西府海棠栽草坪。

# 付印前夜审刊

春暖良宵细细长，阴阳双节岂寻常？
千行勘罢休言倦，花气袭人一室香。

# 同祝龙凤双节

龙凤呈祥正此时，皇天后土有雄雌。
女儿节遇男儿节，春暖抬头共展眉。

# 男仕琥珀佩饰二章

## （一）

蜜蜡黄兮琥珀红，初心本自出松枫。
万年等待君来顾，祸福同行尘世中。

## （二）

亿年松柏泪清凉，毓秀钟灵日月光。
润腕温肌入君梦，天人永结善缘长。

# 京坊又闻黄梅戏二章

## （一）

百尺楼台二尺琴，声声犹奏故乡音。
人间我亦青衫客，廿载京师夜夜心。

## （二）

轻飏水袖即天仙，绿水青山笑亦妍。
若解人间愁万种，几多剧目待新编？

# 试蒸饭

莳兰耽咏忘三餐，淘米新蒸玉一团。
烟火散消楼外去，夕阳醉饱暮云端。

# 候客

香草美人怀楚辞，都城春讯却来迟。
门敞虚室风先至，自灌幽兰修碧枝。

# 题王珣帖

盛唐气象俗称奇，东晋风流私慕之。
王谢堂前唯一札，阳春白雪几人知？

# 倚楼暮温全唐绝句

恢宏气象转深沉，无限夕阳惊客心。
楼外春温升未减，苍凉满纸晚唐音。

# 生辰之夜翻检旧照五章

## （一）

剑胆箫心婉亦豪，芳华意气逐云高。
天公若遂骚人愿，来世无情试一遭。

## （二）

无花无月静闻箫，举酒亦无愁可浇。
过客无心计年寿，悲欣两忘送今宵。

## （三）

高楼冬夜转春宵，抱恙遥听隔院箫。
却忆凌云少年梦，樽前祈愿烛光摇。

## （四）

夜游秉烛惜光阴，沧海碧天无古今。
天地重苏百花蕊，江湖老尽少年心。

## （五）

诗仙诗圣两难师，更慕巴山夜雨诗。
长揖深沉李商隐，却生异代不同时。

## 西双版纳绿蕉旧照

野外澜沧好灌蕉，绿肥频向路人招。
一身泼湿太阳雨，十载江声入梦遥。

## 江南将成花海怅不得归

百卉开逢两会开，长江南望几登台？
斯身不及渡江燕，北国空歌归去来。

## 一把胡琴

丝弦竹韵响京华，弹指催开五色花。
怀抱琴囊传百代，初心不改走天涯。

## 供春砂壶

佳茗应宜雅士喉，日光月色一壶收。
炎黄巨匠知多少？流落江湖到白头。

## 民国家具

物人经岁若相知，夜半花梨欲语时。
几度劫波缘契在，可栖迟处养天机。

# 观巴蜀闽越吟友晒早春百花

远山花海近楼台，红白梅樱任性开。
挥袖驾云辞帝阙，尾随仙女下凡来。

# 春天赤子

北国未闻蜂蝶来，江南已晒百花开。
何当修炼分身术，南北春天过两回？

# 建国门见喜鹊齐集黑桑

欢娱久不上眉头，欲雪黄昏驾出游。
郭外野桑空落木，喜鹊登枝犹报忧。

# 京师之夜春气转暖

众掩千门鸟择巢，百花不寐各含苞。
开窗风告春消息，莫把芳华键上敲。

# 移旧空调

伴我炎凉奚忍抛？舍金移转向新巢。
楼台痴答蜘蛛侠：旧物多情似故交。

# 清空旧居二章

## (一)

十八年来厌陋居，难容几架圣贤书。
缘何西出东迁日，别有痴怀眉不舒。

## (二)

弃捐旧物更无余，满室空空人亦虚。
从此楼台新易主，月光不照半床书。

# 在京观故乡黄梅封箱戏二章

## (一)

丝竹吹坼一枝梅，移向京华静处开。
乡音乍起乡愁起，今夜梦魂归去来。

## (二)

今宵驸马是须眉，公主怒消嗔笑窥。
帽插宫花身入戏，安能甄辨是雄雌？

# 圆明园元宵灯会

废园池月映华灯，变尽山川百兽形。
灯火阑珊人去后，斑斑残雪暗中明。

# 闻报故乡瑞雪恨不得观二章

## （一）

倦游谙尽江湖味，一去京华嗟早归。
白雪不知游子意，九霄迟落故园扉。

## （二）

独羡寻梅踏雪来，黄红二色竞相开。
雪花自视清高物，忝列梅园添白梅。

# 夜观友晒水都威尼斯图

水上余霞岸上楼，巨轮游艇泊中流。
载愁不及姑苏地，犹有乌篷舴艋舟。

# 归京室中花草焜黄失色二章

## （一）

室花检点半枯萎，不奈高楼地暖吹。
始悟水仙真水性，亡灵却恨我归迟。

## （二）

更向新丛购绿枝，归来花死莫须悲。
独怜兰草浑无恙，师效园丁勤护持。

# 驿途作留别至交至亲二章

## （一）

来是飘风去是烟，知交如酒慰流年。
别时同扰人间泪，莫溅门边更路边。

## （二）

年年游子类征鸿，掩户宵辞不语中。
料得此时慈母起，衾温人去榻空空。

# 辞乡北上闻报京师初雪二章

## （一）

一夜风狂势撼扉，未明已起换征衣。
遥怜雪满长安道，千树梨花迎我归。

## （二）

初三归去六花飞，北国风光壮帝畿。
紫禁城中故宫雪，红墙黄瓦更巍巍。

# 将辞颍州夜雨飒至二章

## （一）

唤雨呼风一夕凉，春神知我欲辞乡。
沾衣莫拭江淮雨，好润诗心走远方。

## （二）

无端细雨又淋廊，打湿桂枝流碧光。
慰语高堂莫轻伐，归来应是桂花香。

# 别家前夜二章

## (一)

乡愁超载压行囊，留下牡丹梅树桩。
慈母严亲俱八秩，此身又作远游郎。

## (二)

四世围餐浃馆堂，骊驹歌起举离觞。
明朝北上京师去，人事苍茫天一方。

# 亳州花戏楼立春闻俚谣二章

## (一)

应似尧天击壤歌，立春笙暖气阳和。
寒梅亦爱听谣曲，花戏楼前花发多。

## (二)

耳边梆鼓换新声，脚下商都三国城。
行遍江南好山水，乡音又唤故乡情。

# 重过颍河闸二章

## （一）

遍送行人渡众生，安澜悉仗一桥横。
十年未绕桥头过，流尽芳华是水声。

## （二）

廿载浊流今复清，吾身轻觉白帆轻。
眼前一片沧浪水，可濯足兮堪濯缨。

# 元旦观湘西白家村雪落冰河图

于斯独厚落苗家，湘女多情山色佳。
仙雪在天天在水，蒹葭冬绽白莲花。

# 江淮夜雨

故里重归觅故知，三醒雨霁欲何之？
安能折减千年寿，换取拈花一笑时！

## 夜发钟楼

了却公文身暂轻，襟边月是旧时明。
乡愁唤似知更鸟，不待五更催早行。

## 迁居暂未装线通网

初心久与古人疏，击键声中失旧吾。
今夜只看明月入，清光初照半床书。

## 年关客京怀乡

客寓归难留亦难，故园已拆欲何安？
梦魂频绕徽州道，先折梅花月下看。

## 排长队办歌华有线

跂望长龙力不支，此身何在此何时？
眼前窗外皆萧瑟，修竹翠寒三两枝。

## 观同仁少儿学包饺子

喜拌韭芽包月牙，下厨代母莫须夸。
育儿不劝读千卷，出个东坡美食家。

# 诗国词国梅花二章

## （一）

倦客京华抱闷思，江南正是赏梅时。
劫波度尽香如故，犹有大唐南宋枝。

## （二）

暗香疏影雪来时，咏尽唐诗更宋词。
一别江南音信杳，梅花为我害相思。

# 年来踪迹

芳华岁岁葬刊期，力不支兮心不支？
莫羡鸢飞唳天者，竹林之下可栖迟。

# 颐和园冰湖枯荷

枯茎秃笔冻临池，遗恨火烧园毁时。
怒写天书似狂草，人间除却夕阳知。

# 旧宫苑滑冰图

一抹残阳几尺冰？欢声喧沸舞姿轻。
楼台殿阁俱无语，犹忆嫦娥湖上行。

# 厅堂飞雪图

谢罢水仙开罢兰，犹无初雪落天坛。
丹青一帧中堂挂，朔雪穿厅满室寒。

# 杜丽娘临终写真

病起相思难复康，三生石上待檀郎。
惊鸿自照春波影，不惜弥留更盛妆。

# 明朝腊八归人渐多

一年迁徙返千门，人有初心木有根。
今夕明朝南北驿，归途超载是乡魂。

# 腊日出门

回暖薄寒天象新，新鞋轻踏小阳春。
欲行十里长安道，却趁炊烟祀灶神。

## 四合院之冬

更无姹紫衬嫣红，灰瓦青砖桌自空。
木落禽飞人不至，穿堂越壁剩西风。

## 空无之冬

寂无万绿更千红，极简删繁万物空。
静待花开眼前日，苍凉悟彻谢深冬。

## 扬州大运河夜眺有怀炀帝

载舟覆舸是斯流，大好头颅终断头。
但使还魂贪月色，锦帆今料换神舟。

## 西湖新老十景

三堤双塔一湖流，桥外断桥楼外楼。
悍妇到斯栏倚久，也从西子学温柔。

## 西湖北山黄龙吐翠晨听越剧盘妻楼会

悲情一曲最魂勾，水袖翻抛唱越讴。
台上因财忍笑演，座中情泪却真流。

# 栖霞岭下寻黄宾虹故居

国师本也出徽州，题尽东南林壑幽。
望九谁言双目失？更摹心象动寰球。

# 苏堤日午六桥泛湖纳凉

何方高士立桥头？过尽仙帆第几舟？
雾起三潭印月岛，不疑信是小瀛洲。

# 黄昏别天堂

西湖一日画中游，雌了男儿粪土侯。
难效西泠鹤为子，西溪隐士早应修。

# 车出杭州之苏州四章

## （一）

温柔吴越无三地，俊彦中华第一邦。
天地于吾独何幸？一身暮越两天堂。

## （二）

声声汽笛载吾身，丝管西湖暮更频。
北阙宁抛三品爵，江南甘做一闲民。

## （三）

十景湖山更姓谁？择巢恨不最南枝。
梅妻鹤子今吾信，水润愁肠山展眉。

## （四）

霓虹灯下辨姑苏，渔火千年今看无。
赖有西施魂引路，护吾离越奔吴都。

## 上元闻报钱塘灵峰红梅开遍

梅边红雪雪犹燃，更待江南四月天。
草满西溪莺满坞，人人望似画中仙。

## 夜探诸暨西施故里

污渣奔流起厂房，浣纱溪改浣纱江。
西施复活颦应甚，不忍临波再浣裳。

## 醉宿千岛湖

一夜繁星抛媚波，枕前咫尺见天河。
醒来星雨散何处？俗事仍如稗秕多。

## 过扬州之京口大桥

十里飞桥接润扬，金风载我过长江。
逢人独问瓜洲渡，鹭不栖停帆不张。

## 秋泛瘦西湖

波媚堪教雄骨雌，纵无鸦片弱难支。
乾隆六下维扬日，已兆王朝疴染时。

## 情人节

万物情痴人与同，醒其中更梦其中。
年年此日风娇软，柳欲青丝桃欲红。

# 渤海往事十二章

## （一）

美人暂莫掷芳心，化蝶传奇已绝音。
我本游吟江海客，多情多义不多金！

## （二）

更无金屋贮蛾眉，肥马轻裘自未期。
乐水乐山还乐道，先秦智慧大唐诗。

## （三）

浪雪潮雷渤海津，玉人采贝我梳鳞。
金秋双誓三生石，何日携游四海春？

## （四）

赶海驯鸥逐浪蛟，伊人船首我船梢。
海心撒得青螺髻，料是晨妆龙女抛。

## （五）

朝潮夕汐两滔滔，敢撒天罗钓碧涛。
赖有白鸥勤扈驾，千旋百啭逐帆高。

## （六）

潮落神力也无穷，万马狂嘶腾碧空。
一刹齐喑天地静，白沙滩对晚霞红。

## （七）

老虎石前初遇仙，碧螺塔外有情天。
偷闲海上才三日，恍结尘缘一万年。

## （八）

也知多变累多情，犹对汪洋碣石盟：
纵使今生卿负我，不教来世我忘卿。

## （九）

安置琴心于海峤，佛门应笑亦难饶。
自兹倦踏天涯路，别处湖山总寂寥。

## （十）

凭栏犹是晋唐人，人性真时爱自真。
众里寻常山海景，吾经行处便生春。

## （十一）

情来情去自何乡？销钝屠龙刀剑囊。
挥手浮生一万日，欲求淡泊反痴狂。

## （十二）

行行止止复行行，红抹海霞潮未平。
鸥阵拍肩人去也，涛声犹向梦中听。

# 盛夏南下怅游西塘四章

## （一）

桥上炎精眉上霜，哀深塘浅未医伤。
平湖焉接长江浪？卷尽相思入大荒。

## （二）

落魄江南醉拟狂，群英夜宴水中央。
掌心篙影波心月，忽有相思别处藏。

## （三）

聚则欢颜散则伤，愧将蓬鬓鉴西塘。
自兹慎踏相思道，绕指柔须百炼钢。

## （四）

霞开半扇越娥窗，秀水盈盈疗内伤。
何日乌篷载黄酒？再邀皓月醉西塘。

# 秋风起

青衫换处泪偷弹，万户秋风痴倚阑。
别后京城大道阔，重逢梦窄洞箫残。

# 秋夜北上羁旅七章

## （一）

荒郊千里刘增寒，野鬼呼群正往还。
朔北五更犹未旦，南人一夜损朱颜。

## (二)

凭窗痴眺泪将倾，所谓伊人斯地生。
上月秋风一诀别，山川草木忍经行。

## (三)

夜驰荒野盼鸡鸣，任是天明未了情。
本避情愁归故里，愁还追我返京城。

## (四)

乾坤何处拭情伤？驿路棉花若有香。
只映红霞开口笑，不垂白露泪千行。

## (五)

收殓痴魂与断肠，车轮滚滚辗秋光。
丈夫自立倚天地，岂向情窠争短长？

## (六)

情海秋风挟浪狂，价值冲突两相伤。
世多拜物拜金女，误负重情重义郎。

## （七）

一夜修行铸宝刀，相思腰斩万千条。
年年白露霜梧月，不为佳人泪复抛。

## 趵突泉秋夜

别是多情第一泉，大音不绝曲无弦。
吾经行此湍流急，料有相思添枕边。

## 梦游天涯十章

### （一）

奚囊一担走天涯，咏遍千城万镇花。
犹恐百年观不尽：好山好海好人家。

### （二）

门傍半山窗傍海，万花深掩好楼台。
昼长斜径无人过，三五青椰坠地来。

## （三）

楼下汀滩海上崖，庭前栈后尽奇葩。
天公亦有贪花癖，散作云端七彩霞。

## （四）

人间何地避相思？海上观音一问之。
身近南山情更怯，恐遭释祖笑嗔痴。

## （五）

红珊瑚畔遇仙姿，十二年前此海湄。
模特如云初潜水，玉人何处问潮知。

## （六）

凤凰树下对情谣，凤尾竹前吹鼻箫。
笑逐双双入黎寨，蕉风摇影彩裙飘。

## （七）

南海渔郎爱细腰，笑谈今吏尽肥膘。
自谙水性深和浅，不解官阶低与高。

## （八）

梦幻人初伊甸家，碧池俱是碧眸娃。
披纱上岸波心荡，头顶树开鸡蛋花。

## （九）

横陈裸卧海天宽，万国人来笑语欢。
安得五洲烽火靖，和谐岂止在沙滩？

## （十）

朝辞红树彩霞湾，踏浪听涛夜未闲。
双袖咸腥归北阙，椰风何岁梦吾还？

# 别黄鹤楼二章

## （一）

骚客南辞首义城，梅开两岸送将行。
江山更借英雄气，壮我征襟浩气横。

## （二）

楚调楚音江上听，楚山楚水两含情。
归京寒柝催黄叶，梦绿楚天春草生。

# 自九江之汉口列车上即目

千湖之省水无涯，十九年前是我家。
谁染秧田绿似酒，两三红晕是莲花。

# 九江之武汉列车怀旧

十五年前旧客衣，过江轮渡夜潮稀。
珞珈山上欢歌散，扬子街头家教归。

# 山城·江城·英雄城

嘉陵江水抱城流，两岸凿山飞壁楼。
烽火劫波都历遍，巨人一笑是渝州。

# 江湖豪杰城赠万州奇士

布衣卿相遍蒿莱，为底惟云楚有材？
山雾吞将红日远，开窗放入大江来。

# 闻三峡工程重庆诸县古城半为江水淹没

身向平湖阔处行，悲声歇罢起歌声。
移民百万山头撤，皓月一轮江底升。

# 车过皖南诸县市

曲若甘霖润戏乡，皖南草木尽生香。
宿松安庆黄山境，情涌长江千里长。

# 残雪别夜

雪后寒封老石榴，故人留醉月华楼。
如何罗带轻分夜，四目幽光凉泪流？

# 姑苏之恋

隐隐弹词水上漂，离情翻似运河潮。
半年三入吴宫苑，独踏园林第几桥？

# 岁末四入姑苏

对坐观潮夏暮长，燕飞画舫浪飞裳。
岸礁霜冷人何处？料按弦歌弄晚妆。

# 陌上桑三章

## （一）

燕都又见椹青黄，遥忆乡关痴未央。
朱实绿阴初邂逅，自卿之出六轮长。

## （二）

桑园七月无人采，紫霰飘零露井台。
记得临行亲许口，暑期赴约我家来。

## （三）

帝京出入少西宾，故里惟余一故人。
八载桑田蚕食尽，鲰生渐老为谁春？

# 故园之恋二章

## （一）

待月临风自笑痴，寄无答复会无期。
恋情三月桃花雪，乍暖还寒只一时。

## （二）

花是朱颜水是心，当初海誓抵千金。
美人不及秦时月，照我孤游直到今。

# 雨中候人不至三章

## (一)

长街数尽雨花飞，久伫空檐涕欲垂。
未饮年醪身似醉，玉人不见不言归。

## (二)

早春丝雨落参差，不绝柔情胜旧时。
缘去缘来缘复散，害人二字是情痴。

## (三)

人间果有硬心肠，身在故乡成异乡。
听雨颓垣雨未歇，临街灯火已昏黄。

## 雪夜读仓央嘉措情歌集

罗裙不负负袈裟，踏雪留痕宿酒家。
谁道木鱼无比目？桃花开罢是莲花。

# 皇城风雪夕哀悼祖母六章

## （一）

雪满楼台月满天，黄昏酒醒梦慈先。
渐行渐远黄泉路，宁信鬼神宁敬仙。

## （二）

坡前阡陌连官道，官道遥通颍水湾。
过尽江淮南北客，十年不见一人还。

## （三）

冥曹更比世间寒，此夜孤魂料未安。
青袄生前犹在柜，倩谁送达垄中棺？

## （四）

风摧莫摧冢前草，雪渗莫渗地下冠。
我有慈亲眠不稳，栖身不是水晶棺。

## （五）

弱冠北上羡飞鸢，三十功名尘与烟。
纵使功成谁共享？况吾功德未修圆。

## （六）

告假还乡何太晚，病床咳血百余天。
早知公事误家事，岂羡刊林作主编？

## 金秋祭祖

秋瓜秋果日肥团，长袖谁端垄下棺？
欲倩麻姑献冥寿，上天先借水晶盘。

## 渔光曲三章

### （一）

河湾新涨杏花雨，冰面初融下灌渠。
童子早嫌冬袷重，一丝不挂捉鲶鱼。

### （二）

九霄弯月卧长沟，烟锁柳堤莺锁喉。
水底风来芦影颤，鳞光早趁月光溜。

## （三）

淮堤欲决汛来频，十里罾笭罩渡津。
春夜初分新睡熟，阿兄呼醒看红鳞。

## 家书

云掩柴门远行游，四世同堂多事秋。
每答家书停笔久，封封报喜不言愁。

## 中年失意故里醉起

黄叶满城风满坡，十之九日醉颜酡。
旦归家犬深情望，泪比人间筵上多。

## 雹霆之夜家中作

炸雷狂雹起彷徨，独立江淮望大荒。
误引早鸡鸣夜半，雪光满地照天光。

## 北京大学毕业前赴新华社体检中途口占

中关村外倚天桥，金缕玉衣披柳梢。
一样东君与青帝，往年春色逊今朝。

## 独步燕园

杨花散尽叶蓁蓁，北国之春不似春。
四海零余三五子，更教长做岭南人。

## 玉渊潭看樱情侣

日暮黄鹂啄落英，桥头仁女怨凋零。
情郎堤上愁何在？阅尽丽人春服轻。

## 大年酒徒

兴酣耳热弟兄称，无间无私惟至诚。
终有冷风吹酒醒，安能人世止纷争？

## 京华新贵

央衙一入深如海，几度传书邀不来。
若使公卿怀故旧，吾须更上一层台。

## 晨醒追记一帧梦里自画像

冷香深禁读书堂，谁启南楼一扇窗？
望到京都人迹绝，朔风吹雪雪飞裳。

# 车过天安门

人到天安胡不安？帝京风物等闲看。
谁招扁鹊疗心疾？北阙重登长倚栏。

# 枣与人

灌园寡妪九泉归，无复亲朋访故扉。
庭枣还疑主人在，果枝犹似昔秋肥。

# 未名湖后湖漫步

一片嫩寒生晚晴，揽衣独向后湖行。
青蛙先识新来夏，急报人间第一声。

# 未名湖畔致布谷四章

## （一）

忽若长空播雨丝，天音清晓湿千枝。
安能金口片时歇，衔我乡魂还故篱。

## （二）

处处追随胜友生，真形隐匿只闻声。
何当为我招魂去，举手谢时朝玉京。

## （三）

旦暮清音不厌听，一啼双泪一凋零。
感卿发我心中曲，寒舍囊空怎报卿？

## （四）

绝唱中宵亦未央，迟迟不与露容光。
只闻天籁已生恋，九曲牵肠银汉长。

## 一野朝露

一宵妆洗费心神，去浊存鲜草叶新。
纵被太阳晞化尽，要留清气在乾坤。

## 秋气行迹

入天即化楚天霾，入地曾陪白骨骸。
入草便为履上露，入眸为泪洒君怀。

# 己亥元宵

疑又人间烽火生，炮高射堕木金星。
嫦娥今夜春衾薄，唤起吴刚掩耳听。

# 立春二章

## （一）

道是立春春未归，燕京万户雪霏霏。
朝朝诗意皆春意，岂待桃花红雨飞？

## （二）

立春莫拒客盈堂，穷达同醅醪一觞。
印我萍踪鞋上雪，锁君春梦鬓边霜。

# 三春京城风雨大作

人间四月冷清秋，敞尽雨轩登酒楼。
昨被美人簪秀髻，百花今变鬼骷髅。

## 邂逅僧人

天地黄昏入酒楼，人间二月冷清秋。
无情僧笑多情客，情到痴癫命也休。

## 暮雨入湖广会馆观看玉三郎歌舞伎《杨贵妃》

何以解忧唯戏楼，帝京一雨早成秋。
红氍毹上红伶泪，溅碎红尘爱与仇。

## 春日纪事

岂共俗流无事忙？洞箫昆曲两悠扬。
曲终咏尽渊明集，云掩绿窗春昼长。

## 天坛

坛顶人言可近天，白云深处觅飞仙。
多情恐被天公谴，罚赋人间诗酒篇。

## 返大都遥送王君自苏州之常州

折梅踏雪别姑苏，一夜香飘千里途。
再盼月明云淡后，三支昆曲酒三壶。

# 阳春贺何公书法展二章

## （一）

滚滚长江洗砚台，游龙泼墨月华开。
文人气与英雄气，俱借山河之气来。

## （二）

幽兰昨夜绽书房，笔走龙蛇草帖狂。
帘卷朝霞风乍起，花香疑染墨痕香。

# 贺杜君归金陵

秦淮水碧洗征尘，长做金陵大隐人。
塞上风沙花失色，江南烟雨草逢春。

# 答巴蜀丛君二章

## （一）

南望川江雾几重？艳阳何日照重逢？
剑南酒润佳人色，竹叶茶开高士胸。

## （二）

玉山倾倒美人扶，且卧文君旧酒垆。
醉到长江青雾破，峨眉山月照归途。

## （三）

俗事冗冗催蚕眠，何当冬尽赋新篇？
今宵梦里皆春水，荡遍锦江南北船。

# 秋风起寄吴生

锦衣释褐入朝堂，一载音书已渺茫。
送迎御史谋廉政，秋风何处忆周郎？

# 白先勇青春版《牡丹亭》巡演百场

笛声何处复悠扬？过海飘洋破百场。
唯有牡丹真国色，尘封拂去自天香。

# 谢罪诗赠姑苏俞君

洗吾今晨违约罪，满城暴雨洒吴中。
诚知斯罪犹难赎，自罚枫桥夜撞钟。

## 十七年后与高君诸同窗夜雨重聚汉口

暮雨苍苍过大江，锦衣未换布衣装。
席间欲话少年事，教子相夫言满堂。

## 灞桥送别赠现代派诗人刘君

灞上新笼御柳烟，抱鞍轻折系银鞭。
别君恰似西沉日，总有余晖散满天。

## 世界恐龙谷遥念中世纪恐龙时代

何曾盘古有人烟？主宰全球贰亿年。
人类从来皆自大，言称希腊到今天。

## 澜沧江畔彩云南二十九章

### （一）

澜沧江碧洗征襟，普洱新焙傣女斟。
版纳犹多菩提树，人间已少镜台心！

## (二)

狂欢忘尽世纷争，灯影虹桥舞胯轻。
人到云南方顿悟，升平原不在京城。

## (三)

旦出邀春暮忘归，南陲无处不生机。
斯身不葬京畿土，半撒东南半此栖。

## (四)

多元杂处楚雄州，缅甸少年彝镇游。
玉器何愁买主少，当街三五踢藤球。

## (五)

铜鼎黄昏篝火生，彝人谁放孔明灯？
广场歌罢千千阕，灯在群星密处升。

## (六)

彝女莺歌捧玉盅，彝男蛇舞沸春风。
桃红盈面不辞醉，白发多生帝阙中。

## （七）

礼乐黄昏隔水听，彝人歌榭舞清平。
疑陪天上瑶池宴，酒满银河星点灯。

## （八）

出京三夕识优游，解禁春心花萼楼。
长恐羽书催速返，京城重对满衙秋。

## （九）

未抵澜沧心已倾，彩衣万蝶绕人行。
庄周梦里应经此，惜未当年赐地名。

## （十）

六欲须除出苦海，莲台亦自有情天。
童僧修葺艳阳晚，佛殿争攀椰树巅。

## （十一）

一样芳华温热体，袈裟裹后与吾殊。
风吹花影撩袍起，也有欢声嗤哨呼。

（十二）

僧侣嗤嗤莫笑吾，六根我亦戒难除。
他年或恐同为友，戒色勤修贝叶书。

（十三）

梅汤赠饮水晶瓶，何以报之真性情？
修悟王维摩诘语，行吟当代一诗僧。

（十四）

诗僧半亦是情僧，弘一曼殊皆至情。
料定人间高士罕，擎灯独向海天行。

（十五）

廿年客北意低迷，无赖诗魔南国啼。
野外吟成无纸笔，风开花信报灵犀。

（十六）

似是南行诗作我，非吾苦意作诗歌。
云蓝风绿歌连舞，俗客南来也染魔。

## （十七）

春入天台日月梭，刘郎唱会傣家歌。
北归但恐香山改，一日千年成烂柯。

## （十八）

水涯赏足水蛇腰，善舞何须长袖飘。
笑入绿阴人不见，蝶香犹逐鬓香飘。

## （十九）

浆液春来不复稠，橡皮频割已横秋。
博来一队游人笑，挨进三刀胶泪流。

## （二十）

槟榔伟岸睡莲低，鸡蛋花开金满蹊。
漫道云南十八怪，六花五树已心移。

## （二十一）

一身憩树六根清，一笑拈花百事轻。
吾有痴迷久不悟，六花五树肯通灵？

## （二十二）

棕花一绽树亡消，一甲子中花一遭。
誓学贝棕高格调，一生只待最妖娆。

## （二十三）

僧举金幡过大街，观音绿女立莲台。
彩车绕罢回眸望，嫣笑偷从佛面来。

## （二十四）

澜沧遥指誓重游，芒果垂窗上竹楼。
五色云停三尺锦，千重浪拍一江鸥。

## （二十五）

绿王国里足安康，金雀屏开不远翔。
安得年年飞朔北？衔吾梦魄弋澜沧。

## （二十六）

拈来神韵属东方，残脉空灵淡远香。
先觉孤标季羡老，不随鹦口说西洋。

## (二十七)

淳良心性拂埃泥，人类家园诗意栖。
天若云南生沈老，边城恐不让湘西。

## (二十八)

暮辞乐土彩云南，虎岁逍遥半月闲。
华发应添北归后，岂堪会海与文山？

## (二十九)

边疆十日尽如春，曩昔营营太屈身。
宁舍京畿三品爵，甘为南国一闲民。

# 洛阳牡丹节遥怀东周伟人周公旦三章

## (一)

姚黄魏紫洛阳红，万众围夸富贵丛。
独向王城残迹觅，僻无人处忆周公。

## (二)

垣草青青枯复荣，中州前日是清明。
千年一相无人祭，公仆车从满洛城。

（三）

武定周邦吐哺心，文成礼乐奏韶音。
于斯也悟中华梦，须向文明根处寻。

## 元大都遗址夜赏万树海棠二章

（一）

国策何须吾辈谋？京华冠盖尽公侯。
独将千里射雕眼，看落百花春水流。

（二）

千娇百媚几人知？半在万家痴睡时。
唤起玉人春不寐，终宵对酌赏仙姿。

## 秋日邂逅安庆草根黄梅戏班二章

（一）

唱罢黄梅井水甜，村姑野老扮天仙。
草台一搭春风满，何必歌楼掷万钱？

## （二）

黄梅一阕抵千金，俘获徽人万户心。
山野之风飘闹市，乡音顿悟是天音。

## 中秋自西安返京机舱俯瞰云涛

银翼周游九霄遍，白云深处果无仙。
自兹倍惜人间路，乐在凡尘不在天。

## 夜雨酒醒卧览诗与禅

醉宴登车何所之？菩提树下月光枝。
何当抛舍百年寿，换得拈花一笑时。

## 立春晨兴

远别金门天象新，晨醒总为鸟呼频。
阳和先绿江淮岸，又被人间唤作春。

## 长淮除夕禁燃爆竹

四郊隐隐滚春雷，难辨鞭鸣何处来。
今夕巡防料无寐，明朝逐户验红灰。

# 淮上除夕杳闻鞭声

不计芳华若许年，非缘守岁亦无眠。
眉头耳畔同凋落，一寸银丝一寸鞭。

# 元日别友

桃符才换远云游，何物驿途销客愁？
最是梅花迎复送，颍州开罢又苏州。

# 梅花江南二章

## （一）

春风于我有偏私，先约江南梅一枝。
廛世难逢开口笑，梅花别我料相思。

## （二）

一岁一逢如故知，香魂诗魄两清奇。
梅花不伏周郎老，相看相欢无厌时。

# 邓尉山香雪海探梅二章

## （一）

莳梅植柏作双邻，匡汉功成甘隐沦。
倪匪漫山香雪海，寻君何处太湖滨？

## （二）

人间何处有瑶台，宝马香车喧若雷。
辜负千年香雪海，断无高士美人来。

# 自江南北上高铁途中

笑渡长江两岸青，黄河落日复相迎。
沾衣不拭梅花雨，同载春光到帝京。

# 春兴二章

## （一）

岂堪哀乐入中年，山又青葱花欲燃。
池畔人观池底影，不如鱼也不如鸢。

## (二)

有底沉忧未释然？出门多是艳阳天。
一株重访西园树，只问花开不问年。

# 乐府之春十章

## (一)

谁吹玉笛晓风轻，王府桃花侧耳听。
一袭白衣人去远，飞花起舞落无声。

## (二)

飞停身后已多时，长椅声低细语迟。
应被鸽群偷听去，蓝天报与白云知。

## (三)

王府春来哨鸽翔，花阴寂寂紫丁香。
惜哉另约黄昏后，未举金樽对月光。

## (四)

步出东门风入怀，古街幽巷两徘徊。
诚知学府原王府，庭院深深几度来？

## （五）

半袭白衣花径通，碧波池畔晚来风。
比肩长话墙阴下，不觉春寒入腑中。

## （六）

鲍家街暮怯衣单，宅苑归来不忍看：
绿萼焜黄花失色，只疑共我染风寒。

## （七）

腕持玉笛白纱衣，天籁清心世已稀。
五曲绕梁惊四座，喜看春绿燕鹰飞。

## （八）

笛音谱出九回肠，卧听春宵细细长。
炉内火煎甘草药，窗前风曳紫亅香。

## （九）

初愈清听鸟语新，一鸣一曲倍相亲。
年年春色来窗外，此日春光更可人。

# （十）

花海雄关何壮哉，病苏命驾欲登台。
良医劝我潜心养，我劝桃花缓缓开。

## 春雪送别

跨上玉龙辞帝京，桃花带雪送将行。
归来共煮青梅酒，指点银河星外星。

## 霁宵饮归

儒生满座醉醒间，初雪绝踪空自还。
疑向高山深处落，时无高士卧深山。

## 春日踏青

白玉黄金共一乡，梨花白衬菜花黄。
时人闲识农家乐，胜日寻诗与远方。

# 再登海畔联峰山三章

## （一）

两耳涛声两胁风，万松看我我看松。
北游细问徐霞客：遍录名山少一峰。

## （二）

亿载仍惊造化功，苍山沧海两相容。
群松不惯逢迎客，只许流云枝下通。

## （三）

闻道元戎遁此中，至今日色冷青松。
若无碎骨粉身事，青史应难定罪功。

# 渤海湾春迟二章

## （一）

五月京城花事尽，又看海峤碧桃开。
天公于我恩何厚，一个春天过两回！

## （二）

柳画新眉人展眉，海风乍度绿杨枝。
滩头坐向礁石问：沧海茫茫来几时？

## 再别南北戴河

浪高直欲化溟鲲，海月昨宵初照人。
南北戴河俱入海，离愁两片亦无垠。

## 京城偶见芡实糕因忆江南故人二章

### （一）

归去来兮洗客袍，江南风物梦频招。
春宵忽起莼鲈隐，莫使湖山太寂寥。

### （二）

昔过江南烟水桥，吴侬叫卖迭声娇。
桥头戏劝君多啖，燮理阴阳赖此糕。

# 绿满上饶

漫山野树不须栽，绿遍高柯更染苔。
林莽尽头青断裂，天垂幕布补青来。

# 日暮别赣州

南天红土夕阳中，换地巡天志未穷。
浴血当年出将帅，扶贫决战亦英雄。

# 梦见趵突泉二章

## （一）

狂奏喷池大合弦，灌铅夜色正无边。
我心久蓄千珠浪，泼向灯摇梦醒前。

## （二）

直把喷池作乐池，大和弦奏达天知。
涌波千叠歌千阕，奏向灯摇梦醒时。

# 狂犬病疫苗二章

## (一)

童叟扃门胆气消，京城黄耳万千条。
狗窝一夕成狼窟，疯咬群嗥惊九霄。

## (二)

獠牙决眦过街前，狂吠猖狂胜往年。
今日反知人变犬，乞怜摇尾寸心悬。

# 车越湘江

又向芙蓉国里行，虽非故里动乡情。
笑看湘水余波去，直润长江百座城。

# 友邀同往滴水洞予婉辞二章

## (一)

未谒名居有所思，伟人无奈暮年痴。
洞前山雨欲来日，正是红都多事时。

## （二）

雄鸡初唱夜明时，一阵风雷败叶驰。
毒草丛生花失色，至今脉断若游丝。

# 韶山之夜二章

## （一）

扇底炎收何快哉，红歌几处沸楼台。
开轩欲掬月华满，放入联翩山影来。

## （二）

半亩方塘出水莲，故居夜望意难传。
若无浩劫十年祸，青史重修功德圆。

# 疑不识斯人

颐和园阔春波漾，流卷韶华廿载长。
一事逮今犹不解：彼时偏好着红装？

# 暮雨再别江南

秋雨又淋唐宋城，江南游子惯飘零。
太湖水是人间泪，滴尽千年离别情。

# 驿路见木芙蓉

水芙蓉罢木芙蓉，任是无情任性红。
花外秋风应笑我，浮生半在驿途中。

# 唐代金窟

矿坑停采白云闲，秋日入山空手还。
忽听鸟歌泉伴奏，青山原本是金山。

# 皖南稻海二章

## （一）

金线谁抛万缕长，莽苍大地尽镶黄。
若非千嶂重重阻，铺向天边云故乡。

## （二）

驰遍千村与百乡，一抔泥土亦生香。
秋风苦练点金术，指点人间新稻黄。

## 平天湖

蒲苇野花争笑迎，谪仙去后碧波兴。
吾来岸阔齐天际，心绪诸般到此平。

## 池州清溪河

濯足濯缨应濯魂，故人家近碧溪村。
我来错失桃花雨，一路桂枝香到门。

## 夜辞池州新朋故友

杏花村酿古琼浆，直把他乡作醉乡。
百里秋风窗不掩，夜车扑满桂花香。

# 安庆驿边稻草人二章

## (一)

又听百鸟日徘徊，飞向青山绿水来。
不与农夫争啄食，只将田埂作歌台。

## (二)

人防鸟雀鸟防人，长忆田间守护神。
仓满何须重扎草，卅年人鸟转相亲。

# 秋深也

重九初过京夜长，天人合一入苍凉。
劝君莫剪池中物，留片枯荷承晚霜。

# 江夏东湖纵目

一自东坡踪迹留，西湖佳话冠群州。
左迁赤壁黄州去，恨未兰桡到此游。

# 深秋过武昌折桂楚留香三章

## （一）

卅载旧怀浑杳茫，重游一似客他乡。
珞珈桂子雨中谢，犹为周郎留晚香。

## （二）

不厌街头桂雨馨，携来百侣会江城。
卅年旧梦何须觅，百感中年学忘情。

## （三）

辞枝黄叶老江城，雾锁大江看未清。
三镇古来人辐辏，周郎去后尽秋声。

# 折桂返京

花在车窗书在手，香飘千里路悠悠。
长江带得一枝桂，要使帝京留住秋。

# 候机览六朝唐宋江南诗词

烟雨楼台长养眼，诗山词水更传神。
江南最是乡愁地，一忆江南一瘦身。

# 机舱待飞览微友秀多瑙河照

少小梦闻蓝色波，蜚声最借一支歌。
引吾异国乡愁烈，若比江南应未多。

# 深圳湾之夜二章

## （一）

莫辨椰林红树林，尖兵岗哨月深沉。
听涛擂起强军梦，碧海青天夜夜心。

## （二）

万家灯火乐天伦，深港桥通若比邻。
为有军魂似明月，卅年长照海疆民。

# 深南大道采访途中

岭南一入碧无涯，驱驾如浮海上槎。
犹恐途遐客昏睡，绿荫钻出紫荆花。

# 中英街哨兵二章

## （一）

紧偎哨位紫荆开，海晏波平风入怀。
蛱蝶料知人世改，采花越过界碑来。

## （二）

鸬鹚戏海舞翩跹，合浦珠归廿一年。
街角久无偷渡客，古榕叶落卫兵肩。

# 飞离鹏城

扶摇又作御风行，海色天容一例青。
斯是英雄浩然气，护吾万里不孤征。

# 秋色无边

宇宙打翻调色盘，山川万里尽斑斓。
春光何处输秋色？只在深沉一缕寒。

# 贵州猕猴桃二章

## （一）

脱贫共啖果之王，且学猕猴啃翠瓤。
王母仙桃君莫换，人间味道最牵肠。

## （二）

莫损茸茸密密毛，涧泥山雾此中包。
猕猴黔地知多少，齐近人前攀碧梢。

# 红叶：深秋新娘

嫁向深山已晚秋，事如春梦不娇羞。
空林何待霜风起，万树自掀红盖头。

## 橘柿：晚秋双子

大师真乃属天公，万树平分黄绿红。
橘柿相争不相让，占山挂遍小灯笼。

## 丛菊：晚秋笑脸

正惜芳华无迹寻，一丛花笑万丝金。
绕篱吾亦拈花笑，两忘行藏仕隐心。

## 再赴房山学习道上

万物沉潜自此时，茫茫荒驿欲何之？
鸟巢筑起四居室，占尽白杨南北枝。

## 霾中美

难得模糊心自安，大千色相忽凋残。
情怀寥落逢摇落，秋迹秋魂雾里看。

## 房山寒夜备考

空山寒气入窗棂，荷戟苍松夜布兵。
易水南邻百里外，萧萧纸上马嘶鸣。

# 冬山如睡

暂辞老树与昏鸦，更待春来易物华。
推举东风火炬手，漫山烧遍野桃花。

# 夕别房山

出笼重与夕阳亲，银杏摇黄落帻巾。
自是人生多大考，谁能免做考场人？

# 京西五里坨菊花丰腴状若牡丹

仓廪丰年富养娃，京西五里近农家。
莫言人比黄花瘦，菊亦肥于国色花。

# 观秋水图口占

雪花未起起芦花，在水一方捞绮霞。
人字书成过湖雁，衔来远梦落谁家？

# 观文杏散金图

街邻相见语深沉，林下闲抛一片心。
今岁京华叶不扫，出门拾得碎黄金。

## 观甘肃松雪图

京西黄叶织金茵，塞北雪松分锭银。
半日河山周览尽，卧游吾胜远游人。

## 送故友归越

语未开怀罍未空，宫墙落叶一襟风。
乌篷何日载黄酒，醉折西湖菡萏红。

## 滇友晒暴殄图

吾生素不贪烧烤，血雨腥风扑舌唇。
战地狼烟起炉火，摇身举座变胡人。

## 京东宋庄驱驾晓行

身栖何处雾中行，落木遥岑辨未清。
障眼浓霾浑不觉，心胸化出大光明。

## 梦南浔古镇

困锁霾都十二楼，莼清鲈美是湖州。
天怜信宿浑无寐，许我今宵重梦游。

## 喜李药师君水仙龙年初胎

望是娇婴不是仙，龙年得女乃翁怜。
青瓷盘里摇篮梦，童话童书添一篇。

## 淮阳龙号称神州第一荷二章

### （一）

彼泽之陂美若何？无为寤寐涕滂沱。
五湖尽有接天碧，情窦早开应此荷。

### （二）

控鹤持箫刀下亡，千夫齐斥惑雌皇。
龙湖一一风荷举，哪朵莲花似六郎？

## 贺俞君工作室落户昆山巴城二章

### （一）

复兴文脉看今朝，玉笛吹寒过石桥。
古镇来年春色满，家家争唱皂罗袍。

## （二）

皆道昆山鱼米乡，勾魂最是水磨腔。
请君听罢浣纱记，三月不知鲜蟹香。

## 武当山紫霄宫饮道茶

莫辨仙家与道家，一樽斟满月之华。
梦回四秩吾非我，客寄百年情似茶。

## 东都国色天香

沉香亭畔醉花容，沉舰血流黄海红。
千载盛衰扭转日，国花再把牡丹封。

## 二乔牡丹

粉紫二乔双色殊，同苞同朵更同株。
我心亦有浓兼淡，仕隐相宜皆自如。

## 五一观剧

落花落雨密如愁，又避长安大戏楼。
解道满台生旦丑，前生无乃一名优？

## 赠有福之人黄君

江南桃雨落沾巾，又赶京华第二春。
更下关东红五月，半年全是赏花辰。

## 车过青州弥望蔬菜大棚壮若银涛

百里绿畦铺地衣，几多催熟更催肥？
千车早运京城去，餐桌欣然夸有机。

## 钓鱼台迎秋二章

### （一）

昼闻蝉嘒夜闻蛩，为底长留一萼红？
顾影凌波犹有待，满塘争欲结秋蓬。

### （二）

钓台负手画中行，夏木未凋秋木生。
翠柳紫薇浑旧识，新添嘉树未知名。

## 夜发涂山驱驰皖南道上

群山列仗夜成排，醉别诗仙古墓台。
车外疏星撑睡眼，开窗放入桂香来。

# 冬日同刘君偶过白塔寺

浮屠不向大山藏，亲近凡夫市井坊。
一寺红尘孤耸出，百家门巷仰头望。

# 冬夜秃枝之美

草书满地影成行，卸净绿肥红瘦妆。
一种美姿称骨感，静观不觉夜苍凉。

# 霜降日读秋扇西湖竹枝词二章

## （一）

吟君绝句咏君歌，四岛三潭别样过。
一任晴明人似蚁，不匀秋色属君多。

## （二）

露凝霜剑肃京畿，南下游吟久未归。
濯尽钱塘湘赣水，有苍碑处特依依。

# 地震后致九寨沟摄友二章

## （一）

昔将九寨比天堂，今日天堂亦悼殇。
自古美神难豁免，丽江犹带震时伤。

## （二）

仙姿原不属红尘，莫为美殇长怆神。
多少花容留不住，及时珍重眼前人。

# 芳华那年若十八

纯真年代忆吾曾，雨打青楂窗外听。
预约山楂树之恋，此生不在在来生。

# 黎明前二章

## （一）

望见古都天际线，身同广宇更相亲。
黎明煮茗高楼上，驾出东方红一轮。

## （二）

年关无语致青春，万感百凶加一身。
吾与黎明今有约：来生莫许做骚人。

## 冬夜思

初雪未来霜未侵，杜门谢客发长吟。
岁终乃识冬宵美，最寂寒时最警心。

## 平安夜自杭抵京

大西洋共太平洋，今夜普天更漏长。
何物明朝神赐我？不期不待不思量！

## 平安夜京杭道上二章

### （一）

心安应自国安来，水驿山程何壮哉。
千里孤鸿欣有伴：江南访摘一枝梅。

（二）

烟水遥山相送迎，夕阳迟落月迟升。
道家先哲不欺我：天地与人元共生。

## 杭州留别三章

（一）

南宋城里遇故人，故人一别恰三春。
眼前痛饮黄醪酒，明日天涯难比邻。

（二）

杭州最忆是春秋，兰友梅妻丹桂俦。
重遇偏逢冬至后，越吟唱暖最高楼。

（三）

云移人去绿波平，惜别天堂别样情。
暂得平安夜归后，天涯来日又飘零。

# 秋泊江南运河岸

繁华梦影已难捞，漫把金钩夸钓鳌。
暮唤乌篷桥下泊，明清门巷柳萧萧。

# 房山三日三章

## （一）

曙看天蓝暮看松，龙门无处不从容。
养身健步新时代，唤取流云荡我胸。

## （二）

甘拜宗师大自然，阴阳二气妙周旋。
年年暗遣桃花使，倚向青松笑拍肩。

## （三）

紫霾灰雾两无踪，老树昏鸦好个冬。
来岁春山欣可望，野桃花下约重逢。

# 留别天府新友

辣解愁肠串串香，不堪赠远只堪尝。
朔方冬失嫣红色，带朵茶花返帝乡。

# 自蓉城北归二章

## （一）

岂有清欢采菊天？不堪油腻是中年。
今宵梦里料澄彻，濯足锦江南北船。

## （二）

我自成都归首都，二都地气四时殊。
览君昨摄芭蕉绿，敌否今宵黄叶疏？

# 自赵返燕道上读战国策二章

## （一）

漫从青史慕群英，身在雾霾深处行。
掩卷心升一轮日，经天化出大光明。

## （二）

穿越七雄逐鹿地，疑团如雾事如烟。

最思战国四君子，血与火中争礼贤。

# 以诗赠慰某长相思失恋者十一章

## （一）

何物为情起已深，烟圈弹尽晓星沉。

闻君夜走江南道，秀水医伤浣素襟。

## （二）

夜雨金陵静且哀，过江非复旧情怀。

今宵独饮长江水，何日壮君襟抱开？

## （三）

清芬满室两无猜，笑语盈盈任往来。

一去江东归未卜，门庭长掩为谁开？

## （四）

五月风催夹竹桃，宛然风物是南朝。
一枚红豆几时种，十里桨声灯影摇。

## （五）

奚辨兰因与孽因，累君进退两伤神。
误擎一粒相思豆，抛与三生木石人。

## （六）

钟山风雨夜江流，戏散氍毹未散愁。
夹道千行碧梧树，未经秋雨已成秋。

## （七）

蔷薇架下碧阴滋，已不堪攀遗所思。
万丈红尘情起处，一春花事尽消时。

## （八）

南风熏矣密桐阴，紫玉簪花报夏音。
纵使有缘簪秀髻，最难簪住玉人心。

## （九）

京中僚友得偷闲，此日闻登山外山。
少一人兮谁问讯，落花时节在江关。

## （十）

登山登顶复登船，古峡藏溪清且涟。
山水何曾因汝恙，宜人况是碧云天。

## （十一）

来如云卷去如烟，不改初心皎月悬。
山水无情故无恙，启君长悟养生篇！

# 怀柔山中逭暑八章

## （一）

道是怀柔地势雄，四围山色入窗中。
山楂挂果皆青涩，未害相思未变红。

## （二）

绛桃红杏急盈枝，不逊春花烂漫时。
唯有山楂青涩涩，慢生活里自矜持。

## （三）

深山三日远车尘，花果为餐鸟比邻。
怪道汉唐多隐士，吾今亦化羽仙人。

## （四）

疑入桃源梦里来，闷怀恶绪一时开。
半坡红杏无人捡，堕向青蒿堕碧苔。

## （五）

曾为春愁难自持，一春都是赏花时。
始知久愧人间夏，未入毫端赋好诗。

## （六）

枣花落尽续葵花，小隐山中夏亦佳。
时断时连啼布谷，不辞不别落余霞。

## （七）

布谷遍啼南北坡，邀谁同唱夏之歌？
晓行碧沼惊红晕，一夜蛙声催小荷。

## （八）

苦是人生乐几何？多情应笑七哀多。
出山晓起谁留我？蚂蚁蜈蚣袜上过。

# 古都桃花

莫对桃花忆故人，十年谁寄一枝春？
且将两粒相思眼，看取山河万象新！

# 玉渊潭落樱二章

## （一）

乌鹊红鳞啄落樱，长堤静女怨飘零。
游鱼知晓余心乐，阅尽丽人桥上行。

## （二）

白雪绿漪飘落英，能无一片到东瀛？
宁簪秀髻千千结，莫染刀环寸寸腥。

# 春日答摆渡人伽生二章

## （一）

悠悠我本江湖客，念念君称摆渡人。
纵历劫波登彼岸，无花无月更无春。

## （二）

连翘陌上捧金枝，无复情浓似旧时。
缘去缘来缘复散，误人半世属花痴。

# 恭王府和珅故邸二章

## （一）

明清多少好名楼？百劫偏教此剩留。
国色枝高犹炫富，肥红探出古墙头。

## （二）

万蝠碑前众聚谈，游园贾客半醒酣。
花熏风暖闻豪语：恨欠财缘不恨贪！

# 景山阆苑偶识绿牡丹

天仙昨夜过京华，厌入姚黄魏紫家。
玉指轻分绿罗带，半裁为叶半为花。

# 立冬前夕自湖湘返京二章

## （一）

疯狂开尽木芙蓉，驿路明朝闻入冬。
橘柿俱怀争霸意，占山红挂小灯笼。

## （二）

又向潇湘古道驰，秋山宜画不宜诗。
匀分万树红黄绿，长揖天公真大师。

# 国子监避雨若霁

双出虹霓挂辟雍，东晴西雨正争锋。
仰天天意高难问，低弄风荷一萼红。

# 再辞金陵三章

## （一）

归棹收笙白鹭洲，余霞散绮更登楼。
秦淮不似长江水，载我离情天际流。

## （二）

桂未涵芬蝉未休，夕辞佳丽帝王州。
客衫犹湿江南汗，江北初闻报立秋。

## （三）

青莳红菱俱润喉，哪容余恨赋悲秋？
芭蕉绿减潇潇雨，留与骚人细细愁。

# 丽水行十七章

## 之一：缙云仙都

绿野仙踪信不虚，明皇御笔赐仙都。
吾来凡骨沾仙气，梦与谪仙斟一壶。

## 之二：黄帝祠宇

一人得道升天去，四海归宗认祖来。
万世生民当自信，千秋俎豆祭崇台。

## 之三：鼎湖石笋

柱崖石笏尚参天，曩昔轩辕会众仙。
丹鼎洪炉龙不见，好溪鸣佩草芊芊。

## 之四：古堰古樟

自在凫鹅戏小荷，谁驯河伯止风波？
香樟数拱犹垂绿，细说甘棠遗爱多。

## 之五：九龙湿地

六月风开夹竹桃，江南花事几时消？
沿溪各逞妖娆态，栀子香焚榴火烧。

## 之六：生态立市

惯看松鼠翠筠间，涧户民心素已闲。
解道良言真警世：青山本亦是金山！

## 之七：浙西绿谷

九山半水半分田，浑被春风染绿烟。
画笔墨痕干涩处，几回借蘸碧云天？

## 之八：天然氧吧

旦出暮归岚润肤，身轻于蝶梦蘧蘧。
绿风一夜掀帘入，疑染心脾化碧珠。

## 之九：无名小溪

野旷无人起暮烟，下山迸玉自涓涓。
不归更把何人待？百折千回驿路边。

## 之十：龙泉剑阁

青锋百柄饰纹鲜，俱作闲观壁上悬。
今有苍生不平事，恨无壮士拔龙泉。

## 之十一：龙泉溪畔

练溪一匹绿溅溅，淬火磨铓赖此渊。
闻说于今地气暖，寒光锐气减当年。

## 之十二：龙渊夜雨

相逢倾盖气相倾，湖海飘零傲此生。
听雨故人今剩几？说诗说剑坐帷灯。

## 之十三：青瓷小镇

哥以窑名弟亦奇，传家传国两相宜。
匠心今肯输先辈？可畏后生封大帅。

## 之十四：青田石雕

惊艳欧邦盖世稀，瓷窑哥弟各争辉。
漫言大国多奇艺，工匠精神半式微。

## 之十五：松阳茶园

万亩云腴隐粉墙，鹧鸪声里炒青忙。
绿红黑白青黄味，极尽人间口舌香。

## 之十六：木山骑行

绿无涯也兴无涯，千骑环山若泛槎。
骋目骑行八万亩，停骖消受一瓯茶。

## 之十七：云和梯田

妙手哪忧稼穑艰，匠心真敢绣群山。
年年六月开犁节，秧舞渠歌响珮环。

# 朝辞潍坊见鹰状风筝夜雨折翼

我收残翅入行囊，曾击长空任翕张。
归告京华羁泊客：人间有梦有翱翔！

# 闻后浪学子自琼岛进京

大江流月去无踪，俊彦何由入彀中？
老骥蹄残壮心在，扶君逐日更追风。

## 楼外空庭春欲暮

闲花野草卧青松，共享匀分夕照红。
天地有容真乃大，刚柔巨细两从容。

## 牡丹谢幕

惊魂万艳共辞枝，浮世荣枯自有时。
惨紫衰红来眼底，半悲半悟半犹痴。

## 阴阴夏木

绿风吹面到眉心，上下浓阴覆浅阴。
只待新蝉生嫩翼，供其高唱任低吟。

## 夏夜石榴花谢籽满

裙巾红皱落残枝，春去芳心肯自持？
夜月掩羞初结籽，隐情不诉世人知。

## 仲夏夜大戏

角色均分排练忙，蝉弦蛙鼓各低昂。
榴花谢幕荷花续，密语互商防冷场。

# 炎暑日小荷乍放

岂待枯荷听雨哀？蛙擂鼓乐闹池台。

张张藕叶争抬轿，催嫁莲花出水来！

# 百子湾地铁夜观百子图三章

## （一）

结伴嬉游乐不支，初心无忌任憨痴。

儿童真乃成人父，最是逢人一笑时。

## （二）

万家灯火踏归途，一笑迎人百子图。

满壁丹青谁妙手？童心应与众生殊。

## （三）

历览前朝百子图，嬉春祈福乐何如？

庶民天子皆同梦，争绣麒麟嫁小姑。

# 太行冰挂

须灭几团心底火，冷凝千丈太行冰？
人间多少无言客，曾有惊心动魄情。

# 冬至

赏心乐事去悠悠，寒压幽云十六州。
自此天涯最长夜，围炉吟啸最高楼。

# 加湿器

水雾氤氲凉到襟，堪防日燥夜霾侵。
终归不似江南雨，长润文人尘外心。

# 潮州谒饶宗颐大师学术馆

香江水暖静烽烟，百岁身留万卷传。
长使京师惊望眼：昆仑一座矗南天。

# 兰考睹焦桐花悼焦裕禄

老树春花不复肥，木犹如此待魂归。
纵教雨打风吹落，亦化清明纸蝶飞。

# 闻阿房宫远未建竣更未遭焚

楚人一炬谬千秋，殿阙今闻烂尾楼。
倘得筑成三百里，万民劳役几时休？

# 闻观唐木建唯在日本

匠工枉费夺天工，尽毁焚城兵燹中。
若道千年终朽木，扶桑焉剩大唐风？

# 坝上草原观牧马二章

## （一）

水云初散日初新，泽畔归来牧马人。
夫妇两人养八骏，算来十口一家亲。

## （二）

浅草芽齐水一方，骊驹细嚼野花黄。
健儿越野车尘啸，轧起堆堆马粪香。

# 坝上草原闻鸿雁二章

## （一）

引伴呼朋天外游，千声嘹唳不悲秋。
俯冲时向马群里，转告高空更自由。

## （二）

马上琵琶落雁群，和番出塞泣昭君。
今鸿岁岁任迁徙，不复河山南北分。

# 坝上草原夜宿闪电湖畔二章

## （一）

天边列队雁南归，百草丰时马匹肥。
不负湖名奋蹄疾，影如闪电骤如飞。

## （二）

曲线美如弯月牙，几湾碧水净无瑕。
草原一块梳妆镜，照罢朝云照晚霞。

## 坝上草原遇蝌蚪

蛙鼓江南六月天，草原蝌蚪尾初全。
仰泳俯游浑不见，无风漾起水痕圆。

## 坝上草原讶鱼殇

俯拾草湾多死鳞，肚鳍翻白瞽无神。
一湖云影清如许，何处无端惹杀身？

## 坝上草原辨牛群

闲啃初阳芳草洲，遇人不避自哞哞。
望皆黑白杂花色，知是牦牛是奶牛？

## 坝上草原驴贪花

倦寻湖草碧无涯，爱美心同驴恋花。
衔入腭中偏不嚼，日斜忘返牧人家。

## 坝上草原骏马挡道

振鬣长嘶何所思？厩边马语牧民知：
不随天马行空去，爱向人间自在驰。

## 坝上草原误入黄花溪

泉水叮咚满谷听，蒲公英若散繁星。
蜂飞百种野花里，只采芬芳不问名。

## 坝上草原邂逅红芍药

何以春迟六月中？北来爽气草原风。
世无隐士藏深谷，辜负繁花寂寞红。

## 坝上草原停车洗征尘

一掬溪泉浣鬓容，蒹葭茂处水玲珑。
波清可鉴蓬头影，不似无忧三尺童。

## 夕辞坝上草原

日之夕矣下牛羊，我亦他乡归异乡。
湖畔栖留天际雁，过桑三宿可牵肠？

## 坝上草原登归途

难骑骏马返京华，车载无名野草花。
借得离离原上气，于蜗居处梦天涯！

# 读《汉书·东方朔传》

曾窥王母下昆仑，避世全身金马门。
箕踞酣歌调汉武，弄臣游戏泯卑尊。

# 大汉雁鱼环保宫灯二章

## （一）

汉皇纨扇弃秋风，长夜难明长信宫。
泪洗双眸清炯炯，婕妤斜卧一灯红。

## （二）

鸿雁衔鱼入汉宫，欲传书简梦华空。
曾觑玉人灯下影，烟朦胧处泪朦胧。

# 人文始祖伏羲太昊陵祭三章

## （一）

辟地开天创世神，半疑虚妄半疑真。
洪荒未绝龙之种，于混沌处再造人。

## （二）

宛丘蓍草密深深，信有千年长到今。
八卦天人占卜罢，苍茫大地问浮沉。

## （三）

桃花源里有人烟，五帝三皇此独先。
一脉文明当自信，龙图腾共万年传。

## 深山脱贫

穷山千仞绝人烟，手可摘云身近天。
目送归鸿飞没处，新黄一抹是梯田。

## 昭君墓二章

### （一）

莫嗟十墓九空巢，青冢巍巍草不凋。
盗贼千年过此处，也抛洛铲弃屠刀。

（二）

琵琶奏罢奏胡笳，久废长城为一家。
惊落胡沙旧时雁，南飞今抵海之涯。

## 过大庾梅岭祭陈毅三章

（一）

岭北岭南梅向荣，英雄气养万丛生。
白疑骸骨红疑血，墨客丹青画不成。

（二）

迁客流人去不归，梅关望断雁南飞。
轻弹儿女沾巾泪，逊比将军喋血衣。

（三）

绝唱三章岂等闲，出生入死度梅关。
百年四海承平久，谁忆先驱创业艰？

# 再量珠峰新高度

截裁冰塔作腰刀，生死关前走一遭。
决眦会当凌绝顶，八千米外测身高。

# 天山雪莲花二章

## （一）

独立西陲料万年，高寒绝顶欲摩天。
花开只向天山月，与我终悭一面缘。

## （二）

朝开暮掩绝尘缘，不在湖边在岭巅。
万里西行千仞雪，或交一面遇天仙。

# 秋分木必尽丰收

南雁应犹漂北国，红枫尚未染青丘。
人间多少悠长梦，更待深秋须晚秋。

## 致远足好摄者

五洲行遍乐何如？走兽飞禽共美图。
卅载童心痴不减，大千万物入吾庐。

## 观荆州友人古城步月图

百尺城楼月似钩，当年征战有孙刘。
一河灯影千行柳，共待周郎几度游？

## 中元夜

人到中年月到秋，西风莫倚最高楼。
天涯多少倦飞雁，直下长空落浅洲。

## 满城蟋蟀奏清商

田园一别路迢迢，误落城郭啼似箫。
四顾今无机杼妇，为谁促织到中宵？

# 中元夜闻蟋蟀悲音此起彼伏

死生来去赤条条，何必牢愁不可浇。
鬼节哀弦奏风露，为谁伤逝把魂招？

# 秋夜早醒

人间未可小瘟虫，断送芳华到岁终。
但恐余魔招旧部，反攻卷土借秋风。

# 雷雨大作谒黄花岗七十二英烈

铅云屯聚压南天，山雨漂腥骤积川。
陵下英魂应快意，惊雷听似百年前。

# 冬宵单车

吾不骑行若许年，驿灯冷照毂空悬。
何当十里春风路，再越柳阴花海前。

〖中华诗词存稿·名家专辑〗

中华诗词学会 编

# 江南游子京华客

## （下）

周清印 著

中国书籍出版社
China Book Press

# 目　　录

## 第六辑：七言律诗

## 第七辑：七言古风

## 第八辑：小令词

# 第九辑：中长调慢词

第六辑：七言律诗

# 抗战诗史八章

## 其一:九一八事变

逢秋有泪久难干，不向英雄不与弹。
万里长城空自许，千年王土几番残？
养倭恸失三边省，祭社羞存五色坛。
忍听松花江上曲，关中关外各饥寒。

## 其二:卢沟桥事变

卢沟晓月举吴钩，一寸河山一寸仇。
荡寇烽烟四边起，启蒙旗帜半途收。
新文化竟初胎死，旧国学唯残脉留。
空使后生根底失，桥头只识数狮头。

## 其三:八一三事变

国祚阽危势不支，哀兵失策战倭夷。
避从南北烽烟滚，引向东西鼙鼓移。
卅万骨骸拼剩勇，四行仓库插孤旗。
断肢残卒今俱老，谁忆屠城沦陷时？

## 其四:淞沪会战

海上名都舞乐停，东来妖气满沧溟。
生当人杰护苗裔，死亦鬼雄酬祖灵。
百日灭华终梦呓，八年诛寇尽风腥。
怒潮今似强军鼓，黄浦江头夜夜听。

## 其五:南京大屠杀

黄云千里绕陪都，一战金陵王气无。
玄武湖寒秋失雁，白门柳老夜啼乌。
秦砖轸惜烧焦土，宋画残存溅血图。
最是江南文脉地，壕坑处处走屠夫。

## 其六:国共联合抗战

异党枭雄逐鹿艰，不饶绿鬓各斑斑。
雌雄并铸存双剑，林壑曾容栖一山。
挥钺同仇荡倭寇，燃萁贰志恸人寰。
莫干桂老香难死，飘去飘来两邸间。

### 其七:遗产多舛

弹痕遍地夕阳曛，寸寸山河卷阵云。
百战疮痍减遗产，万方寥落剩荒坟。
腥风苑囿楼台灭，烽火城门玉石焚。
戕害文明须定罪，长教琛宝免烟氛。

### 其八:悲怆欢庆

涕泪纷沾媪妪裙，壶浆箪食远劳军。
倚天剑已收王土，煮酒歌应论国勋。
戎狄蛮夷南北戒，虫沙猿鹤鬼人分。
老兵白发今安在？犹为同袍守墓坟。

## 元月八日周公忌日遥祭

霁月光风说到今，训师黄埔见鸿襟。
军魂初塑指麾定，谍网广张潜伏深。
柱折九天孤剑舞，冰封万马一时喑。
遍询民国佳公子，几个长怀吐哺心？

# 中山纪念堂悼孙中山先生

潮起南天志半伸，轩辕残夜日初新。
毕功还待后来者，破晓最孤先醒人。
鼎盛抚今开两制，思危追昔倡三民。
会当仓廪皆丰实，义士纷纷议脱贫。

# 领房产证

绿簿朱砂泥印新，问君胡不笑开襟？
京城一纸卖身契，江海十年游子吟。
小雀巢枝欣有托，大江流月去无音。
从今勾却蜗居梦，远足千山万壑林。

# 铅字生涯

廿载文山几万篇？一篇一版思华年。
鬓疏岂得人无恙，夜寂长知灯有缘。
目送归鸿怀晋士，身骑彩凤梦唐贤。
何当了却案头累，吟遍江南诗国天。

## 万名大学生诗赛评审感赋

少年哀乐句求工，子曰诗云兴泮宫。
红袖温书嗟聚散，青衿负笈怅穷通。
锋芒初发刀砠里，蛮触莫争蜗角中。
更待闻鸡看剑舞，大风歌起大江东。

## 港珠澳世界最长跨海大桥

沧溟飞越御风行，秋水长天一色青。
破浪何须说惶恐，望洋不复叹伶仃。
八仙过海同温酒，三地呼朋共看星。
百里卧虹鸥引路，叫声远送九霄听。

## 过开封李师师樊楼忆靖康之耻

龙行微服夜迟归，不顾茅庐顾翠帏。
徒赖四奸筹国策，岂安万姓免戎机？
御书研练筋初瘦，边马袭侵膘正肥。
坐井何人识天子，蹴球衣换牧羊衣。

# 避暑山庄浩叹

一线辉煌末日光，木兰秋狝掩逃亡。
山庄有计消天暑，条约无能避国殇。
犹自康乾夸利箭，奈何英法试神枪？
残垣剩水多楹匾，御笔曾题万代昌。

# 秦始皇求仙入海处

童女童男鱼腹中，三山若个遇仙翁？
筑城万里劳刍狗，祈寿千年称祖龙。
东渡鹢舟犹挂席，南巡鲍臭已招虫。
秦皇倘得长生草，焚典坑儒今未终。

# 春雨过潮州古浮桥

虹卧城关八百年，悲欣度尽夜行船。
蛮烟梅岭客南窜，瘴雨韩江官左迁。
日近长安心亦远，家兴绝徼地虽偏。
洲潮往复人潮涌，北雁栖翔粤海天。

## 胜芳镇选置酒柜未获

昨日驱车入霸州，酸风卷地射人眸。
半街争鬻刨花板，一市难寻实木头。
自是安贫乐箪食，非关炫富斗觥筹。
屡空醽醁冬宵永，谁与高酣百尺楼？

## 平安夜早寐

运交本命倍劳神，忽报平安一岁新。
去日多为无益事，今宵早卧有闲身。
座中主客皆趋利，腹内诗书谁比邻？
但得地偏心亦远，东篱长梦灌园人。

## 中国搜索调研

洞开脑海瀚无垠，眼底生机一片春。
网络尽穷搜世事，智能忧喜代凡身。
信知故国虽邦旧，常忆先贤苟日新。
浩荡潮流今莫逆，奇观更待未来人。

## 十四年前首入田老师红烧肉全天候店

廿年案牍浩而繁，华发多情落纸刊。
夜雪飘灯红一盏，腹肠转辘忘三餐。
遑论斗室编书苦，别有人间行路难。
肯尽余杯招对饮？壮怀酒烈不知寒。

## 北疆学友昔赠狗裘久未著身

少年狂有兽毛装，冬暖尘封樟箧箱。
卅载离身成旧物，一朝勾梦忆新疆。
驼铃大漠狐追兔，烽火荒原犬逐狼。
应恨未吞胡虏肉，承平血溅猎人枪。

## 闻报抗癌行动

扁鹊华佗愁妙方，万家魑魅入膏肓。
药之不至攻之挫，仁者难逃亲者伤。
执手唯求安乐死，叩头未及义恩偿。
清明雨是人间泪，滴向门旁更墓旁。

# 闻报以毒弑母安乐死案

情法天平托两端，案销掩卷一声叹。
若非极痛失灵药，焉向至亲投毒丸？
仙界游魂应目翕，人间逆女未心安。
谁能来去无牵挂，生亦何艰死亦难。

# 致抗洪武警

风雨湘江子弟兵，枕戈借宿校园营。
数间陋舍蚊蝇夜，半纸留言鱼水情。
但使军民齐抗虐，定教家国久承平。
山洪听似催征鼓，壮我英雄浪里行。

# 广州农民讲习所旧址笃思乡村振兴

泮池不涸远思源，殿庙尝温儒圣言。
六训英髦撼山裂，一呼骤雨闹天翻。
桑麻今日绿盈野，星火昔年红燎原。
更待授渔传道者，劝农开讲下田园。

# 金秋盛会

遥向诗经溯小康，求之寤寐道悠长。

虚垂河岳生灵泪，终信轩辕智慧光。

两个百年擎梦笔，九州万姓举霞觞。

秋窗尽染红黄绿，一醉神游周汉唐。

# 秋谒赵王城遗址

肝胆俱从血边浴，文明偏向火中纯。

赤心长许干戈戟，青简大书天地人。

游侠挟弓卮酒烈，舞姬曳袖艳阳春。

英雄出处何须问：齐楚燕韩赵魏秦。

# 吊傩面兰陵王墓

玉树临风恐不禁，掩容傩面壮征襟。

盔头长卷干云气，马上犹怀捧日心。

入阵铙歌万民奏，震君鸩酒一杯斟。

农夫未识英雄冢，惊诧黍禾围墓深。

# 重通大运河

至柔上善是斯波，大帝南游逸兴多。
樯断久无盐运使，桑青忽忆绣娘梭。
重教帆影牵云影，更待渔歌答鹭歌。
我欲通州杨柳岸，夜航千里梦中过。

# 大运河通州新浚

映日荷花野岸宽，京杭水路此开端。
霸图百代旌俱灭，龙脉一条波未干。
漕运由来关国运，安民岂不系安澜？
千帆南北应无阻，西子湖边持钓竿。

# 元旦致第一缕阳光

旦复旦兮君又访，独吞残夜几多伤？
融吾头顶千丝雪，借汝怀中万丈光。
驿路行人相媚好，酒楼歌者任清狂。
谁家放鸽南窗外，叼住晴晖飞北堂。

# 庚子元旦曙光

仰此一年之始日，壮哉万里共初光。

穿空直射云端淬，入室能融眉宇霜。

待展鸿襟出门户，更留鸥迹遍边疆。

关东白桦江南笋，试问新生几寸长？

# 坐看斜阳

晨昏交替无声响，顾兔阳乌星外来。

昼舞彩毫涂院壁，夜溶黑墨泼窗台。

从知大化周而复，重拾童心安在哉？

坐久蓝天碧云下，南楼容我发痴呆。

# 南下探病

缁尘七载此途中，每挹湘江拭倦容。

耐可今宵醒病叟？谁言斯地出神农？

更无良药唯弹泪，虽有仙醪早罢盅。

人世茫茫花不管，木芙蓉罢水芙蓉。

# 根雕佛国

云雀窥檐日日过，倦巢林樾集枯柯。
神工善变宁无极？朽木可雕真不讹。
千载明心成佛少，百端痴欲钓人多。
哪尊或是来生我？罗汉盈堂自抚摩。

# 碎片化阅读

不在毫端在掌端，读图快意刷屏欢。
座中皆议新媒体，灯下犹温故纸刊。
定力于怀奚自菲？乱花经眼等闲看。
书香最是深情物，潜入人间气若兰。

# 半月谈订户百万冲关在即

年关最是搅肠时，襟上风尘只自知。
西出丝绸茶马道，南征湖海浦江湄。
墨香不信无人爱，纸稿长教写我思。
梦得登梅闻鹊喜，新添青鬓几霜丝？

## 海上长城老龙头悼历代戍海英烈

澄清海色与天容，万里长城此最东。
击楫湍流百川汇，枕戈朝夕两潮汹。
扼喉关似金汤固，捧日心须铁血红。
未得家山葬忠骨，浪花一朵一英雄。

## 海之始

盘古开天海亦开，繁星洗出若婴胎。
蚌螺病至珠成了，礁石老从鱼化来。
万马浪潮频入梦，千丝烦恼岂牵怀？
浮沉幻变浑无据，明月如初照酒杯。

## 养生与养气

秦皇汉武求仙去，千载茫茫吾辈来。
妄向麻姑买桑海，枉将童女葬鲸鳃。
拍肩鸥唤厥初日，震耳潮携远古雷。
善养人间浩然气，百年虽短亦悠哉！

# 重归北戴河

星沉海上识归舟，浪打朝霞蟹咬钩。
五尺渔郎操舵手，几家天网撒潮头？
昔年回望礁仍碧，此日重来鬓亦秋。
岸线悠悠行不尽，拍肩犹是一滩鸥。

# 重九一樽黄酒梦江南

南望云飘天尽头，国逢华诞菊逢秋。
浮觞曲水醉书圣，题壁沈园嗟陆游。
世说晋人真旷达，我言宋士也风流。
直须豪饮黄滕酒，酣梦江东四十州。

# 九九重阳菊

郁郁黄花夹道旁，无论人赏自严妆。
任它四野千车过，叶我三秋万炷香。
仙骨初沾清晓露，禅魂欲化夜来霜。
冷芳何待移温室，散向乾坤皆故乡。

## 楼前秋色

日影穿窗人境庐，西来爽气满燕都。
斑斓秋果真宜醉，烂漫春花总不如。
细听草虫弦拨罢，乍收竹簟袖凉初。
何劳出户寻佳趣，虚室闲温一架书。

## 移居城东

行役浮生思挂冠，鹪鹩暂借一枝安。
挑灯昔自观萧剑，倾盖今谁剖胆肝？
马蹄终嫌世途窄，烟频不厌酒杯宽。
高楼百尺元龙卧，守望金秋桂露团。

## 玉米熟矣

农夫连岁免皇租，共绘青纱绿帐图。
壳内齐镶金龋齿，穗尖慢捋白胡须。
根深日烤水宜节，棒直风吹人不扶。
五谷丰登今又是，秋分同醉酒千壶。

# 中秋宴故人

芳华何必苦央留，人到中年天到秋。
往事堪温渭城酒，故交待访剡溪舟。
仰寻玉兔云遮月，俯折桂枝香入楼。
又作江湖明日别，两忘极乐与沉忧。

# 周末值班付梓罢恰见夕阳西下

满纸银丝岂复惊，从知负重是斯生。
蝉鸣半月人思静，夕照一窗身觉轻。
误失芳华无觅处，悔同文字有交情。
年年望断徽州道，不见周郎吟啸行。

# 节日值班夜归睹地铁众生

熙来攘往竟何之？各为稻粱南北驰。
萍水眼前无故旧，风尘囊内有诗词。
归家每错高峰后，出站总逢明月时。
行役浮生如过客，当栖止处几人知？

# 乌镇时光

终年晴雨变阴阳，慈母陈茶菊泛黄。

青石飘过闲叫卖，乌篷摇走慢时光。

几家才子成游子，万里水乡如梦乡。

缫尽蚕丝鬓飞雪，桥头不返弱冠郎。

# 西塘往事

九载三过烟雨廊，芳华流尽鬓繁霜。

画中桥拱舟千转，梦里人分水一方。

况是秋风吹客倦，安能秀水疗情伤。

抱痴终老了无益，闲剥笋尖餐蟹黄。

# 贺良渚古城名列世界遗产

古国申遗独领先，文明自信五千年。

内城外郭方围地，玉璧玉琮圆祭天。

尊我所尊传后裔，美人之美揖前贤。

遥思举世未央夜，一缕曙光初灿然。

## 西子湖畔听雨

变奏宫商伞下听，钧天广乐谱新成。
小弦慢捻铎铃响，急管忽翻刀镞鸣。
乍失湖光阻孤屿，回看山色倚连楹。
湿裳不减坡仙兴，缘是唐风宋雨声。

## 嘉峪关：丝路要冲

严关谁可竞称雄，万里长城至此终。
羌笛春吹左公柳，秦时月照玉门烽。
东方瓷瓮通罗马，西域葡萄入汉宫。
最忆嫖姚霍去病，但开丝路不居功。

## 香格里拉之夜

日暮高原天地合，墨云喷月月流金。
藏獒隐隐人间吠，法磬沉沉世外音。
卡卓刀除小恶欲，转经筒念大慈心。
何须呼酒浇愁去，净土已从斯处寻。

# 滇池燕群

长愧庄周故里人，南行始与燕相亲。
尾轻剪罢千纹浪，喙小衔来万叶春。
久慕竹林七隐士，偏成尘世一闲民。
两忘国事兼家事，百越游吟寄此身。

# 夏夜客至

一身无计逃炎夏，八月有朋来故乡。
倍惜神交半生厚，莫辞酒酿十年香。
白衣刀术君天使，散发凤歌吾楚狂。
两片初心俱未改，青青桑陌忆韶光。

# 夏末听蝉

地穴脱身藏绿林，一鸣盛夏最高音。
餐风饮露轻飞翼，时疾时徐长抚琴。
厌昔狂嘶曤灵下，悦今天籁密杨阴。
噪而愈静听蝉者，自有隐于坊市心。

# 故都初秋

蟋蟀鸣阶韵最幽，槐阴瘦减半街稠。
葡萄初结紫珠串，贝齿齐生红石榴。
高处不胜寒抱兔，小花亦有号牵牛。
我将缈缈春残梦，续转天凉好个秋。

# 中年书怀赠友

多情大块似无情，载我以形劳以生。
已葬青春于案牍，岂堪白首为功名？
烟霞痼疾终难愈，京洛风尘宜自清。
曳尾途中万余日，貂裘换酒与君倾。

# 天地立秋

燕都游子早知秋，蝉嘒热风犹未休。
一领蕉衫柳阴榻，千层荷扇水边楼。
九州遗毒终将尽，三伏余炎岂久留？
物换人间君不见：挑夫深巷贩红榴。

# 城之东怀古

卜筑城东綦辙湮，邵平久作种瓜人。
五行金火秋亡夏，一日庚辛汉易秦。
读破简书堪乐道，温充饘粥足安贫。
侯门似海终如幻，奚及桃源洞里春？

# 入冬情怀

莫于冬蛰唤回春，落尽浮华剩本真。
障目已无风拂叶，明心更待雪埋尘。
汉书下酒消长夜，蕉纸题诗寄古人。
六合苍茫寒入骨，后凋松柏可为邻。

# 惠州花木

好个春光好个冬，南方草木任葱茏。
棕榈掌握芭蕉扇，三角梅缠细叶榕。
独乐繁花皆匝径，谁言落叶只看松？
多情最是相思树，长抱痴心为底浓？

# 南下北归

远岑叠叠水盈盈，千里飙轮一日行。
夹道紫荆穿五岭，连天碧草接双城。
客愁多向朔方积，诗意每从南国生。
待踏燕山觅残雪，夕阳归鸟我归京。

# 夜宿黑茶小镇

殊方子夜雨零星，黑茗一樽人独醒。
山色横天倚窗辨，江声入梦灭灯听。
偶投小镇返初服，永葆素心延寿龄。
他日重来何所待？春茶春笋万畦青。

# 黑茶之乡

溪流九曲抱资江，嘉木开枝水一方。
族聚苗瑶炉烤叶，饼分红黑齿留香。
欧洲万里闻茶圣，驿道千年走马帮。
赖此脱贫关大计，今来谁复说蛮荒？

# 十一年后重踏鼓浪屿

雪涛万叠鹭千行，闽语南音汇一舱。
山海识吾为旧客，吾观山海若新娘。
日光岩矗碑跃古，鼓浪屿横琴韵长。
四十四桥人久立，梦宽堪逐远洋航。

# 昌黎沟壑葡萄开花

西域移来思汉唐，福根广植遍山乡。
素花如此丝丝细，硕果缘何串串长？
小小一枝皆造化，生生万物各阴阳。
几番夏雨秋风起，添得满藤珠宝光。

# 敦煌曲子词：唐宋词发轫

莫高窟忆盛唐时，丝路探骊珠珞奇。
谁料梵经千佛洞，竟藏谶乐百章词。
美人蕃将俱无忌，怨妇征夫各有思。
西域琵琶反弹拨，阳关明月醉胡姬。

# 廿载后重到京东金海湖

红衣少壮出茅庐，二十年前过此湖。
不共人言鱼自乐，欲捞云影鸟相呼。
半生穷达知荣辱，两悦身心是道儒。
泽野莫论家国事，临渊结网访渔夫。

# 盛夏风爽

伐退暑炎何快哉，薰风解愠自南来。
平分万户凉生榻，遍访千门吹到苔。
入梦羲皇陶令卧，传杯天上谪仙回。
绿窗不掩黄昏后，白发无愁镜莫催。

# 访歌乐山渣滓洞白公馆

腥风血雨阅时艰，此地却名歌乐山。
望断天边鸡欲晓，坐穿牢底鬓先斑。
金心百炼终弥韧，铁骨千磨俱未弯。
七十年前暴尸处，游人谈笑彩云闲。

## 痛风之夜

乃悔黄昏啖海鲜，疾魔虐袭夜如年。
火烧肿胀先侵臂，针刺酸麻更上肩。
书卷抛床难入梦，灯檠照壁料无眠。
人间应有痛于我，尽损欢颜百瘼煎。

## 五月榴火

苦夏九垓炎气侵，群芳萎败尽消沉。
熊熊向日擎红炬，猎猎借风燎绿林。
星火终嫌千户窄，赤怀益壮万山深。
闲庭寄语簪花者：莫折男儿济世心。

## 京剧少年赞

粉墨皮黄武且文，春催桃李又缤纷。
痴情戏里伤离合，霸气台前傲帝君。
五法四功须自练，九流三教以群分。
曾忧国粹声声绝，今使人间代代闻。

## 欣闻基层减负年

扎根原在最基层，痛点医除靶点明。
听雨檐阶知屋漏，观云草野喜天晴。
文山会海空无益，遗迹留痕虚有形。
实干兴邦长撸袖，破冰减压更前行。

## 小楼人家

油米柴盐酱醋茶，琴棋书画酒诗花。
庖厨炒嫩回锅肉，兰室浇开舞蝶葩。
园艺常忧芳卉损，烹工偶被稚娃夸。
闻香引得春风至，吹入寻常百姓家。

## 春忆潍坊白浪河湿地

四月人间不识愁，鸢都儿女出城游。
一条白浪垂云汉，千顷绿洲招鹭鸥。
并立桃蹊花带露，自行车道曲通幽。
仙居料被豪门卜，长恐来年别墅稠。

# 弟子王培伟新婚诗以贺之

桃李春分酒一樽，庭廊四合小乾坤。
炉红鸭烤旧京味，院曲幽通大宅门。
金玉良缘三世约，凤鸾佳偶百年恩。
柔情岁岁知何似？琴瑟飞声花月痕。

# 行行未名湖畔

巡湖冗俗不关心，唯是春来惜寸阴。
渚上红桃千朵笑，掌中绿茗几杯斟。
偶成过客观棋子，欲变鸣禽学水音。
难得浮生无个事，前尘旧梦岸边寻。

# 故宫春迟

双飞蝶绕古墙阴，欲采百花何处寻？
偶有乌鸦啄松子，更无红萼报春音。
鸳鸯翼折珍妃井，精卫梦凉清帝心。
西苑鬼多君莫近，太嫔披发夜悲吟。

# 顽童与雪人

堆成不误读书工，户外谁家三尺童？
叶片点睛宜笑态，烟头插鼻足威风。
曈曈红日天初霁，皎皎银光霰半融。
守看雪人流泪水，迟迟未肯返楼中。

# 众晒紫金山元旦登高图

虎踞钟山雪半消，牵黄喘喘岂逍遥。
但能浊酒朝朝有，何必新年步步高？
静坐几人知进退，竞奔万众说贫豪。
最须探是梅花岭，夜折暗香清入箫。

# 末班地铁

案牍劳形无尽期，他生未卜此生知。
天边鸿鹄声空远，地下驱驰力不支。
华发飘零文字海，初心辜负月光枝。
还乡应被梅花笑，岂复朱颜似旧时？

# 初冬闻鸦

东郭云低啼暮鸦，寒枝拣尽落谁家？
人间驿路仍灰土，天上蟾宫已绿芽。
探月身无金凤翼，闻香室有水仙花。
一丛伴读灯窗下，读到心安气自华。

# 凤凰来仪西凤酒赞

弄玉吹箫引凤翔，凤归故里捧琼浆。
浇愁壮士身千战，助兴谪仙诗百行。
五味香飘黄土地，三杯人在白云乡。
美名久播丝绸路，更借东风四海扬！

# 奉使杭州岁末北望故都

牛年终未执牛耳，虎岁安期虎背驯？
海角疑无忘徙鸟，天涯犹有未归人。
庙堂日照勤民政，宦海尘沾善己身。
濯尽西湖今夜水，明朝明日又明春！

# 宁波谒梁山伯墓

化蝶荒唐知县真，未婚未娶早亡身。
戏编一段风花月，曲动千年铁石人。
至孝至廉山伯子，多情多义海滨民。
英台地下如相遇，定认良缘非恶姻。

# 汶川地震三周年随国家发改委调研初抵映秀镇

天心未忍绝西羌，紫栈朱楼耸废荒。
耐可一枝菊溅泪，能招九万鬼还阳？
新居应喜描成画，老屋何伤断到墙？
日暮不闻羌笛怨，全羊篝火舞锅庄。

# 凭吊汶川废墟新城

抬脚如临两座城，半城幽暗半城明。
半迁新墅生犹死，半掩荒坑死欲生。
半夜城空儿索父，半墙尸堵鬼吹灯。
黄泉汩汩流何处？应似岷江怒吼声。

## 国庆日南戴河开海解禁

霞醉天隅海景楼，闻人喧处集群鸥。
笛鸣津渡船开缆，浪打波光蟹咬钩。
几处云帆立稚子？谁家天网撒潮头？
游人早候归舟岸，议价挑肥争未休。

## 秋日重过远洋山水

红尘飞处起云楼，昔有佳人居上头。
皓腕遮灯招素月，黄梅煮酒唱关鸠。
草坪未减三秋绿，劳燕先分两处愁。
缘去缘来缘复散，岂留长恨岂生仇？

## 八大处冷观花季善男信女拈香

兰因絮果两茫茫，人约秋山卜短长。
六欲双芟三寸草，七情百炼一炉香。
卧霜身洗千年孽，踏月眉开万佛光。
但使夫妻无执念，禅房静好胜华堂。

# 塞漠归来甫别燕赵复下齐鲁

朔方秋雨又潇潇，九曲情肠沽酒浇。
但觅三瓢忘情水，不辞五岳问渔樵。
已谙孽海千重患，须舍人间百样娇。
日出岱宗凌绝顶，身轻万事一鸿毛。

# 白虎涧早行

出郊驱驾避情殇，夜鹊晨鸡野店荒。
人入梦中犹惜别，菊开石罅独凌霜。
涧深客钓千潭碧，岫远风飘万树黄。
山水何辜因我恙，秋来齐为一人伤。

# 重会卢沟桥

弹坑历历宛平城，一月不来芜草生。
杯续余欢非昨日，扇收残暑已秋声。
拿云傲骨铮铮减，望月柔肠寸寸增。
却羡八年烽火季，柳营铁血戒风情。

## 怀念天涯海角

听涛踏浪晚秋归，白鹭何时南复飞？
沙岸千年如有待，椰风一片欲留谁？
天寒红叶香山瘦，潮暖蟹黄绿岛肥。
留得咸腥犹满袖，迟迟不忍浣征衣。

## 夜渡珠江

何事夜涌无歇休？总思入海拍云楼。
一宵笛激千层浪，廿载鸥迎万国舟。
故道黄河洲欲涸，新潮珠岸气方遒。
秋江不学寒波咽，为有斯民热汗流。

## 圣诞南下江夏

连月冬云围帝京，闲呼黄鹤下江城。
百湖拍岸浮三镇，首义鸣枪第一声。
樽酒招魂壮心烈，琴台顾曲大江横。
举头四海知音在，流水高山不独听。

# 与族叔堂弟登颐和园佛香阁俯瞰帝都全盛日

四库集成翰墨香，锦帆千里下维扬。
康乾修性温文帝，英法摇身军火商。
炮药漫夸出华夏，弹枪远伐自夷邦。
龙骧虎啸知何日，软实力犹雄列强。

## 登山海关老龙头

海纳百川天一色，城连万里嶂千重。
十朝筑堞金汤固，八国冲关铁炮隆。
安彼营盘虎与兕，践吾子妇草和虫。
终当雪尽沦亡耻，冉冉祥云舞老龙。

## 过孟姜女庙

波涛如怒祖龙凶，霸业才传二世空。
白骨堆成墙万里，寒衣送达路千重。
若非瀚海望无极，焉得长城修到终？
明堞秦砖多裂缺，孟姜何处哭秋风？

# 东方莱茵河之夜

橘子洲东新阁成，万人闲放孔明灯。
阁中别友茶频续，阁外采砂船夜行。
遍是骚人改地气，虽非故里动乡情。
笑看湘水余波去，直润长江百座城。

# 重登丛台

于焦土上起丛台，折戟残垣足下埋。
林鸟群从襟底度，秋光都到睫前来。
七雄兵气尽消也，一代灵王安在哉？
四面晨昏歌似海，大妈狂舞扇花开。

# 过邯郸

不易其名惊地殊，风云异代至今呼。
人誉战国四公子，城号春秋五会都。
百尺丛台崇揽月，千条成语妙连珠。
久承宫阙盈盈露，俯拾瓦当同握瑜。

# 北戴河忆语

我所思兮渤海湾，鸥来鸥去损朱颜。
联峰山上松楸穆，鸽子窝边日月闲。
石积千年奚易烂？情生何处最难删。
谁教岁岁中秋夜，各自听潮踏露还。

# 双美

市井并行两玉人，周遭风物一时新。
慕渠无意成双美，笑我多情抱独身。
欲近清光终觉远，待疏香泽转思亲。
溯流焉觅渡江楫，桃叶桃根空自春。

# 梦入留园

梦觉姑苏红欲暮，尘扬尘落四驱驰。
已惊铜镜银丝早，敢恼玉人金步迟？
双目秋波无史记，一河风月有潮知。
幽兰空谷难寻遇，夹竹桃开又一枝。

# 于归日

五陵风信到钱塘，细雨青梅恰半黄。
油壁辚辚及笄女，青骢得得弱冠郎。
三持绿蜡疑痴梦，一揭红巾惊盛妆。
金漏未央花露密，如何鲛泪落君裳？

# 七夕往事

西门巷口堕星光，五指新遗红袖香。
人自独来还独去，燕虽双宿岂双翔？
灵魂悲重九秋雨，皮肉欢轻三月霜。
回首浮生一万日，半为惆怅半荒唐！

# 一叶不采下香山

逝水东奔君莫留，何妨万物变中求？
香山自染红黄绿，俗世几经春夏秋？
讵守旧山盟旧誓？且抛新缆泊新舟。
不藏不采下重巘，万片丹枫飘莽丘。

# 辞家返京

行露沾衣又登途，假期渐满意婴纡。
乡讴四起鸡鸣后，汽笛频催人定初。
祖宅荒芜疑有失，皇都羁泊定何如？
胡教千里为形役，久负秋风莼与鲈。

# 京城众生

百鸟栖栖谋一枝，长安大矣岂居宜？
官卑冕显凭风借，埃落尘扬为利驰。
苍鬓易凋衙笏里，机心犹动笑谈时。
围城攒众三千万，同锁金笼互不知。

# 月夜失眠依稀初闻布谷

青眸炯炯意何如？寂寂帝京人定初。
绝唱三声窬蕉鹿，回肠九曲望乡庐。
金田金穗鸟金嗓，赤日赤天人赤肤。
倏忽希音呼不得，月华空泻半床书。

# 都市病夜三章

## （一）

交煎冰炭血丝烧，帘外千坊梦正遥。

开眼犹闻珠蚌泣，凝眉更畏子规招。

半轮月桂琼枝斫，九曲猿肠鬼气飘。

四海空余三五友，亦无音耗到今宵。

## （二）

疗救病魂何计寻？斑斑笺墨抵千金。

匆匆浏览当年事，细细吟哦此夜心。

北雁南鳞空寄远，高山流水岂知音？

情痴似我几人有？灯影摇黄怀旧深。

## （三）

沙尘暴袭瘦皮囊，药气氤氲盈板床。

辗转离魂出京阙，朦胧斜月下潇湘。

便将白眼转青眼，即隐山乡邻水乡。

祛祟何须楚巫觋，汀兰岸芷本灵方。

# 本命年关

栏杆拍遍暮云侵，学府楼空啼怪禽。
万户金鞭鸣祭灶，一条铁轨滞归心。
家成逆旅长过客，朋筑栖巢各择林。
问遍南征北飞鹊，登梅胡不报佳音？

# 仰慕古贤士之交

扰攘时轻管鲍交，霜尘谁复赠绨袍？
伯仁生死系王导，三士羞惭争二桃。
汉上摔琴弦绝响，山阳闻笛泪成滔。
虽云访戴何须见，一夜滩多雪满篙。

# 而立年什刹海畔夜读庄子

楼台高卧志难伸，一袖和风渡海滨。
三十功名将我误，万行新柳为谁春？
不求闻达唯求道，无限湖山有限身。
夜半茫茫何处宿？阑珊灯火晏居人。

## 春夜二客慨然谈职业生涯

古来文福两难齐，欲济无梁路转迷。
雕版今看落银发，剑花昔舞听金鸡。
渐行渐远真情性，常炒常翻伪命题。
尽负平生三不朽，奚囊琴谱蠹蛛栖。

## 释褐之悔

旦雨江淮夜作雹，闭关卧病冻啼猫。
误求斗大黄金印，久弃霜清碧玉箫。
讵扮奴颜惟媚上，要留傲骨自崇高。
从今厌问升荣事，慕隐身轻市与朝。

## 卢沟桥春钓

垂杨垂柳学垂纶，半日濠梁忘此身。
红鲤吞钩窥有影，白莲出水嗅无尘。
百年运命何由己？万里河山多钓人。
待了齐家安国事，素心更钓一江春。

# 迟雪

共温琴谱诵坛经，陋室衡门惟德馨。
归路孤飞黑老鸹，漫天群舞白精灵。
麦初分蘖迟无影，桃久含苞始显形。
下望凡尘多浊物，惜身未肯落宸京。

# 赋得庚寅年瑞虎下山

饱食丰年思建勋，荒坟厌卧恋人群。
吞天呵气千山雪，出谷纹身五色云。
首助懦夫添孔武，更驱恶鬼减妖氛。
功成大啸归林去，犹梦家家腊酒醺。

# 广化寺闻票友热唱样板戏

云旌招展听惊雷，不爱幽兰爱铁梅。
劫历十年浑失忆，灯传三代又登台。
二黄导板低低唱，一寺莲花缓缓开。
万众回归慢生活，狂飙骤雨莫重来。

# 白鹿洞书院自地中海引进白鹿终日啮草嗜眠

鹿鸣高咏共弦歌，五老云垂石壁萝。

骨瘗穴中曾殉主，兽迁域外岂同科？

料难识墨传书札，耐可沽醪挂角柯？

丧尽斯文君莫笑，鸿儒当世亦无多！

# 人日自沪北上

暮雨携风海上来，驿亭红湿万枝梅。

梦回年少春衫薄，客过江南青眼开。

冠盖旧京销傲骨，剑箫陋室瘩惊雷。

登楼引领望天末，岂独凝眉为积霾？

# 周口店北京人遗址之问

终成直立疾行身，百万年前猿变人。

痛失一枚头盖骨，遍寻四海驿边尘。

珍珠港外乌烟尽，山顶洞旁银发新。

吾劝日光开亮眼，于精诚处照奇珍。

## 奥巴马就任美国第44任总统典礼

万人朝圣一呼同，惊见黑人登白宫。
天怒冰河风猎猎，谁燃暖市火熊熊？
经邦皆选英年帅，救世宁期皓首翁？
独立宣言二百岁，千秋焉保出群雄？

## 冬至日全球金融危机深重

寒夜首侵华尔街，命谁盗火自天来？
重裘闭户吾犹冻，破帽返乡氓更哀。
十万流民争一职，三餐饥恖哭千回。
暖冬远匿知何处，元旦腊梅迟未开。

## 赋得香港回归日

华夏明珠一暗投，谁消国耻百年羞？
无能清帝金瓯让，多难香江碧血流。
远瞩宏猷开两制，高瞻伟业曜千秋。
紫荆花簇五星帜，岂让寰球小九州？

## 立夏与韩国留学生游未名湖

别有幽天曲径通，古亭好傍后湖东。
圆荷乍捧千张绿，灵雨初收一架虹。
四面新蛙奏深沼，骈行旧燕绕低空。
痴人尚恋三春末，入夏流光暗换中。

## 山中学习堂上作

碌碌营营曩太痴，闲人今始悟无为。
昼温毛邓马恩课，宵咏陶王李杜诗。
布谷三声啼北岫，夭桃一朵笑南枝。
山居不羡红尘客，乐道归真只自知。

## 深秋赴观堂大院京剧社堂会

京郊变抹红黄绿，俗世几迁春夏秋？
客满琴飘四合院，曲终酒解两离忧。
苍生拯济当年事，独自逍遥此日讴。
休笑满台生旦丑，闲人一介戏中修。

# 哀昆曲

废苑春回玉笛新，朝元歌起集贤宾。
世遗张榜初惊艳，国宝沉珠久掩尘。
乌瘴除根折兰芷，红伶垂涕变蛇神。
忽闻清曲凭栏处，犹是风华绝代人。

# 月下独玩

拟脱冬装换薄罗，元宵过罢气清和。
一路行人玩兴少，百端私欲搅愁多。
天然唯美无言美，浮世如歌长恨歌。
月照秃枝宜尽赏，明朝俗事又风波。

# 成都机场滞雾

锦城似欲留骚客，雾雨朝飞午更烟。
倦矣蜗居荒日月，壮哉浪迹遍山川。
长亲高士堪祛俗，久炼诗丹不羡仙。
西出昆仑东入海，人文国里尽情天。

# 岁晏

闭关久未出京坊，气养全唐诗万章。

独乐吟中松戴雪，倍怜食后月增霜。

神闲犹患民风恶，利重焉寻性本良？

料又一年仓廪实，黄钟早振礼仪邦。


## 浪迹银川春节应邀赴家宴

塞上黄河白雪扬，阿訇迎客启南堂。

羊羹下酒千杯满，牛饺穿肠百味尝。

座有高朋画盈壁，家无俗物墨飘香。

醉酣帘卷磨新砚，狂草书成梦大唐。


## 赠答某四海为家者

勤公未及浣征袍，驿路繁霜染鬓毛。

黄鹤楼头悬满月，贺兰山缺烤全羔。

知音神会三秋笛，试刃胸藏万古刀。

归去笑拈梅嗅遍，紫金红浪起滔滔。

# 澄城丹徒结对扶贫

千村厚德奈箪空，牵手丹澄运岂同？
渭水凄寒泣西陆，长江浩荡借东风。
秦腔吼震窑前瓦，苹果笑悬塬上红。
天道有余补不足，事成岂在细论功？

# 除恶

巴山西望雾茫茫，战地枪林弹雨狂。
妖雾遮昏红日色，袍哥坐大黑魔王。
岂因初捷旗先偃，犹有冤魂债未偿。
八万公安拼剩勇，三千孽犯肃天纲。

# 秋风起思归故里

菊花微绽报金秋，犹未青衫换锦裘。
休对旧人怀旧事，且收新枣润新喉。
东邻女嫁儿沽酒，西洼菽黄困满楼。
悟得流年留不住，何妨万物变中求？

## 湖湘人物礼赞

地气偏怜楚有材，不求命达怨时乖。
峨冠济济朝堂列，玉树煌煌泽野栽。
四库全通师祖老，九歌初诵学徒来。
洞庭波涌沅湘阔，暮洗砚台朝放簰。


## 春节不归故里南下谒师

千里驱驰驿塞长，烟花除夕下潇湘。
不寻高爵攀新贵，但访真师揖古香。
黑塞万家灯黯淡，黄河一线雪苍茫。
布衣高士何时见？频倚车窗望曙光。


## 花鼓戏散场疾趋探视周毓峰诗翁

伶童花鼓炸于雷，鹤骨吟翁纤若柴。
偕上黄山公早约，独游宦海我迟来。
减吾三世三生寿，留汝八旬八斗才。
千首诗成皆沥血，几行泪落我停杯。

# 友人王君饯吾于嘉陵江白鹭原

抚江枕岫远嚣哗，踏遍西南独一家。
金菊冲开星外雾，翠樽斟满月之华。
梦回四秩吾非我，客寄百年禅似茶。
长驿何妨片时憩，好留清气走天涯。

# 下成都

又留鸿爪雪泥踪，身越峨眉第几峰？
醉步岂分宽窄巷，称名莫辨旧新容。
中年百物难青眼，少壮层云曾荡胸。
花事独怜冬未了，红山茶续白芙蓉。

# 忆一位诗人

秦时明月洒银袍，偶出禅斋入市朝。
言必汉唐惊四座，诗犹魏晋敌三曹。
庸庸俗客时时遇，八载高朋一面交。
料是人间留不住，精魂骑鹤上灵霄？

## 贺同事麒麟满月

东君蛰醒响轻雷，阴气渐消阳气催。
枝动鸟啼天国语，日晴光溢喜筵杯。
十年雨顺笋成竹，满月风和霞染腮。
仁厚门风传百代，家和岂倚石崇财？

## 七一参观晋察冀抗日根据地阜平天生桥瀑布群

触若轻绡望若雯，奈何今岁瘦三分？
也知旱魃八荒虐，不作银河千丈喷。
九瀑一源藏峭壁，百禽双翅剪流云。
何当身借仙人助，览尽悬崖溅玉群。

## 上元雪候杜君不至

焰火喑喑月失光，天堂雪洒上元乡。
两楹戏扑桃符艳，四野舞撩麦秀香。
案椠自横风凛冽，纸窗独守暮苍茫。
故人应了公衙事，夜泛山阴访戴郎。

# 车入香格里拉道上

初向天堂梦里行，不虞戒俗六神清。

峡湾江荡千年浊，峰雪云开七彩屏。

百代深藏几人识，一朝乍现五洲惊。

腮红氧缺身何惜，心与高原大地平。

# 香格里拉人

白云欲下落康巴，鹰隼俯冲凌雪崖。

野甸乌鬃汉子马，格桑红靥女人花。

锅庄对赛歌连舞，青稞频斟酒当茶。

早向金门挂冠去，远追洛克此为家。

# 丽江之夜

创意人间第一城，吾今到此莫西行。

檐垂银汉云脚矮，门引玉龙雪水清。

今夜酒吧街起舞，当年茶马道闻铃。

大千美景丽江尽，九曲心潮胡不平？

# 印象西双版纳

土陶普洱傣娘斟，野象幽栖热雨林。
版纳仍多菩提树，人间已少镜台心。
鹄鸿老损天边翅，孔雀新捎世外音。
犹有半生重设计，湄公河阔洗征襟。

# 惜辞西双版纳前夕于澜沧江畔饱赏晚霞

大象有魂人有灵，边陲乐极不思京。
蕉林虹逗太阳雨，傣寨歌招孔雀鸣。
一水澜沧连六国，万张贝叶悟三生。
何须远足东南亚？此自天高眼界明。

# 澜沧泼水狂欢罢春衫犹湿夜飞京华

主居傣寨客天涯，俱变人初伊甸娃。
尽袒纹胸爬蝶蝎，惊呼陀佛湿袈裟。
趁游佳节挑佳婿，借泼水花撩傣花。
红日贪窥世间乐，椰林月出不西斜。

# 借道巴蜀入湘

峨眉才下转潇湘，岁岁京华为底忙？
但采芙蓉霞万朵，不抛斑竹泪千行。
性情痴是前生我，山海媚如新嫁娘。
俯望澄江横静练，容吾纵浪啸歌狂。

# 天府之国留别

吾自脚都还首都，何曾足下费功夫？
锦江澄似千秋练，蜀道难于万卷书。
剑阁蛮烟蛇共舞，峨眉迷雾月同孤。
养将浩气横南北，拒变房奴与卡奴。

# 次北戴河俯瞰诸机关疗养别墅群

养生别墅望如林，养气几人兼养心？
养气胸吞沧海日，养心手抚月明琴。
夏都争建百官邸，公仆轻抛千斛金。
日暮蟹王新落网，豪车疾送入刀砧。

# 二月二十八生辰咏怀

碧空无古海无今，对镜人惊纹皱深。
天地重开百花蕊，江河未老少年心。
身游万里诗同伴，魂越千秋美独吟。
吾亦久痴中国梦，传承文脉梦沉沉。

# 终古因缘

灵肉两分奚自安？痴根悟晚五更寒。
高蝉发唱临风远，病蚌怀珠感月团。
凤使衔书依碧树，铜仙承露落精盘。
万缘皆系三生定，所托非人见独难。

# 时下价值观之惑

飘尽槐花噪尽蝉，世情犹似雾中看：
可怜君子千车简，不敌歌姬双耳环。
良骥行空悲坠足，庸奴借势笑弹冠。
高楼戒酒虽多日，更取金樽醉拍栏。

# 夜寄又止

月盈石凳信修成，欲寄还休对启明。
旧信仍当新信读，左心常对右心鸣。
喜笙自古多酬唱，哀笛从来只独听。
忍把枯兰锁重屉，百年一任蠹痕生。

# 静养颁伤三日京夜若闻春来

簌簌银丝血处凋，病中冬夜转春宵。
天涯集结南归鸟，江左奔腾东下潮。
岂忆旧人哀旧事？待磨新砚试新毫。
中年莫奏箫声咽，洗剑虎丘重斩蛟。

# 重览庄子《逍遥游》

莫向歌诗著不平，斯身最合海鸥盟。
仙风道骨非他藕，痴欲毒龙究自生。
雪满山中何必待？月明林下岂关情？
心斋坐忘致虚极，两弃悲箫同喜笙。

# 门头沟冬食石锅鱼

驱车西郭绕山村，得享石锅鱼一盆。
入世悲欣宁有尽？寄生天地本无根。
闲看拨火熊熊沸，频唤加汤细细炖。
未肯日斜乘兴返，醉颜还扣故人门。

# 诸官员文庙揖拜廉石

雨摧不腐立千秋，若个揖兹无愧羞？
克己私囊轻后乐，为人公仆贵先忧。
民心皆背能沉舸，宦海唯廉可镇舟。
衮衮诸君参拜出，门停宝马著金裘。

# 吴门夜雨

谁言涓滴细如愁？销尽吹箫旅食忧。
梅馆新催骚客笔，石桥轻湿美人头。
桨声磨损千年叹，灯影飘摇几叶舟。
闲听春霖似黄酒，醉吾一夜梦沙鸥。

# 烟雨古镇

十年别后梦催回，春澍丝丝谁细裁？
载酒石桥虹影卧，笼烟水墨画屏开。
退思园外闻新曲，耕乐堂前访旧梅。
避雨香樟树阴下，满庭浓绿泼身来。

# 春日遥赠巫君

举目颍州斯姓稀，中年哀乐意多违。
深宵判卷衡情理，丽日开庭辩是非。
玉笛琴音原慕雅，笔刀剑气亦生威。
初心岂共征尘老？笑向长淮浣素衣。

# 微信时代之社交

互剖初心恰少年，春风桃李促繁弦。
别来都为稻粱计，点赞只从朋友圈。
岂作贵人多忘事，欲寻豪气忽如烟。
今宵更把尊容记，犹恐江湖又失联。

# 世界杯落幕

七月绿茵烽火熄，雄鸡一唱法兰西。
扬眉天助人相助，扼腕才齐命不齐。
半数黑肤更国籍，八强劲旅击征鼙。
难民未有移民福，泪涌怒潮应决堤。

# 米兰新绽错认早桂

七夕星娥锦散开，花如米小落传杯。
友兰青眼君真隐，折桂秋心吾错猜。
黄蕊同栽一庭好，天香俱自九霄来。
金风已唤莼鲈梦，何待功成五马回。

# 故园拆迁前夕

少小故园归去来，秋风秋气入江淮。
几间屋宅经烟雨，五代祖孙同灶台。
旧物尘封细翻检，昔年梦系久疑猜。
青砖黛瓦碾齑粉，难拆乡愁堆满怀。

# 黄梅故里

秋晓闻琴感不禁，重偎泥土觅乡音。
男耕女织谈从古，绿水青山唱到今。
歌出渔樵声湛澈，风来草野梦深沉。
最怜一曲天仙配，唤起双飞比翼心。

# 金秋皖南道上

百里金风率意驰，已凉天气未寒时。
晒秋稻满东西陌，迓客桂香南北枝。
且对远山邀醉酒，莫临逝水写愁丝。
草台班近谷堆畔，斗唱黄梅歌几支？

# 登安庆江畔振风塔

风骚恐逐大江流，七级浮屠几世修？
天柱孤峰投远影，云涛万叠送行舟。
千秋文继桐城钵，六尺巷消邻壁仇。
最是徽班进京后，百年朝野重名优。

# 江汉路桂花

西洋租界旧楼台，老桂回生为底开？
万国旗飘遮日月，百年车啸卷尘埃。
虬枝忍耻唯长睡，枯木含哀不复胎。
人约黄昏江汉路，夜香忽染白衣来。

# 付印毕飞赴深圳采访边防

江驿山程奈此生，又骑鹏翼下鹏城。
岂叹旧鬓霜飞白，幸喜新刊版杀青。
卫国每思关守将，佑民信有海防兵。
壮行犹记儿时曲：泉水边疆纯又清！

# 中国武警深圳支队

铁骨从戎泪不弹，两千虎旅佑安澜。
抗灾矫首台风虐，反恐横眉剑气寒。
海岸林遮兵服绿，沙场日映警旗丹。
笑看万户清平乐，营帐雷鸣梦始鼾。

# 静夜演习

秋夜海湾潮欲平，又闻哨急练兵声。
貔貅甲士定犹在，骠骑将军疑复生。
不以金戈试强骨，安能烽火请长缨？
遥听窗外涛千叠，也作催征鼙鼓鸣。

# 朝辞军旅

二日穿驰细柳营，南溟浩气荡胸生。
风声听似金戈响，草色看疑橄榄青。
更待三军添血性，可期六合铸长城。
国门莫以承平久，废懈沙场铁马鸣。

# 考罢

江湖十载未磨剑，京阙一朝临考场。
闭卷白嫌亳钝涩，答题难得梦飞扬。
人前但悟中庸道，榜上焉求姓氏香？
犹幸阳光不弃我，穿窗杲杲照冬床。

# 梦入新时代

千年我有梦飞扬，辞姓楚兮诗姓唐。
已续发明新四大，待兴骚客古三湘。
共看朋友圈加阔，自信丝绸路拓长。
屈子祠和谪仙冢，招魂喜与赋华章。

# 杭州喜迎二十国峰会

八月雪涛雷吼来，桂华争傍会坛开。
三吴锦绣铺丝路，万国衣冠谒御街。
共弄狂潮同把舵，初平秋水好传杯。
桥头倘遇白娘子，应喜千年等一回！

# G20 峰会后之杭州

古雅江山胜迹遗，又添新迹两相宜。
湖亭犹证双人茗，会馆曾飘万国旗。
独献中华济时剂，争当世界弄潮儿。
钱塘陌上桑千树，丝路重开更吐丝。

# 钱塘寻桂惜哉未遇

每误天堂折桂枝，者番恨早昔来迟。
绕墀梦拾黄金粟，招饮醉吟青玉卮。
无谕难催连夜发，有缘莫待晓风吹。
冷芬堪以三生约，痴候佳期更后期。

# 山寺桂子临别乍放

应念江南游子痴，碧山空谷发金枝。
几经凉露花先吐，不是幽人梦岂知？
一夜听香风扫叶，二僧止语鸟窥棋。
月中洁物君多折，同返初心正此时。

# 华北力推煤改入冬气急

燕赵疯传闹气荒，乡庠医所一时凉。
岂因地冻才如此？若得虑周宁致殃？
御雪炭空疏测算，覆舟水涨慎权量。
寒宵忍听风人谏：缺口仍须百亿方！

# 秋会西京

桂未喷金露未繁，大唐爽气满长安。
揖芬盛世千年地，论剑中华第一刊。
塔耸曲江幽梦远，波澄太液壮怀宽。
良宵语罢谁窥户？半月如钩看欲团。

# 登大雁塔

爽气西来丹凤城，秋高不见雁南行。
塔中戒色空空色，塔外题名汲汲名。
六百卷经驮万里，几千场梦悟三生？
微躯出入红尘内，做个闲人胜似僧。

# 长安留别

灞水桥头濯驿尘，何曾日暮客愁新？
高陵百座多称汉，明月一轮惟姓秦。
霸气久隳埋列帝，淳风犹古是斯民。
燕山此去秋分夜，西望长安有故人。

# 兰考公务毕还京春夜游

忙于春昼惜流年，夜访诸园辞绮筵。
桃卸晚妆应早睡，樱披素裹不知眠。
闻香细辨花浮水，上岸新听蛙跃泉。
路遇归人两相觑，柳深惊是月中仙。

# 春宵行游

负他春昼事无休，今遂痴儿月下游。
桃褪红妆眠带笑，梨披素裹浴含羞。
弥陀僧诵城中寺，子曰谁吟水畔楼。
偶遇街心打工仔，千条微信恋中留。

# 德清忆旧游

浪迹江南若有思，余英溪雨薄如丝。
穿桥戏荇鱼千尾，滴翠噙香桦一枝。
今我无缘归去也，故人何幸长于斯。
返京移植芭蕉绿，打碎秋心似此时。

# 满觉陇观采摘桂花戏作

古越茶娘竹作筐，空山细雨晚来凉。
红酥手掐黄金蕊，板栗羹添蜂蜜糖。
折桂岂真成贵客，闻香差可近仙乡。
暮归笑被店家觑，疑惹美人鬓上芳。

# 多病药为友

黔山逢霁难三日，微命年来疴附身。
药剂药丸药熏枕，最忧最畏最相亲。
月莹霜洁思逃世，病久礼疏慵见人。
岁暮扪心常自问，蹉跎一半是青春。

# 思侠客

节物风光分外明，淹留燕赵客魂惊。
四时荣槁疑千变，一日温凉亦九更。
华发忍从书隙落，功名应向马前争。
誓随奇侠云游去，剑胆琴心是此生。

# 京华沙龙听诗翁朗吟

何处高吟曲径通，卿云烂罢起南风。
千年诗史始虞舜，八大骚人终泽东。
明月西斜奏清笛，大江东去响黄钟。
惚兮万象俱如梦，只有滩声摇短篷。

# 西城大讲堂听裘派嫡孙京剧时尚宣言

古韵新声何处求，海棠引路满庭幽。
一门今喜传三代，十净昔争夸九裘。
守土根深散枝叶，开门风疾看潮流。
肤黄同唱皮黄曲，腔入炎黄血里头。

# 再别杭州

丽甲江南无二州，三堤双塔一扁舟。
湖山漫卷画中画，歌舞未休楼外楼。
彩缎朝飞彩云落，御街夜引御河流。
醉邀马可波罗至，梦笔重持细记游。

# 初心

记取东邻一堵墙，杏花带雨满庭芳。
撒开赤足蹴红瓣，收起绿蓑晴碧光。
芒种天香梦边落，端阳元宝望中黄。
七分苦涩三分蜜，酸软虎牙沾素裳。

# 百子湾出站又览百子图

诗家风景在归途，一笑迎人百子图。
蹴踘柳前任嬉戏，拔河蕉下恣欢娱。
皆无鄙念浑如佛，中有红孩颇似吾。
尘世谁描此长卷？童心料与众生殊。

# 穆青题社训勿忘人民

惯与工农称弟兄，门前不拒布衣朋。
树成榜样垂青史，挺起脊梁扛赤旌。
健笔一支载物厚，黄河九曲入怀清。
新华奕世传家训，大写苍生待后生。

# 暮秋陟武当金顶

树渐青红雾渐轻，置身知在最危层。
铸金四壁风难入，爇火孤灯宵独明。
一蝶蘧蘧痴大梦，几人兀兀学长生？
居高恐亦如尘世，乱眼浮云辨未清。

# 家居维修之困

高楼地暖入冬来，坼裂墙隅知几回？
焉保塑条形不变，屡涂油漆缝重开。
未施网布终堪患，枉塞纸皮诚可哀。
为赶工期偷减料，无良商贾万民灾。

# 地铁生涯

案牍劳形无尽期，他生未卜此生知。
天边鸿鹄声空远，地下驱驰力不支。
华发飘零文字海，初心辜负月光枝。
还乡应被梅花笑，岂复朱颜似旧时？

# 搬书迁居

城东岁月从兹始，倦鸟暂安栖一枝。
旧札重温琅笈底，古书多购学宫时。
曾宗魏晋七贤士，更揖宋唐千首诗。
何日潜心无个事，灯帷读白鬓边丝。

# 苏州新加坡工业园区二十年庆

茨菰湖昔袅炊烟，引凤牵来跨国缘。
对接土洋双面绣，缀连今古一针穿。
八方语改吴侬软，廿载梦同秋月圆。
闻道海归争置业，居园区胜隐园田。

# 深圳之变

鱼龙寂寞瘴烟生，卅载北冥鲲化鹏。
敢试先知春水暖，远航更觉海潮平。
莫惊大厦连云起，但贵雄心与日争。
椰影华灯君不见：渔家女变丽人行。

# 新华社红二楼

青涩吾曾居上头，春风民国小红楼。
一株文杏披霜谢，廿载芳华恨水流。
银发添新万篇改，朱栏如旧几番修？
少年同学江湖忘，西凤三樽自解忧。

# 致青春再至房山

重游谁记彼时吾？髀肉未生微有须。
万壑皆风攀野柿，七星在帐览奇书。
更添篝火巡山后，犹说鲲鹏击水初。
俊彦而今散何处？半成小吏半房奴。

# 秋夜冷观电影《芳华》

东风有力百花残，一代芳华错杂弹。
未必当时真美好，终知故国太荒寒。
日边红浪接天涌，炉内青春余烬干。
心安何处醒痴梦，世情迷眼悟应难。

# 焦裕禄墓前

半世浓阴染碧穹，乡邻逢客说焦桐。
治沙昔已除三害，治病今须反四风。
会所不辞千盏满，田家肯问一箪空？
民生泪乃覆舟水，莫待滔滔方奉公。

# 蔺相如回车巷

觅寻百米红尘巷，来揖千秋高士风。
二虎贵和宜让道，一身轻利讵居功？
民争意气惟兴讼，官竞豪奢更误公。
宝马车中缙绅者，几人狭路见襟胸？

# 读战国策

逐鹿纵横策万端，秉珪佩玉气凝兰。
金台岂为蛾眉筑？剑铗唯因珠履弹。
一士腰悬六国印，诸侯胸纳百家言。
如何儒术独尊后，星汉寂寥空拍栏！

# 青藏高原云彩

高原长睡阒无闻，梦境催开千里云。

亿万年前待人类，三江源外逐羊群。

白衣晴喜乌衣雨，峰上聚欢峰下分。

一朵低垂擦肩过，相看不厌我知君。

# 武侠江湖

来是青烟去是风，功高不拜帝王宫。

银袍新溅狗头血，铁骑恐惊花蕊蜂。

万仞关山腰下剑，九霄河汉掌中弓。

天涯俱静无宵小，云隐岩扉箫入松。

# 第七辑：七言古风

# 渤海黄海交汇口登眺

登礁穷极千里目，吾在双海合流处。
渤海已纳百川归，黄海更汇汪洋去。
黄海蓝兮渤海黄，融变一色共苍苍。
潮舞银狮卷雪浪，夕照红波溶金光。
谪仙浪游名山遍，涉海捉蛟终未探。
东坡铜琶大江东，一阕豪杰刚肠断。
我欲与海共浮沉，乘槎直抵海之心。
潮吞浪簸恐失楫，莫测溟深几千寻。
谁人最识沧海量？魏武毛公竞绝唱。
日月之行出其中，换了人间秋风爽。
揖仰曹毛俱雄才，荡胸放入海潮来。
我辈沧海渺一粟，造物殊悭卑自哀。
江海湖溪同为水，大不足骄小不馁。
海固大兮人固微，齐物宜各美其美。
渤海黄海相和流，不带我心一片愁。
夏夜簟清无多梦，涛声鼾声各悠悠！

# 飞雪歌龙年送客归金陵

少壮结交多俊雄，往来人中凤与龙。
室无俗物兰佩玉，腹有诗书气贯虹。
玄谈肯落千人后？鲸饮不教一杯空。
万仞关山腰下剑，九天河汉掌中弓。
英髦于今散何处？半成房奴半网虫。
夜逢西宾高轩过，远来六朝建邺宫。
匆匆金樽浮蚁绿，草草杯盘醉颜红。
却话六七年前梦，大江流月悲道穷。
旗亭宴罢一挥手，主人西去客向东。
宾主半醒半醉里，雪花若有若无中。
衢灯轻扑散萤虫，秃枝不堪积碎琼。
呜呼！帝京一入人似蚁，类转蓬。
燕山雪花今也老无力，
小于簟席轻于鸿。
何当万里寒流挟罡风，
抖擞叱咤，撼醒天公；
龙鳞鹤毛，撒落鸿蒙。
料得明旦君南下，高铁滚滚碾冰封。
乍望黄河横玉带，复惊雪峰耸岱宗。
更见长江浩浩流碧空，
千里金陵半日通。
人生行旅亦如此，白驹过隙太匆匆。
悲哉百年身，快哉万里风。
荡涤放情志，浩气横苍穹。

岂学草窠虫，一世唯呢哝？

君不见诸子百家轴心纪，

立德立言复立功。

君不见七贤四杰治乱世，

剑吼琴啸风入松。

俟明朝漫天皆白成雪国，

青松倒挂冰争锋。

为君壮行色，为吾拭倦容。

天地有大美君当尽赏，

人间有大道吾乐与从！

## 出塞曲次鄂尔多斯

惯泛江南春水船，昭君墓外即胡天。

闻言毡帐悲筘起，十八拍终心断弦。

敕勒川平苜蓿黄，初来讵惯奶茶香？

知交半在长江岸，欲上阴山点雁行。

穹庐长调唤晨光，秋越阴山风动裳。

鹰翅试飞天际线，车轮新踏淖边霜。

盐碱茫茫百里长，目穷久不见牛羊。

停车土右旗边店，闲赏沙丘百草黄。

半日驱驰半漠乡，黄非红柳即胡杨。

暮投鄂尔多斯境，地忽更高天更苍。

巨盘细脍烤全羊，蒙女献歌牛角觞。

倩取高撩金顶帐，今宵扶醉卧周郎。

夜宿成陵蒙古包，开疆之最忆天骄。

沁园春语须翻案：只识弯弓射大雕？
鞍背轻弹万里埃，北冰洋畔帝疆开。
谁人入梦成陵夜，恐有铁蹄英魄来。
醉醒伊金霍洛旗，錾金帐顶七星垂。
马头琴罢群英散，毡外依稀野马驰。
长调悠悠破晓闻，四郊烧赤半天云。
莽原繁露无人踩，印我青鞋第一痕！

# 十渡行

一渡猿啼涧，二渡蛇潜渊。
五渡六渡崖横槊，十渡泛槎疑飞仙。
借问此何地？
夐古崩坼溶巉岩，恣钩连。
借问此何时？
万点榴火乱深山，红欲燃。
况是京华闲休沐，
冠盖纷驰何翩翩！
纵鞚兮峡口，秣驷兮蒲毡。
虹鳟兮唼喋，瓜瓞兮绵绵。
噫！十渡口，九曲弯；
拒马河，一脉穿。
往昔摆渡今安在？
但闻孔桥濑涓涓，
渡埠不见独惘然！
我向云居寺僧问迷津，

偈语玄言警大千：

十渡为渡兮渡亦非渡，

看川是川兮看川非川。

十方世界兮六到彼岸，

自渡普渡兮以慈为船。

君不见头顶千岩契真如，

流云朵朵幻白莲！


# 金陵梦华

去日落英俱雪飘，来时红萼正娇娆。

鸡鸣寺外樱花驿，忆罢南朝更六朝。

龙脉残伤霸气消，绵绵文脉足堪骄。

六朝王谢漂金粉，十里秦淮闻玉箫。

栏是相思美人靠，月应群醉俊髦捞。

来生只合江南老，北阙功名尽可抛。

十代风华作帝州，乌衣巷接媚香楼。

吴姬压酒金陵肆，杜牧闻歌白鹭洲。

义气疑随王气黯，桃花都带雨花愁。

吾来偏是千年后，梦得秦淮脂粉流。

勿向秦淮泛彩舟，桃花扇底梦华收。

飞来堂燕名王谢，流落佳人字莫愁。

天下文枢皆凤角，江南贡院独鳌头。

迟迟春昼身何处？更上石头城外楼。

生子合当如此公，石城肇始六朝风。

红岩犹更迎红日，鬼脸疑堪为鬼雄。

蔓草攀从断垣下，秦淮流共大江东。

谁言王气黟沉尽，埋向钟山亦卧龙。

虎踞龙蟠筑帝宸，北移王气转沉沦。

奉天门破君何在？金水桥存草自春。

碧血于斯湮陛石，真儒从古出忠臣。

清明又见琼花簇，应吊诏前投笔人！

十代都垣次第亡，真疑龙脉断秦皇。

破城迟降千斤闸，入瓮空藏万石粮。

信是火牛皆逐利，徒令霸主缓称王。

扪墙下望今何世？飞鸟无知穿莽苍。

人世难逢开口笑，石城偏有莫愁湖。

洛阳女作卢家妇，坦腹婿成征北夫。

花影弄风闻泣鬼，波心荡月梦沉珠。

郁金堂下春巢筑，燕子犹伤故主无？

锦心绣口若奇缘，轴杼声中题彩笺。

笔舞霓裳描盛景，胸藏丘壑问高天。

一生长恨俱成梦，半部红楼谁比肩？

怪道文坛无巨匠，织机亦不似当年。

寻至长江燕子矶，满城花气袭春衣。

余霞望到散成绮，月下沉吟久不归。

月挂城墙转曲廊，一庭鸟寂百花香。

千年虎踞龙蟠地，十代温柔富贵乡。

王谢风流成绝响，晋唐翰墨挹余芳。

古今相接唯何似？夜夜秦淮画舫忙。

# 临安梦殇

佛堂泥马渡康王，江口风声一夜狂。
天意不甘亡宋祚，中兴又得百年长。
龙楼坐拥凤凰山，揽尽西湖烟雨闲。
大内郎官裁凤诏，穿行林壑白云间。
偏安亦不损风华，坊巷街衢连万家。
元夕金吾不禁夜，乘肩儿女闹莲花。
大碗呼茶身欲仙，城隍庙外尽林泉。
风吹衫薄甜香袭，桂子真疑落九天。
金桂初飘细细香，吴山登顶望湖光。
三堤双塔游仙境，十万人家为底忙？
天佑参差十万家，卖花声里品年华。
户盈罗绮无闲地，山抱溪流有落霞。
棹拨蒹葭近酒家，烹来湖蚌嫩于虾。
倦矣且停千里足，畅哉更进一杯茶。
龙井狮峰白菊花，青桑蚕食雨沙沙。
运河潮起浪堆雪，千里京杭任泛槎。
信美东南第一州，绸如湖浪浪如绸。
惜无梦笔丹青术，马可波罗幸记游。
修得同船三世缘，断桥奇遇画中仙。
绝痴最是白娘子，执手相随到百年。
读透西湖能几人？众生桥上往来频。
湖山赖有文人养，绣口锦心惊绝尘。
豪放襟胸婉约姿，直教风雅敌唐诗。
钱塘古井源流远，井畔重歌柳永词。

绿杨影里荡秋千，楼外楼前载画船。

天子改吟骚客句：明朝扶醉拾花钿。

才占湖山做帝家，忽闻玉树后庭花。

元人一炬成焦土，断瓦残垣碎梦华。

临安会稽血同腥，欺世元僧发六陵。

帝骨混同牛马骼，空教汐社哭冬青。

珠襦玉柙遇灾星，掘骨六陵抛葛藤。

却喜理宗颅骨硕，窃为酒器醉胡僧。

掩抑哀思亡国音，秘招义士散千金。

六陵遗骨收瘗讫，一树冬青节士心。

千年以降我重来，御街太庙废亭台。

画船不载风骚返，夕阳西下独徘徊。

不堪缝补不堪修，处处文明碎片留。

知我心忧文脉断，不知我者谓何愁？

## 南浔梦寻

九曲溪连大运河，千年千里尚通波。

乾隆六下江南后，野老船娘掌故多。

翠是莲蓬红是菱，水乡风物入眸清。

晓来更把帷帘卷，惯听吴侬叫卖声。

千张包煲粉丝汤，芡实糕添糯米香。

熟了苏湖天下足，不知饥馑在何乡。

机杼摇经蚕食桑，昔年万户半丝商。

磨粗多少红酥手，始得缫丝千匹长。

婆晒绫罗公晒网，溪漂樟榉叶初黄。

画中闯入闲人我，不是湖州故里郎。

蛮语叮咛蝉语休，夕阳温软醉骑楼。

谁家黛瓦粉墙后，一霎风摇红石榴。

骑楼俱变庶民居，风雨廊檐半里余。

家眷仆从零落尽，此间万历出尚书。

腹有诗文目有神，那时崇善那般真。

徽州宅共西洋景，曾住百年儒雅人。

文化乡愁待酒浇，名门深院已萧条。

江南夜半游人散，细辨碑铭过石桥。


## 京师雾霾吟

呜呼！大千世界细颗粒！

使我百花失香气，万家珠帘卷不起；

使我童子百日咳，美人口罩恐露齿。

青天雾霾来几时？诗经邶风一问之。

古雾今雾皆如此，今霾古霾两不似。

高炉尾气冲天起，压城欲摧首善市。

长安驿道人疾行，五环内外车缓驶。

甫出堵城茫茫中，又入毒城茫茫里。

古来青天白日抬头见，

公卿出入今不喜。

古来清风朗月不用买，

空气罐头今奢侈。

呜呼！

剿霾升级大国策，治霾问计于高士。

但闻羽檄三春下，岂见阴翳九秋止？

不信围歼霾不死，攻之不克邦之耻。

会当京华澄清日，笑谈霾事俱往矣！

## 养老歌：翁媪与牡丹

鸟催升旗天欲晓，紫禁城北春未了。

熙熙车马长安道，深深古苑多翁媪。

老媪蹑脚绕花丛，老翁摄花花想容。

人花莫辨因目眩，犹有灵犀两心通。

燕都绿暗花未老，国色移栽洛阳宝。

闲话大唐富贵初，沉香亭畔花正好。

花开富贵引春风，女嫁成凤子游龙。

家和端居无个事，执手簪花景山东。

人前不辞老来俏，自摆百态自拍照。

红绫披肩紫旗袍，敢与花魁斗妍貌。

吾愿天下媪与翁：两情不减少时浓。

黄蘗咀尽酌甘露，银发美于牡丹红！

## 徐人歌

吾思君兮帝都，

君忘我兮江湖。

美酒珍馐兮空盈杯箸，

日月光华兮各照街衢。

只缘一晤兮数投鸿书，

千里告假兮旋归故庐。

伊人不至兮搔首踟蹰，

云掩鸡窗兮风扫庭除。

有底案牍兮良辰每误，

嗟予枉自兮握瑾怀珠。

金兰如梦兮一何虚！

莫逆之交兮一何愚！

公假告满兮不如归去，

誓将去汝兮返人之初。

来去无挂兮雁单鹤孤，

日居月诸照临征途。


# 天街听雨

泱泱帝都藏小楼，盛夏夜雨正绸缪。

好是三余读书灯，四面天籁方外朋。

重游素业忽如归，羁心振羽御风飞。

双腕揖定翰墨香，皓齿清发目流光。

观之不足发咏歌，书声雨声两相和。

灯影漫逐人影摇，纱帘正趁雨帘飘。

钧天广乐拨转急，九重宫变防末及。

玉帝仗剑出阊阖，叱咤顿足步杂沓。

瞠目如电踪如雷，迁怒直压尘寰来。

王母拦出掩涕泣，织女惊拽乃姊袂。

惊破京坊太平意，朱门玉阃一时闭。

此时斯楼无宴集，人偕吊兰长伫立。
玉盆翠叶伸窗隙，商略雨后齐凝碧。
元气阳胜散雨露，催绽幽兰阴郁处。
仰承琼液饮不足，如许冲和复几度？
余兴未罄睑先垂，中衣半湿腕凝脂。
卧听雨弦转凄清，不似向前密促声。
黄钟大吕变清商，轻拢慢捻余韵长。
王母长跪良苦求，秋波如泪泪如眸。
咆哮间歇猛回头，玉帝刚肠绕指柔。
王母破涕帝怒消，携手相对坐灵霄。
双双膝前促娇女，天庭晏晏重私语。
疑身不在仲夏楼，落叶哀蝉汉宫秋。
盘床九曲肠欲伸，嗟我怀人枉自颦。
游目青青河边草，沐霈忽发几丛新。
新草绵绵侵远道，窈窕深山隐旧好。
为报王孙歌代啸，之子已非旧年少。
本命匆匆天禄迟，迄今谋安无一枝。
投身天地一为家，同对秦月汉宫花。
三光六气纳胸次，曲江兰亭醉物华。
物华天宝竞豪奢，人杰地灵骛龙车。
百岁相期日易斜，风韵不老水无涯。
形迹胡为五岳滞？心迹何啻片云遮？
人家心迹隔层防，围墙千仞又萧墙。
乌鹊千匝终难越，皎皎三五空啼月。
今夜谁人应思我？一似今夜我思人。
天雨鲛珠密难收，若个一串因我流？

一刹灰飞烟灭尽，三生结交金兰心。

人间自是鱼相忘，莫恼江湖不嗣音。

怪来几时雨眼小，兰蕊淅沥犹未了。

听得一宿雨淋廊，赚却风寒侵皮囊。

星眸含赤气稀微，抱膝拥衾添素衣。

声渐不闻雨渐绝，听雨听至七哀灭。

晨兴霁光浮碧瓦，不知何处是雨夜！

# 皇都望月

云作襁褓月新生，秦时月照今帝城。

帝城客子摄衣出，拾级望断月轮行。

人逢月满应无恨，为底愀然意不平？

青衿岁岁长濩落，碧华月月亏复盈。

恨无羽衣抟风去，扶摇直上白玉京。

俯仰玉京忽却步，无乃别处亦凄清？

雪国冰川逾万顷，万顷玉田阿谁耕？

风信千年岂为春？木不清华草不荣。

雪作枕衾雪作屏，冰为屋椽冰为甍。

如此洞房如此夜，焉得嫦娥不伤情？

窈窕青眼隔珠箔，玲珑眉宇映水晶。

卧听冰川融玉漏，滴滴数破叹五更。

一更冰轮初转腾，绮霞散尽落长庚。

御日羲和忽纤缛，奔月婵娟初含情。

炎精侠气望舒魄，东岭虞渊已目成。

慰语明旦亲迎娶，一夜莫负青天盟。

二更月华东南倾，搴帷攘袖弄玉筝。
素手皓腕寒彻骨，凝弦冷柱难为鸣。
泠泠七弦忽弹破，俱是九曲肠断声。
褰裳玉立輢无语，蟾光正南恰三更。
三更中天分外明，反光炯炯刺双睛。
深恐主人难成寐，玉兔苦心荐药羹。
自言药丸白日捣，信克催眠忘七情。
嫦娥推枕捧心饮，不觉昏沉入四更。
四更奇寒小寐惊，一点春温梦不成。
撩乱蝉鬓云堕榻，吴刚入幄捧玉觥。
将进三清桂花酿，陶然醉乡走一程。
嫦娥醉呓桃花靥，歌舞未休达五更。
五更扶醉倚西楹，迢迢扶桑见启明。
故人羲和出洡漭，云骖霞仗远相迎。
轸感东君义尚尔，深宫敢不竭精诚？
一言未讫身先坠，日御奋辔救不成。
胯下八骏皆逸奔，萧萧狂嘶天彻明。
始知风露玉阶立，目与月轮一夜行。
俄闻依稀骊歌起，羲和耳侧语卿卿：
君为阳精我阴精，天道阴阳中和生。
一从鸿蒙有分封，日月合璧剩虚名。
何令君出吾即殁？何令吾殁君始迎？
长恨人间亦如斯，怨女旷男不共生！

# 春夜相思

春夜相思高楼上，二十一层皎月光。
推枕推窗起复卧，是醉是痴魔复狂。
云有脚兮月有光，相思来去知何乡？
我今叩问造物主，相思此物圆或方？
相思若是蓝喜鹊，代我啄开美人堂。
相思若是七星斗，为我摄下回眸光。
遍览前朝凤求凰，相思害人罪非常。
曾有宝黛相思老，更见梁祝相思亡。
总是精诚达上苍，悠悠荡气又回肠。
一介微躯百斤重，相思力大不可量。
无论贫贱轻生死，穿越六合骛八荒。
敢令吴刚伐月桂，直教枯枝绽海棠。
相思熔我柔似水，相思炼我力如钢。
但求相思美人解，不负春光陌上桑。
不求相思美人解，无愧吾心自流芳。

# 学府仲夏夜

北国五月爽朗天，亦无梅雨亦无烟。
日午气蒸汗汩汩，晚来风送意翩翩。
好风翩翩破空来，直散黉舍百尺台。
组帐千幅皆未掩，纱窗万扇一时开。
南窗青衿影是谁？鸿都游子宁馨儿。
散发推枕眠不得，北斗阑干鸟眠枝。

房栊内外声渐稀，车铃忽伴笑声飞。

圆明园墟驱驾返，未名湖屿信步归。

似此良宵似此辰，如斯乾坤如斯身。

欲寄南国邀知己，热泪无端漫客巾。

## 重阳红叶

重阳红叶正当看，欲陟香山顾影单。

岂忍无情对草木？只缘留待与卿攀。

千里待卿卿不见，红叶三年空复残。

莫惜严霜摧红叶，但忧天命夺红颜。

残叶明年又新发，北邙古来几人还？

可怜福寿非金石，况乃浮生久失欢。

安得赤心化红叶，留取光焰艳尘寰。

世世代代重阳节，投宿卿梦祝平安。

## 折杨柳行

柳穗垂，杨花飞，游丝绵球搅晴晖。

皇城自是春深醉，宕子胡不归？

布衣入帝畿，归乡须锦衣。

几回素月光熹微，曾照梦魂叩荆扉。

归去来，不如归！

祖母折尽拱墙柳，侄儿垂髫满堂走，

自忤孝悌身无后。

不如归，早旋归！
旅葵已占萱椿堂，东皋溘成烂柯乡，
老大迟归空笈囊。

# 还乡引

六月南风梦还乡，芝麻花白地生香。
归心似箭穿阡陌，青衫生风渡荷塘。
行行墟落忽却步，借问戏水小儿郎。
明眸扑闪虎龀笑，拊掌南指桃花庄。
殷勤告谢猛回首，似曾相识此面庞。
因询家中乃翁字，道出诨名一惊惶。
本是髫髦旧伙伴，在昔同门初学堂。
十稔一别鱼两忘，出处行藏费评章。
谋道行役天涯客，抱朴守拙田舍郎。
归来布衣空行囊，架上葫芦陌上桑。
稼穑累累我无份，本真园田久成荒。
回望忽忽若有失，到乡何啻叩异乡？
孺子只疑行子渴，自荐引路兰井旁。
翩翩疾走俚谣唱，我独靡靡向何方？

# 乙亥盛夏初释褐前暂归故园

我来古颍州，寂寞复何求？
苍苍慈母鬓，斑斑游子愁。
故交风流散，窥帷月当头。
攒眉难入梦，散发步平畴。
南风之熏矣，吹我桑陌头。
当年红椹圆，今夕碧阴稠。
此地一邂逅，弹指七度秋。
七秋非谓短，荏苒韶华休。
漫道同州府，绝似隔荒丘。
因缘蕙上露，命运江心舟。
轻许千金诺，终未一面谋。
延颈亦已久，露华双凝眸。
忽闻汽笛兮夜半，
泣涕如雨兮难收。
公假半月促，何事苦勾留？
去去终须空箧去，
自兹终老帝王州。
长恨此身非颍水，
不得故里日夜流。
独不见投生自是无根蒂，
谁为候人猗兮空白头！

# 龙抬头

霞光染高楼，膏沐理蓬头。

半月访两会，覆额发已稠。

借谁十指巧，剪我万丈愁。

银丝寸寸剿，青丝根根留。

青丝藏欢喜，银丝屯哀愁。

愁喜两交战，昼夜战无休。

人生百年尔，千虑如见囚。

胡不远利害？率真自专由。

春花与秋月，最宜逍遥游。

阶廊绿常植，卮樽酒不留。

客聚虽生喜，客散不生愁。

魏晋皆风流，最慕王子猷。

乘兴独往返，赏雪宵泛舟。

隔江但闻笛，宾主面未谋。

竹子如君子，随遇种园丘。

积攒小欣喜，抵挡大悲愁。

大悲愁，愁去否？

吾今斗酒喝叱愁，

叱愁如鬼远遁走，

独不见惠风丽日龙抬头？

龙抬头，愁自瘳。

春饼卷春韭，新燕试新喉。

龙抬头，愁自瘳。

美人向我花间笑，

碧水从我脚下流！

# 燕园银杏辞

飒飒长衫夕照凉，秋来树树半青黄。

只今每怪年光疾，不似儿时梦里长。

恐是羲和缰失手，六龙末日逸奔狂。

# 列车外瞥见荷群

红莲复白莲，绵延驿道边。

出清涟，掬芳鲜。

为我一洗征尘色，感此绰约凌波仙，

招我迷魂欲飞天。

人间非我住，何事苦流连？

举手谢时去，去去绝尘缘。

素手却拈芙蓉花，微笑虚步太清前。

何翩翩！

# 病夜长

病夜长！一片孤魂百仞墙，

药气盈腔复绕床。

头如轰雷汗如霈，躯如断筝曳城隍。

万户千门皆梦乡，九天月晦星失光，

十字街头徒彷徨。

霓虹自嫌影寂寞，直向疏桐深处藏。

恍惚又返蜗牛室，四壁无言接空廊。

路灯朦胧漏帘幕，吊兰定定鬼尸僵。

推枕敛衽难成寐，引领望天夜未央。

纵使日御出扶桑，永昼索居更断肠。

疾来识尽京夜长，京夜一何长！

## 风筝之都

最是人间四月天，轻阴散尽试飞鸢。

齐放彩鸢不知数，一时拥堵天上路。

齐鲁领空争夺仗，寸天寸疆肯相让？

青帝东君不寂寞，千片万线交错落。

众里谁最长？蜿蜒千米逆风扬。

蜈蚣为身龙为首，喝日绕行让路走。

众里谁最高？鹰隼俯冲叩碧霄。

何当登仙羽衣轻，鹞鹰背上听风声！

众里谁最古？春秋鲁班尊鼻祖。

两千年前匠心良，风筝故间在潍坊。

百国嫩模今荟萃，五洲集结代表队。

举头但觉天宇小，低头顿觉春意闹。

草色绿上翠裙角，浮烟山坪多芳草。

几人暗解胭脂扣，坐茵指鸢语悄悄：

虽非同来愿同归，风筝为媒比翼飞。

纵不双飞情不变，吾是风筝卿是线。

筝未飘逝线未断，天上人间胜相见！

# 酷相思

长相思，奚自安？银杏萧萧促织寒。
为谁捣练裂齐纨？岂无膏沐佩湘兰？
背灯衔泪不轻弹。
不轻弹，强自宽。水晶帘卷倚雕栏，
迢迢玉衡正阑干，霜封河汉锁春澜。
日居月诸讵可攀？
酷相思，思漫漫。东方渐高日三竿！

# 回波辞观北京大学留学生游泳竞赛

弯月直上白云边，西山帝城欲接天。
此身疑非人间住，悬在海市蜃楼巅。
健儿满池齐攒动，百仞跳台蓄碧渊。
绝似祓禊上巳节，掣鲸踏浪何翩跹。
俄顷浪白云泼墨，回风皱起渌漪前。
泳儿上岸换巾舄，芙蓉出水滴珠圆。
一时四散各投宿，我亦随鸟一枝眠。

# 汉武独坐篇

律中无射唯有霜，未央宫里秋未央。
碧落寒蝉欲绝唱，金井梧桐摇落黄。
汉武独坐文杏梁，竟日无复理朝纲。

冉冉不知老将至，况复鳏居悲悼亡。

风吹御案遗墨香，为谁翻读旧华章？

宋玉赋中清商发，秋风辞里余韵长。

兰有秀兮菊有芳，怀佳人兮不能忘。

倾国倾城难再得，浩淼云天水一方。

平旦延捱日昏黄，漠漠哀感填空堂。

四面蝉鸣不绝耳，摧折盛年刚烈肠。

忆昔华年气方刚，志拓六服吞八荒。

玉门关外丝绸路，万里河西作走廊。

崔嵬帝阙连霄汉，煊赫朱楼起建章。

破阵晡宴倾千觞，罢朝犹挹掖庭芳。

金屋藏娇旧宠在，汉宫新得李央央。

延年乐府翻别调，北国佳人曲中藏。

犹记初识睹清扬，花信风来玉生香。

可怜邂逅若故旧，天教龙凤迟呈祥。

倏忽红消香魂逝，秋声岁岁困刘郎。

金樽玉馔不能哜，万乘之尊减荣光。

翩翩玉影立而望，是耶非耶费思量。

心如死灰形槁木，老来百瘼入膏肓。

龙恩未断凤先殁，金铜仙人泪成行。

终成虚妄还魂草，最是汗漫却死香。

女娲补天天不缺，精卫填海海有梁。

唯此相思殊未已，江山矗立水泱泱！

# 南下钱塘留别白门故人

六百里吴越道，
载不动离情忆六朝。
故人何日再相邀？
自兹不爱长城墙头草，
独怜秦淮河畔夹竹桃，
梦里为吾妖娆。

# 致青春朝辞龙门

垂杨垂柳新若婴，鹅黄嫩绿匀未平。
金缕玉衣梢杪挂，绿烟碧云山谷升。
昔时房山初开垦，当日杨柳初长成。
一别龙门十五载，十五年前会群英。
绿杨烟外行军令，绿杨荫里嘁哨鸣。
出山拉练涉十渡，驿路狂歌百鸟惊。
昼摘野柿皆饕餮，宵拥睡袋鼾雷霆。
最忆投宿王老铺，夜半天风吼野营。
众人捡柴添篝火，熊熊火光燎豪情。
皆作五四青年状，攘臂挥斥意纵横。
兴论国事尊民主，偶谈家事恤民生。
国事家事东岳重，蜗居蝇利片云轻。
誓言终非池中物，发愿鱼跃蛟龙腾。
十五年后吾独返，深山何处觅群英。
百人壮语犹在耳，逝川已换座右铭。

半成房奴忧首付，呐喊房价声声停。
半成小吏谋权术，好风凭借阶阶升。
忍看朋辈变形记，星光暗淡飞乱萤。
盛年盛情兼盛景，渐行渐远渐无形。
料得再历十五稔，重聚不敢问旧名。
百人相对更无语，白头翁对杨柳青。
杨柳依依我去矣，一声浩叹热泪倾。
古人惜别长短亭，灞桥折柳赠远行。
吾今折柳招魂归，魂兮归来少年情。

# 江山高士吟

生生元气总无穷，日出霞蔚夜无踪。
春归杨柳融残雪，江山遥指画图中。
遥指东南江山县，鸡鸣三省浙闽赣。
进士四百天独厚，将军六十世稀见。
人杰一改河岳气，江山代有才人添。
垂髫已怀拿云志，直攀江郎山之巅。
游学明州后严州，俱有三江入海流。
学海远比东海阔，满眼风光藏书楼。
千卷读破喜若狂，更师鸿儒习墨香。
临春风兮思浩荡，望秋云兮神飞扬。
欲行江山万里路，负笈北上京华去。
蛟龙终非池中物，置身须向最高处。
幽燕慷慨学子多，梦骑鹰背看山阿。
浩劫骤污苍穹色，弹铗长啸击筑歌。

丈夫立身云海间，辞京西去祁连山。

河西走廊踏访遍，笔底民瘼翻波澜。

忽闻定西旱魃荒，奋笔陈情奏庙堂。

总理垂泪问灾情，黎庶喜分赈济粮。

红羊劫后冰渐暖，春风欲度玉门关。

丝路驼铃响未断，马头琴曲翻新弦。

鹰翅试飞天际线，骏蹄新踏敕勒川。

走乡串户议开边，百灵声里雨如烟。

会海文山都忘却，却将犁杖学耕田。

生态保护鼓与呼，草原青绿入画图。

彩云泼墨兴安岭，碧水洗砚呼伦湖。

似此豪气冲霄汉，不信人间蜀道难。

剑阁峥嵘等闲越，康巴三入不解鞍。

悠悠旆旌笔为枪，指挥若定慨而慷。

笔下千军复万马，激扬美刺慎裁量。

武侯祠畔蜀人家，龙门摆阵问桑麻。

自开自落芙蓉萼，似淡实浓竹叶茶。

闲临锦江做鹅池，春水照影日迟迟。

怪来腕底无穷力，不似纤纤弱冠时。

塞北江南多故交，京华烟云入梦遥。

廿载浪迹江湖远，一朝归京庙堂高。

归来要务骤加身，兰台勤政展经纶。

席不暇暖三吐哺，案牍披阅劳形神。

谏函修罢夤夜归，月中团露湿袍衣。

新华礼堂议善政，政协会场话危机。

大江茫茫去不还，鬓边二毛倏斑斑。

了却修齐治平事，不恋轩冕神自闲。
门庭依然客如云，书画院里做掌门。
座中谈笑多雅士，明月初上茗初温。
养马岛上听涛声，心潮逐浪怀穆青。
奔波筹建艺术馆，勿忘人民座右铭。
诗书画印本比邻，诗叶复刊聚骚人。
卷内诗佳情信美，案头砚古字常新。
字如其人见性情，融会篆隶草楷行。
驱山走海笔底落，游龙惊鸿纸上生。
张旭颠兮怀素狂，溯源辨流学未央。
更仿毛体惊神似，英风天骨森开张。
迩来法向化境修，无依傍处骋自由。
尺幅却展千里势，登高壮观天地悠。
天地元气与人通，天人合一气自雄。
天有大美喜同赏，世有高士乐与从！

## 李锦记之歌

三随神舟坐飞船，扶摇直上九重天。
五味飘逸银汉外，酱馨长慰宇航员。
忽复功成返人间，东方破晓起炊烟。
百尺高楼居万户，一勺调和一锅鲜。
忆昔先人创业艰，避祸迁徙南海边。
牡蛎煮汁入唇齿，蚝油作坊旗高悬。
斗转星移三世纪，蜚声四代志弥坚。
思利及人诚为本，绿色餐桌溯园田。

万瓶漂洋过海去，酱料王国敢争先。
君不见中华多少老字号，
妙手绝艺待人传。
君不见美在世间烟火气，
家为国本食为天。
好风凭借力，香溢万家筵。
会当百年老店永延绵，
广与天下食客结善缘！


## 梦随徐霞客畅游壮丽山河


万里江山何寂寥，魅影四伏匿驿桥。
春光乍透幽窗外，残冰已消忧未消。
忽闻大捷入梦来，荡扫愁云何快哉！
连月身与山川隔，一梦狂啸出楼台。
四百年前霞客归，泱泱九州邀同飞。
情怀最系荆楚地，别有殷忧不可挥。
梦追霞客下昆仑，江汉次第启城门。
魑魅两月惊梦魇，生灵三千化亡魂。
白衣喋血斗毒魔，齐唤良知医沉疴。
于绝望处觅希望，俾哀歌罢换战歌。
疫情如镜鉴官民，火神雷神送瘟神。
否极泰来俱往矣，疫后之春倍动人。
城门不禁执金吾，长江白鹭飞东湖。
车水马龙喧辐辏，又睹九省之通衢。
樱花纷落绣成堆，逝者如斯岂可追？

喜泣花间须纵酒，先酹英烈三百杯。

立碑刻石更錾金，黄鹤楼头仰古今。

人杰鬼雄书不尽，留与后世长颂吟。

暂辞江城更远行，御风霞客囊橐轻。

五岳五湖皆我爱，不择水驿与山程。

迎客遥见黄山松，拔地插天万笏峰。

峰欲飞天云不许，云海拦截山失踪。

出山转泛西湖船，丽日西子奁镜鲜。

碧波明眸犹善睐，笑看断桥三生缘。

霞客呼童将进茶，狮峰龙井破嫩芽。

纤纤玉指红酥手，炒青烟袅入万家。

钱塘信美莫淹留，更有天堂号苏州。

留园谁织双面绣？昆曲谁讴拱桥头？

京口瓜州一水间，花信风满绿钟山。

秦淮八艳俱尚节，王谢堂前燕子还。

江南烟雨正迷蒙，西北骏马嘶雄风。

丝路迢接茶马道，骠骑张骞双辟功。

霞客昔未度玉关，灞桥并骑出长安。

黄河绿洲吞大漠，秦时明月照征鞍。

甘州丹霞法自然，沙州琵琶反弹弦。

凉州羌笛左公柳，肃州酒池壮士泉。

河西四郡访逸闻，天山远影日易曛。

地脉真疑至此断，崖缺天补一片云。

六合昔我履险夷，五岳都输天山奇。

山南桃花山北雪，雪莲在望只堪窥。

欲采雪莲更陟高，西南东北亦待邀。

漓江鸬鹚翠竹筏，白桦雪橇紫貂袍。
巡罢塞北与江南，九州风光各美谈。
今朝梦游凌八极，饱赏水天共一蓝。
诛尽毒瘴除尽霾，重把天地揽入怀。
霞客续添新游记，周郎神离万卷斋。
万里山河万古伤，谁令草木再芬芳？
江山代有英雄气，久佑诗意与远方！

# 金秋桂花吟

金风昨夜巡故乡，吹绽月桂万簇黄。
陌南巷北散金屑，东篱西舍尽秋香。
桂花迎我如故友，我见桂花若新娘。
风清露白玲珑地，桂影团团上粉墙。
四世同堂桂阴下，耆老举觞话沧桑：
乡邻昔种金桂遍，蟾宫折桂寄意长。
达者兼济讵可待？苏秦游宦裘染霜。
陶令归隐固穷节，张翰思鲈返故邦。
莫道还乡须富贵，仕宦靡常枕黄粱。
君子初心幸未改，归来重绕桂丛旁。
唯此桂花真解语，不弃蹇厄但吐芳。
旦暮相看不相厌，疗吾乡愁胜琼浆！

# 中秋无月

举酒张弦无月华，愁锁杭城几万家？
问月无乃太无情？目中阴翳元自生。
月影无心印人眸，人眸何必待月投？
月来明眸共交光，月缺明眸亦何伤？
岁岁天人共此时，明月明眸两忘之！

# 桂林溶洞歌

壮乎奇哉！
无梁无柱兮，洞天胡不圮倾？
无钺无斧兮，群雕孰先削成？
无爪无印兮，栖聚何方仙灵？
山水桂林奇，叹吾迟知之！
无山不藏洞，无洞不弄姿。
万古霹雳讵可撼？百代弹雨击不坍。
千洞倒挂古藤蔓，石扉云掩岁不关。
入洞甫百步，别有洞天非人间。
一扫八桂瘴气炎，
满贮千秋凉飚袭我衫。
恒温兮恒湿，不燥兮不寒。
暮入初惊七星巉，旦出复赞芦笛岩。
归来更闻土著言，
道我犹有冠岩银岩咸未攀。
洞径何其长！十里九曲入鬼乡。

赖有荧石明灭引畏途,

夜明珠吐紫绿光。

洞室何其大!驷马八骏堪并驾。

钟乳在上笋在下,

上下钩连然后成柱复成塔。

洞中何所有?巉岩通灵拟人兽。

或眦目以狰狞,或温颜以闲情。

兽百面而傩舞起,佛千掌而莲座升。

恍兮猿猱斗王母,盗蟠桃兮下天庭。

惚兮游侠洗剑池,试霜刃兮鸣不平。

仰则有悬梯栈道通昊天,

俯则有密室暗闼叩黄泉。

对此长啸咤兮发清狂,

惊破阎魔纷纷下壁墙。

疑有山顶洞穴人,琥珀果腹藤裹身。

一隐窈冥几万春,不知盛唐与暴秦。

对此再啸咤兮发清狂,

直把地王府,翻成丝竹堂。

侗歌何浏亮,壮鼓何铿锵。

曲终不见刘三姐,洗我耳者,

但闻地籁滴响何苍凉。

滴清响,更漏长。

更漏长,魊茫茫。

魊茫茫,步悸惶。

忽射目以微亮,捉洞口之太阳。

疑烛龙终擦眼,欸伽蓝乍开光。

岩扉大开向苍穹，一树花吐象牙红。

今世兮何世？斯身兮何从？

洞外车水复马龙，

载我重返芸芸众生尘寰中！

第八辑：小令词

## 点绛唇·清明谒万安名士墓园

永绝红尘，京坊一任花开透。雪松垂首，几寸霜皮厚？　　闲却羊毫，闲却经纶手。骚魂瘦，锦心绣口，不复生前吼。

## 点绛唇·京华春分

寒暑平分，醉人花气醇于酒。暮迎朝候，桃李吾新友。　　青帝多情，料亦丹青手。宫墙柳，翠鬟千绺，绾住谁人袖？

## 虞美人·生命之待

丛林半暗残阳少，乌鹊栖巢早。绯衣少女久逡巡，疑是狐仙环树待何君？　　不知又被何人待？四野无人在。出林有泪忽沾尘，除我天涯犹有未归人！

## 虞美人·京城名人胡同

卜居名士知多少？未被行人晓。深深院落矮檐帘，曾有雄篇奇艺震尘凡。　　百年拆旧应无数，文脉谁珍护？承平丧乱几沉浮，除却田园斯亦有乡愁。

## 虞美人·瞻程砚秋乱世蛰居

青龙桥圮休询路，总是伤心处。百年荣辱剩苍凉，谁复秋来霜菊插颓廊？　名优痴梦芳华久，况值风波骤。世间祸起是成名，反羡无名韬晦弭灾星。

## 虞美人·故都之秋

皇城根下秋光好，观物澄怀抱。楼头群媪舞斜阳，扇掩葵花争比俏新娘。　深恩长恨俱忘了，天大人间小。夜吟不怯露华凉，更待浓霜飞下菊镶黄。

## 虞美人·花国王子

苑前栽遍无名树，萧瑟无人顾。回春惊见百花枝，几度辨香餐色始相知。　江南游子京华客，怅与人间隔。酒来何事转无愁？笑指紫云绯雾绕楼头。

## 虞美人·京坊闻故乡黄梅开箱戏

皇城根下丝弦动，拨我思乡梦。乡音无改本天音，长向今生今世诉情深。　　男耕女织天仙配，水绿黄山翠。曲终长忆少年痴，最是蓝桥三月踏青时。

## 虞美人·曼听傣王御花园放生湖

开屏孔雀应无畏，鱼戏青莲睡。傣娘花髻傣郎裙，一样水为筋骨佛为魂。　　世间仇戮狼烟重，白骨春闺梦。维和何计止纷争？罚向菩提禅树赎魂灵。

## 虞美人·致普天下有情终未成眷属者

年年避种相思树，又被相思误。古琴弹破与春风，任是同行同坐意难通。　　尘凡傺阅颜如玉，独酌樽中绿。美人暂莫掷芳心，吾本多情多义不多金！

# 虞美人·汶川妻子生死未卜首都丈夫三昼夜连发九百余条短信杳无回音

　　黄金援救三天过，针秒穿肠破。京畿短信发千回，不唤凄凉巴蜀燕归来。　　锦衾空叠妆台在，瓦砾朱颜改。平生对饮少交杯，来世夫妻重做鬼为媒。

## 卜算子·海之夜

　　后退是尘寰，前迈浑无路。沧海苍天色转空，撩袖生浓雾。　　不见一鸥飞，未觉孤帆渡。潮失滩礁我失吾，长啸知身住。

## 卜算子·书中何所有答故人问

　　岂有粟千钟？况复黄金屋。但养情怀气自华，不换颜如玉。　　傲俗竹摇窗，崇雅兰生谷。一盏灯檠万卷楼，此是心归宿。

## 卜算子·蓦忆今乃黄梅宗师九十华诞

昔自下凡来，还返天宫去。此曲元宜碧落闻，误唱红尘处。　　岁岁落花天，天上排歌舞。一缕香魂绿野风，记否还乡路？

## 卜算子·幸福树

滴翠发华滋，谁植祥和树？安得成林荫万家，顿减苍生苦。　　苦自欲中来，物欲终无度。修得心随物境谐，气定欢颜驻。

## 卜算子·五月槐花

苦夏更无花，永昼听蝉噪。撑起街心一角凉，槐蕊飘多少。　　簌簌落棋盘，对弈无人扫。尘世无端百事忙，唯是闲中好。

## 卜算子·汶川大地震中卧龙熊猫避难进京

地陷欲焉逃？竹杪攀将坠。劫后千呼仍抱柯，不下残垣地。　　本自卧龙栖，今洒移民涕。国宝皇城哭国殇，练实应无味。

## 卜算子·无望之缘

吾降七零初，汝生八零后。十亿人中顾盼迟，心老江湖皱。　　汝若七零初，吾若八零后。愿把三朝作九秋，惜取宵如昼。

## 生查子·与三十名新华社记者登贡嘎冰山之绝顶

雪光疑佛光，古草疑仙草。阮肇上天台，只合斯乡老。　　吾思飞九霄，捐弃功名早。天界若无情，怎似人间好？

## 浪淘沙·雨落渤海湾

天际万帆收，雨射潮头。沙飞礁蚀几春秋？魏武秦皇何处也？谁主沉浮？　　人事百年休，别恨离愁。逍遥游是浪中鸥。听雨听潮卮酒冷，泯了恩仇。

## 浪淘沙·夕登鄂渚西山怀吴帝孙权

陟彼武昌楼，气爽高秋。大江负重接天流。霸业雄图烽火遍，楚尾吴头。　　试剑石瘢留，轩殿荒丘。华颠犹未鬻曹刘。白鹭不知人世改，飞过黄州。

## 浪淘沙·龙年岁首走基层

红日返青松，初雪消融。江山遥指画图中。拂面清寒浑不觉，毕竟东风。　　焦土汉唐宫，谁主苍穹？茫茫草野卧蛟龙。良策欲圆中国梦，还问工农！

## 浪淘沙·都城清明祖母仙逝七周年祭

花信又东风，吹上眉峰。玉兰歇罢海棠红。吹绿江南新旧冢，芳草丛丛。　　路祭有民工，纸火熊熊。欲归故里吊亡踪。长跪碑台羞告禀，家业双空。

## 忆秦娥·皖南秋思

辞帝阙。江南游子乡愁烈。乡愁烈。长风吹驿，大江流月。　　一庭桂影摇金屑，黄梅醉听歌千阕。歌千阕。若心安处，自成佳节。

## 忆秦娥·守望

清秋暮。故人梦失桃源路。桃源路。春风十里，两心初晤。　　陌头忽发桑千树，柴门吹进花非雾。花非雾。隙驹流箭，半生虚误。

## 清平乐·列车穿越巴蜀油菜花海阻路

乡愁何处？蜀道黄花阻。十里春风留客驻，载走一车香雾。　　流年行色匆匆，山程水驿重重。莫问此身宿泊，风光原在途中。

## 清平乐·雨读李商隐集

天无昏晓，春澍长安道。最后海棠吹又掉，泥里杨花谁扫？　　高楼不下终朝，诗书自是佳肴。只恐虹晴雨歇，冗冗俗事难逃。

## 菩萨蛮·清明谒近现代名流万安公墓

青山埋骨乌啼处，中间多少名人墓？花气袭清明，至哀无泪倾。　　众星齐陨后，寥落江山久。安得返魂香，重开文苑荒？

## 菩萨蛮·子弟兵

今春春尽无春梦，雪灾方歇山崩洞。蜀道上青天，三军援汶川。　　昔时天府国，花草无颜色。橄榄绿无垠，废墟殊动人。

## 菩萨蛮·忆昔宁夏采访种粮大户

唐徕渠水庄前绕，珍珠贡米黄金稻。河套富银川，磨镰精灌田。　　廿年暌别久，稼穑犹劬否？梦返贺兰山，秋分同醉颜！

## 菩萨蛮·忆昔情人节雪夜阳坊涮锅

入堂惜雪裛毋扫，鸳锅红醅双霞靥。未敢恶腥膻，笑颜相对餐。　　笑终双泪颤，酒誓千樽遍。雪野一人无，乾坤卿与吾。

## 菩萨蛮·辛亥革命义士

满朝青丝皆愁白，冲冠谁向强秦刺？蝉噤一言堂，齐鸣头一枪。　　揭竿民自主，敢犯龙颜怒。一笑大功成，何图留汗青？

## 菩萨蛮·阻雨湖畔

画船疾泊移无迹，波翻已失千层碧。身避宋时亭，望云秋卜晴。　　久为西子客，行遍江南驿。烟雨问东坡:浮生求一蓑？

## 菩萨蛮·湄公河圣节狂欢夜

万人赶摆江滩下,待尝烧烤闻情话。荷盏泛长波,东方多瑙河。　　州官难寂寞,骑象同民乐。众里见僧袍,寺前观舞腰。

## 踏莎行·大美不朽致中国传统艺术

花样年华,玉般门户。百年何计长留驻?春风绿蝶扑朱颜,秋霜白骨埋黄土。　　花样心灵,玉般风度。乾坤唯美传千古。泉台夜夜也笙歌,鬼魂犹练人间舞。

## 踏莎行·中直党校

高柳鸣蜩,围墙飞燕。遥岑一桁悠然见。莘莘俊彦下堂归,蜻蜓引路餐厅畔。　　晓洗初心,宵温书卷。誓燃红色霞争绚。几回窑洞梦延安?夜阑人语灯犹粲。

## 玉楼春·客舍晨闻邻壁夫妻争吵不休

梦惊旅栈疑鸦噪,狮吼河东披发闹。恋浓曾笑小桃红,春米今嫌钞票少。　　丈夫本自云间啸,岂揩人间烟火灶?衔杯吞吐月之华,一剑一箫行大道。

# 木兰花·庭有白玉兰

　　玉兰花下曾酣寐，一树足成仙境地。开如千盏水晶灯，落似九天云锦被。　　白衣一袭飘飘起，灏瀚青天来眼底。修身来世化琼枝，栽向深深春院里。

# 木兰花·良渚早春观国学翁课群童读经

　　木兰花下休贪睡，开卷先通贤圣义。联联对对变而工，仄仄平平难亦易。　　长成儒士当弘毅，言罢群孺临楷字。一蜂花底绕书飞，离案惊呼争捉翅。

# 木兰花·荣成路二十六号

　　三朝三暮荣成路，客栈似家家逆旅。枕前吹惯海风腥，襟上长沾黄海雨。　　飙轮催向京城去，滚滚红尘谁自主？不眠栖鸟语留人，八大关楼阴满树。

## 木兰花·光阴

秋光春色煎年少，悲壑难填欢易了。星沉乍见病勾魂，鸡唱还闻人上轿。　　渐知天大人间小，何不拈花通大道？萧萧秸秆翳天烧，人比一郊烟色老。

## 减字木兰花·科尔沁草原

齐腰绿浪，七尺之身投草莽。梦到云霄，蚱蜢醒来练跳高。　　腾空掣电，马背横穿天际线。大吼三声，我亦萧萧学马鸣。

## 减字木兰花·京都暮雨忆吐鲁番盛会兼和李药师暮雨怀周

红鬃汗血，火焰山头情更烈。舞袖千盅，架上葡萄新酿红。　　于今何处？暮雨重楼藏万户。蟋蟀床鸣，又报清秋第一声。

## 朝中措·渡汉江与作协诸子共赴襄阳唐诗论坛

扣舷捞月涤征尘，长啸过鱼津。赪尾龙虾才食，更添黄酿盈樽。　　风神俊朗，英髦班坐，宋玉前身。醉问凌波神女，今宵解珮何人？

## 醉花阴·与百名作家临江登览重庆山城夜景

极目双江流汇处，叠叠重重雾。雾里乱霓虹，山顶江心，俯仰身焉驻？　登楼秀士应无数，半为浮名误。椽笔命谁描：世道人心，灯塔明航路。

## 醉花阴·水仙

冷韵幽姿君不见，顾影还凝眄。蜂哑蝶无踪，广宇低薨，飒飒唯流霰。　玉盘春水清堪鉴，艳影谁人面？物我两忘中，美美相通，形影何由辨？

## 南歌子·腾冲地热火山

沸遁千林鸟，燎焦万壑风。直冲地府溅苍穹，但恐天颜烫破女娲缝。　始觉人间小，初惊造化工。生生元气总无穷，千载火山喷处杜鹃红。

## 南歌子·岭南榕树下

秀髻初曾挽，长髯老更雄。惯看北国柏杨松，五岭之南穿越万株榕。　　脉系红尘巷，枝攀碧月宫。参天入地任从容，独木成林迎送百年风。

## 南歌子·情书致雨后蔷薇

一架红唇笑，千苞粉颊馨。匆匆孟夏便相迎，犹恐行人春末骤伤情。　　众里千金重，花间百事轻。悲欣说与几人听？幸有情人一个是卿卿。

## 南歌子·醉根诗会

牖镂檀樟紫，杯盛琥珀红。钱塘源近濯金盅，难怪茗醇何况酒香浓。　　不润佳人色，唯开逸士胸。玉山倾倒手推松，同梦唐时明月宋时风。

# 南歌子·晴雪高卧答法国友人

　　醉眼瞳瞳日，危栏款款风。笤篁初雪也消融，又是东皇欲绽小桃红。　　剑铗沾金粉，琴囊啮蠹虫。行来四秩怅无穷，琴剑哪堪弹破百年中？

# 醉桃源·另类存在

　　半园秋水乐知鱼，云游叠石湖。墨兰香到酒醒初，缥缃几卷书？　　天地莽，入斯庐。高吟德不孤。捻髯谁立夜窗虚？灯摇蕉雨疏。

# 阮郎归·清明前夕成渝道上怀杜工部

　　五湖三峡四漂流，江山助笔道。暮年诗赋最工愁，长安入梦秋。　　夔府壁，锦江楼，吾侪故地游。何当诗境阔悠悠，堪通万里舟。

# 采桑子·千岛湖快艇上

　　万顷一碧连千屿，不是汪洋，绝似汪洋。秀水无香疑有香。　　桃花岛主今焉在？不见龙王，但见猴王。占岛无人自立皇。

## 采桑子·辞淄博前夕戏赠扎西

问君何事藏眸子？卧也忧伤，醒也忧伤。一盏清茶敬酒浆。　临歧莫效杨朱泣，雨也苍凉，灯也苍凉。分道明朝天一方。

## 采桑子·又见泡桐花

桐花一树京城陌，还似童年，还似童年。雨湿繁花屋脊前。　鼻梁眼镜书中字，不似童年，不似童年。号喊三声蹦树巅。

## 丑奴儿·归乡旅途再忆桃园小学同窗

铁轮滚滚秋光疾，昔又还乡，今又还乡。不遇斯人陌上桑。　人间真比汪洋阔，攀遍槐杨，捉遍螳螂。三十年前小学堂。

## 丑奴儿·奥运百日倒计时

楼前空降蜘蛛侠，刷我南窗，漆我南墙。夕照京华万户妆。　狂欢八月惊天帝，也打乒乓，也泳池塘。吩咐群仙摆赛场。

## 南乡子·大年初四百子湾览百子献瑞

胡不冷眉舒？笑对嬉春百子图。兔脱篱栏莲出水，招吾。擦拭童心返璞初。　情态百般殊，逼似谁家掌上珠？长恐既冠机术涅，悲夫！蜕尽初心再觅无。

## 南乡子·总理登高挥别北川

羌县越千年，一震灰飞夕照烟。千帐悲声车不发，流连，再上高坡望北川。　挥手别从前，冷月穿云劫后圆。大国忧民民报国，鲜妍，再造西南一片天。

## 南乡子·大都立夏寻玉人不遇

春色未央时，立夏风熏节序移。一夜蔷薇开满架，千枝，红是香腮绿是眉。　七日病痴痴，众里千寻叹路歧。人似群山车似水，天知，九陌哪条汝正驰？

## 西江月·闻报奥运火炬登顶珠峰

六十亿中心颤,八千米上冰融。地球屋脊炬熊熊,燎破炎精晨梦。 壮举五洲惊艳,旌旗三面飘红。渐零美雨夹欧风,奚灭文明火种?

## 西江月·国殇

上月清明家祭,今朝国孝同殇。江南弦管不飞扬,塞北红旗半降。 身陷虎狼之窟,情牵父母之邦。笑容处处有爷娘,万户孤儿争养。

## 长相思·黄岛海滩

金沙滩,银沙滩。变我肌肤美我颜。抖沙沾满肩。 仰卧看,俯卧看。看尽帆鸥卷碧澜。归来天地宽。

## 长相思·海蛎子

礁石坚,贝壳坚。软体深藏总嗜眠。孵成多少年? 炭烤鲜,青啤鲜。都入唇尖到舌端。百忧谈笑间。

# 调笑令·三月雪人

风月，风月，二界阴阳叵越。谁分雪塑雄雌？　浑无士旷女痴。痴女，痴女，红浥鲛绡泪雨。

# 捣练子·南下夜车致叶君

君北上，我南游。滚滚车轮碾国愁。同患董狐书不易，锈生椽笔血封喉。

# 桂殿秋·车过西子故里

金稻浪，碧溪湾。人言绝色此乡关。修眉秀髻今看饱，不是西施是越山。

# 乌夜啼·节后返京之夜

空城灯影重稠。疾车流。宿鸟惊眠齐遁绕门楼。　齐鲁蒜，川渝面，入唇喉。十里长街装满是乡愁。

## 相见欢·中年登楼

中年更躲相思，恐生悲。佳丽如云经眼不心驰。　　日之夕，千林赤，醉南枝。不染笑窝红似少年时。

## 柳梢青·自深圳飞往北京机中看云

病矣天公！九霄身怯，万里风生。锦被千层，天孙嫁后，谁与裁成？　　片时三种风情，料子晋、同机亦惊。乍别鹏城，仙宫直上，又降宸京。

## 望江东·钟山梦梅

曾在梅花岭前醉，　此又负、花之媚。　登冈多采梦频寄，　梦又阻、长江水。　　皇城一觉南柯地，　觉又寐、身犹蚁。　鲈莼归去待谁脍？又恐已、秋风喙。

## 忆王孙·北京站送丕君归杭

江南江北会双雄，语未开怀觥未空。何日苏堤两棹风？酒千盅，醉折莲花万朵红。

# 忆江南三章·梦回洛阳

## （一）

东都好，十墓九成空。下葬圣贤千骨白，上开国色万丛红。落蕊殉英雄。

## （二）

东都好，九代帝王城。周汉礼风通地脉，隋唐盛气藐天庭。梦起复兴情。

## （三）

东都好，豁眼洛阳春。万簇天香铺地锦，一城文气漫河津。淳化往来人。

# 忆少年·观京剧样板戏智取威虎山

红星高戴，红旗漫卷，红鬃添翼。松涛吼飞雪，辨英雄踪迹。　听座中柔声私语客，鬻房归、哂聊红剧。呼童续壶茗，说雄安消息。

## 武陵春·西溪行思

秋水乌篷流九曲，淌不到天涯。未必天涯远世哗，克己以无邪。　　陶令归来庄易主，剖地尽商家。寸土难容种豆麻，更缺隙、种桃花。

## 思佳客·赣南客家围屋访贫

廿代南迁共一围，客家犹著汉家衣。燕俦群舞时窥户，兵燹长消不闭扉。　　红米糯，绿蕉肥。千门散叶复开枝。异乡今是心安处，北顾中原岂拟归？

## 思佳客·茅坪扶贫

几树黄桃半亩茶，井冈山货走天涯。屋门摘脱长贫帽，车路修通最顶霞。　　栽竹笋，打糍粑。面无饥色有零花。当年十送红军后，今日重还老表家。

## 鹧鸪天·早发西陵峡

峡口云屯久不迁，过江鹰翅拍人肩。漩流至此弯如月，崖柱何年高补天？　　巫弄斧，鬼调弦。猿啼几处问诗仙。诚知对岸尘嚣界，鸣笛迟登出峡船。

## 鹧鸪天·体检表

廿载京华志半销，十宗积恙白衣标。尿酸不见肠中降，油腻无端肝外高。　　烟易灭，酒难浇。长开眼睫对寒宵。初心远逝如初雪，任是冬来迟未飘。

## 鹧鸪天·灵隐松鼠啮芭蕉果

莫诵悲秋宋玉歌，自然界里友群科。芭蕉顿悟悬金果，松鼠贪痴抱碧柯。　　人迹少，鸟声多。蜈蚣蚂蚁袜边过。下山仍是山泉送，添得蛩鸣藏草坡。

## 鹧鸪天·拜物教

　　广厦云楼巧构营，人间无地筑诗城。笑穷众说淘金梦，靖节谁温陋室铭？　　从草野，到精英。折腰多为孔方兄。高楼戒酒虽多日，更取金樽卜夜倾。

## 鹧鸪天·途经石鼓镇

　　万里长江第一湾，险滩擂鼓彩云间。出滇入藏驰茶马，悬瀑飞泉下雪山。　　千匹练，几回环？三江急转出奇观。孔明石鼓今安在？兵气全消骡马闲。

## 鹧鸪天·夜归见残废桃树着花

　　谁削夭桃半截肢？花开伤口讳春知。向阳已折遮天叶，对月空垂偃地枝。　　含血色，袅情丝。人间信有赏花痴。东方唯美多情圣，何必争夸维纳斯？

## 鹧鸪天·赞公益献血傅强一家

八万毫升十六秋，无偿无悔亦无求。血从动脉涓涓涌，爱向人间滚滚流。　　妻接力，女分忧。夜提萤火路悠悠。一门辈辈甘公益，大写家风传九州。

## 鹧鸪天·南通之无锡道上

始见长江入海流，轻车又过太湖洲。潮来万里高原外，夕照千帆古渡头。　　邻震泽，近中秋。对斯胡不展眉眸？何须煮酒持黄蟹，玉露金风已润喉。

## 鹧鸪天·两会采访罢出郭探访百花

南陌东城发几枝？忙中奚敢负花期？香飘乍暖还寒地，色诱初禅欲破时。　　兰秀谷，杏盈陂。前生缘为百花痴？春神虚位如相赐，携酒花间万瓣诗。

# 鹧鸪天·春游登山

嫩柳扶风金缕摇，春来人在半山腰。桃花引路千回转，鹰翅量天万仞高。　　蜂结队，燕离巢。东君许我独逍遥。旋将重岭抛襟下，又摘流云越栈桥。

# 鹧鸪天·错立身

四秩将临身错栖，功名大梦觉来迟。天涯有路独行夜，海内无人可忆时。　　春当醉，醉迟归。海棠落满睡人衣。晨曦散发银丝谢，惊问镜中人是谁？

# 鹧鸪天·惠州遥怀苏轼王朝云

主仆奇交生死朋，双双禅悟六如亭。文心谁似东坡旷？琴操奚输西子贞？　　山竦峙，水环萦。蛮烟瘴雨紧追行。惠州萤火儋州月，一种清光两界明。

## 鹧鸪天·世无古典美人祭

淑女佳人疑绝胎，庸脂俗粉遍楼台。诗香盈袖吾高卧，月影听琴人不来。　　宁守玉，不同埃。独身可贵岂言哀？旷夫君子今多在，众里难逢薛宝钗。

## 鹧鸪天·九零后奇葩

国产奇葩出万家，汉装混搭紫袈裟。视频顾曲琴三弄，微博玩诗手八叉。　　云计算，铁琵琶。马航忽报坠天涯。一声去也人南下，敢把疑云细探查。

## 鹧鸪天·二月二龙抬头

可望春山豁远眸，屡经碰壁亦抬头。年年此日天行健，此月年年君莫愁。　　辞北郭，踏南畴。唤来旧燕落新楼。美人向我花间笑，碧水从吾脚下流。

## 鹧鸪天·寄昆曲友人沪上以词代罚

越角吴根有所思,寻春一路问梅枝。江南游子莺相忆,朔北飞鸿君不知。　　机已失,悔偏迟。重逢惜未赏花时。何当对酌枫泾酒,一曲昆腔一首诗?

## 鹧鸪天 · 黄山之宣城道上

黛瓦低墙遥送迎,徽州故道断人行。朱颜谁解书宣纸?拇指唯知炫彩铃。　　新世界,古文明。文房脉断雨烟青。山翁空忆徽商盛,声贯江南几郡城。

## 鹧鸪天·朱家角之冬

出郭朝辞石库门,吴音劝客岸边村。乡愁浓似他年酒,骚客元非斯地人。　　霞欲落,茗新温。拨弦翁过拱桥云。波痕测得仍秋水,舀取烹螯煮赤鳞。

## 鹧鸪天·重温电视剧《永不瞑目》尾声

死后标封烈士名，象牙塔里一书生。金杯只识红颜泪，玉面宁沾黑血腥？　　荒主业，请长缨。功成卧底毒枭营。古来正史风云册，隐去滔滔儿女情。

## 鹧鸪天·客居西夏故都梦阅韩国故人信笺

万里流年两绝音，昨宵忽向梦中寻。京城已叹汉城远，出塞西行风满襟。　　羔细脍，酒频斟。清真寺访穆斯林。卧闻异国书笺至，借得雪光千遍吟。

## 鹧鸪天·武当南岩秋色

明灭曦暾雾半收，空山叶落敝貂裘。仙人醉写红黄绿，俗世偷移春夏秋。　　云淡淡，馨幽幽。梦回非复少年游。他年晞发浑无事，坐与群仙酌一瓯。

## 鹧鸪天·焦裕禄曾发动广植泡桐
## 今桐木制琴已成兰考富民产业

合抱春来粗几围？弄孙翁媪喜盈扉。木从万户门前伐，琴在千人指下挥。　　声切切，韵依依。弦弦犹是唤君归。紫檀红木虽清耳，唯奏桐琴催泪飞。

## 鹧鸪天·京华冬夜频梦周毓峰师

频梦寒宵下益阳，人言转诊涉湘江。骨销更照津亭月，魂逐何辞烽塞霜？　　流水对，短歌章。对床犹与咏全唐。醒惊敢向神医问？真恐阴阳隔两邦！

## 鹧鸪天·偶观地铁众生

地下芳华秋复春，轰鸣听惯亦相亲。挤穿一号东西线，转遇三江南北民。　　闻减税，梦加薪。扶栏咫尺可栖身。灯光长照肌如雪，肤色何曾输与人？

## 鹧鸪天·踏访极边第一城腾冲和顺古镇

千户楹联古墨香，好风水佑礼仪邦。茶花红逐楸花落，老鹭闲招乳燕翔。　　先守义，后言商。南丝路上闯夷方。马帮驮出和文化，赌玉堆成翡翠乡。

## 鹧鸪天·两岸中华诗词论坛武汉启幕

迟桂涵芬待远朋，诗云子曰响江城。汉唐有梦千年续，月色无边两岸明。　　平仄仄，仄平平。古琴台上赋新声。举头四海知音在，流水高山不独听。

## 鹧鸪天·震灾孤儿

四月新生龙凤胎，爷娘撒手赴泉台。胎儿只解人前笑，武警偷衔墟里哀。　　忧未了，恨难裁。创伤未必出良材。廿年一旦生儿女，自笑吾从何处来。

# 鹧鸪天·江东寄梅

不意乌篷二月船，江南来作画中仙。两三簇艳摇庵竹，七八枝斜牵客肩。　　花月夜，水云天。卜居问舍待何年？折梅遥寄京华去，长使霾中红欲燃。

# 鹧鸪天·钱塘春探

花木何曾为我颦？早莺雏鸭自清新。且开新眼追新日，莫悼古都伤古人。　　身北去，梦南巡。一湖好水洗征尘。明朝雾黯京师道，除却江南不是春！

# 鹧鸪天·韶山抒怀

舜帝南巡此宿营，韶山韶乐两闻名。垦开荆楚蛮荒地，引得笙箫鸾凤鸣。　　崇礼乐，重农耕。昊天不绝古文明。四千年后吾来也，夜上韶峰梦复兴。

## 鹧鸪天·湘莲

红豆相思镜月缘，何如泽畔采青莲？珠莹玉润华而实，活水方塘清且涟。　　伻秘药，胜灵丹。皇家贡品历千年。赌君日啖三枚后，修得禅心一粒圆。

## 鹧鸪天·别韶山

论剑中华第一刊，携来百侣上韶山。故园风雨添红色，南岸池塘结碧莲。　　言切切，意拳拳。暑炎更助激情燃。稻香酿熟邀重会，捷报频传破大关！

## 鹧鸪天·车越居庸关花海

花似千帆借好风，海翻腾出玉蛟龙。列车开往春天里，雄塞穿经烽火中。　　城叠翠，日当空。举樽我欲啸居庸：百年莫使狼烟黑，只许山花火样红。

## 摊破浣溪沙·月上海棠与学友夜饮

月上楼东白海棠，风吹花影入筵香。富贵贫寒同进酒，客盈堂。　　重聚皆成髻孺父，初交曾是读书郎。来日相邀更不识，鬓飞霜。

## 摊破浣溪沙·幼岁曾入桑园伙伴攀条采椹突遭园主猛捆

一别童蒙廿六年，当年桑道椹红圆。采椹偏遭凶汉捆，毒如鞭。　　同伴心伤凝碧血，悍夫身病下黄泉。少小恩仇清算否？问青天。

## 浣溪沙·再到房山遥忆野营王老堡

野径荒坡今复临，甚飞红雨落桑阴。斑斑重拾少年心：　　醉出帐营星灿烂，笑添篝火月深沉。豪言狂啸黑风林。

## 浣溪沙·上巳春暖花开

大自然中声色开，翠禽玄鸟啄窗来。和风点绛小桃腮。　　琴客闲邀酤有酒，珠帘高卷望无霾。醉归花影撞人怀。

## 浣溪沙·初识鹅卵

鹅卵石铺花径过，遇春孵卵碧溪坡。供吾日啖几枚多？　　不以铁拳除黑污，哪来红掌拨清波？听它曲项向天歌。

## 浣溪沙·又闻布谷

谪下人间自在啼，喙衔远古草尖泥。千呼断续任高低。　　窥我诗成来配乐，催它桃熟自成蹊。天音飘过碧窗西。

## 浣溪沙·年少

赛罢红衫汗恣流，葭蒹茂处濯篮球。一渊碧水抚如绸。　　日落塔尖投有影，波平鳍尾弋无忧。两三归客唤桥头。

## 浣溪沙·花淹福州

一树花开笑倚扉，家家如娶俏人回。千门帘卷炫新衣。　　楼下忽教红拥堵，窗前无不绿包围。人间四月我安归？

## 浣溪沙·过项城小镇

生肉摊连水果摊，汤锅煮沸绿杨天。浓浓烟火在人间。　　客往客来街面堵，车停车走笛声喧。童衣高挂荡如幡。

## 浣溪沙·朱家角古镇

对岸枇杷黄熟初，乌篷摇过古民居。放生桥畔聚游鱼。　　鸟啭林阴春未老，风来溪面鬓微梳。韶光缓缓我忘吾。

## 浣溪沙·海之恋

海畔谁燃烟一支？百年心事独潮知。误人半世有情痴。　　鸥本自来还自去，鱼应相忘不相思。烟灰易冷已多时。

## 浣溪沙·卧佛寺木兰

众拜佛陀吾拜花，各臻美善两无瑕。寸心安处便为家。　　琢玉兰高初出寺，摇金柳细未藏鸦。一襟花气走天涯。

## 浣溪沙·京华夜游路遇打工仔

自笑痴痴还自羞，掌中微信发无休。暖春非为讨薪愁。　　入梦红桃含睡靥，窥人翠鸟锁歌喉。偷听飞下柳梢头。

## 浣溪沙·情人节西湖游吟

夹道男神拥女神，玫瑰红滴白丝巾。卖花声里过湖滨。　　斯水斯桥斯过客，某年某月某伊人。重逢非复独行身。

## 浣溪沙·陌上紫叶李花

野有遗贤气自佳，亦无人识更无夸。曾同桃杏共芳华。　　流落一隅君慎独，春风十里我停车。自开自落自飞花。

## 浣溪沙·陶然亭谒高君宇石评梅墓

曾有惊天动地情，彗星闪电火花明。死同墓穴意难平。　　游客笑谈新梁祝，桃花痴忆旧魂灵。百年疑是历三生。

## 浣溪沙·元大都遗址千树海棠感兴亡

大化轮回阳气舒，春风先绘最高株。一株一幅美人图。　　红粉今成花世界，黄泥曾筑土城都。千年之后复何如？

## 浣溪沙·博爱

车内谁人捧圣经？吴音粤语耳边清。人间应是最纯声。　　仰望天神知博爱，俯瞰人世恼多情。此心只合诉神听。

## 浣溪沙·新年故人晒我旧照惊不敢认

湖畔红衣恰少年，颐和风月正无边。拱桥十七唤撑船。　　黄鸟皆来藏翠柳，乌霾未许蔽蓝天。初心澄似碧波源。

## 浣溪沙·长城与蝴蝶

一蝶直冲烽火墙，逍遥来去自何方？庄周梦里久翱翔。　　万里雄关添秀色，一分柔弱克刚强。三生万物燮阴阳。

## 浣溪沙·日夕出户慵看孺子嬉戏

坪外狂奔三尺童，尖呼脆喊暮春风。模糊旧事夕阳中。　　碌碌无为人客北，滔滔不返水流东。诗痕千首记鸿踪。

## 浣溪沙·夜览民间收藏红军标语集

弹雨刀光到指间，冲天呐喊拔崇山。捐躯誓死克时艰。　　壮语百条醒乱世，初心一念破重关。雨侵风蚀尚斑斑。

## 浣溪沙·江淮香椿独好

别有青蔬长树梢，蒙蒙谷雨剪春苗。江淮万户制新肴。　　豆腐椿芽青白拌，风寒风湿病愁消。阴阳二气已相调。

## 浣溪沙·京邑偶见荠菜花开

桃李眼前红缎裁，荠花履底隐蒿莱。碎银籼米蝶难来。　　性适卑微欣有托，身非尊贵澹无哀。莫须都学牡丹开。

## 浣溪沙·京夜闻少女诵论语

洙泗遗弦何处寻？玉兰花影落长襟。谁家子曰发高吟？　　听者除吾还有月，知音在古岂无今？文心梦境两深沉。

## 浣溪沙·食堂北侧路桃花开

出阁无媒自主张，东风偷娶俏新娘。佳期未与我商量。　　不惮娇颜蒙雾霭，何来神力破冰霜？至柔始信至阳刚。

## 浣溪沙·老翁与桃花

往事风烟啼笑空，白头翁对小桃红。暮年春气更雍容。　　喜鹊飞来两会后，狂蜂索吻百花中。休留秋恨与春风。

## 浣溪沙·花花世界人间三月

占尽河山寸寸移，百花王国拓疆时。千红宜画不宜诗。　　坐拥春光何用买，结交花友岂相欺？皇天后土两无私。

## 浣溪沙·南下探师泽畔望荷

塘渐盈盈山渐重，楚天不与朔天同。车穿三十六陂中。　　叶展翠笺风写字，花擎朱笔日描红。助我文气对诗翁。

## 浣溪沙·暮辞西湖北上

越女游湖罗绮香，折梅笑在水中央。浮生三日隐天堂。　　青发多从纱帽白，青衫皆为锦衣忙。京畿闻报雪茫茫。

## 浣溪沙·龙门山庄

蚂蚁叼来何树花？蛤蟆装嫩扮青蛙。葫芦倒挂踹丝瓜。　　时断时连啼布谷，不辞不别落云霞。宝葫芦变梦中娃。

## 浣溪沙·夜珠江

万国帆来泊渡头，拍天涛卷一江鸥。笛鸣灯影夜无休。　　古道黄河舟搁浅，新潮珠岸浪冲洲。斯民热汗洒漩流。

## 浣溪沙·厦门赞

白鹭西栖海月升，榕荫侨众说嘉庚。南音温婉语多情。　岬畔人家成岛主，空中步道接天庭。半城酣梦枕涛声。

## 浣溪沙·闽南味道

久跻都门劳悴深，南来鹭岛笑披襟。海风花雨绿垂荫。　顿觉回甘温润骨，已留爽气静澄心。何须再品铁观音？

## 浣溪沙·长夜审稿

会海文山摧悴神，修仙无计昼逃身。此生只作夜之人？　万缕吞烟长独醒，一灯如豆倍相亲。高高冷月觑红尘。

## 浣溪沙·岁晏水仙

寒夜无花独此仙，添香伴读伴无眠。凌波顾影欲翩跹。　旧岁文山华发落，新年书案绿芬传。一盘碧水养婵娟。

## 浣溪沙·幸福感之惑

疲极无言夤夜还，寒风吹不散眉弯。文山会海是人间。　　乍听岁新真减负，又传周末更加班。退身方得六神闲？

## 浣溪沙·散会迟归

已患新年减负艰，阑珊灯火倦归还。苦辛更有在人间。　　千县宣言离会海，万乡迎检跋文山。早生华发损朱颜。

## 浣溪沙·春节夜雨读词牡丹炉边奇绽

暇览东坡乐府书，故乡雨雾四更初。一枝红艳案头舒。　　犹避冬寒酷绿蚁，早来春色近红炉。花间自饮一杯无？

## 浣溪沙·中秋后北京站送丽人归吴

憔悴心逢发福身，中年夜宴莫辞频。洞房千户揭红巾。　　秋色深深四合院，目光黯黯两离人。乾坤偌大为谁春？

# 浣溪沙二章·拆信

## 其一

吾自思卿伫帝都，卿诚忘我下江湖。絮缘参透复何如？　空洒半生双睫泪，始拆万里十行书。斑斑承诺似当初。

## 其二

鸿雁迟来恨已成，牡丹嫁雨谢无声。此生最悔识风情。　一纸谎言惊鬼蜮，千金虚诺许童蒙。人间无地种痴诚。

# 浣溪沙·京城夜雪酬答巫山

醉上巫山十二峰，江枫万片炬熊熊。当年遮却酒颜红。　雪雾又封新干线，梦魂犹辨旧游踪。衔回烈焰炙长空。

# 浣溪沙·闻某国旧暴政垮台

捷报虽迟众若狂，摇旗送葬活阎王。民心敢煮大西洋。　举目一方新秩序，回头几座旧城邦。玫瑰血染废墟枪。

## 浣溪沙·大理之歌

白族姑娘玉颊春，清清洱海洗微尘。不脂不粉自天真。　　光满苍山红日近，影沉洱海白云亲。此身同是画中人。

## 浣溪沙·蝴蝶泉之谜

此地空闻蝴蝶泉，此时焉见蝶翩跹？众嗔骚客子虚编。　　一曲名谣传半世，亿人门票赚多年。人文力量叹无边。

## 浣溪沙·傣女赠椰干傣锦

芒果垂窗上竹楼，停杯怅对翠盘馐。离愁隐隐上眉头。　　五色云绣三尺锦，千重浪拍一江鸥。澜沧遥指誓重游。

## 浣溪沙·腾冲忽闻京使催返

十日离都换薄装，官人官事两茫茫。春光原不在京坊。　　一道令催归北阙，两行泪洒别南疆。杜鹃多采压行囊。

## 浣溪沙·异乡砧板声声惊梦

刀俎谁家击晓风？乡音疑是故园中。梦回馆驿走廊空。　　祖母青丝飘雪白，侄儿粉颊向阳红。人生代谢太匆匆。

## 浣溪沙·丁亥青年节重温十年前新闻特写

热舞狂歌五月天，清真寺外广场边。西行采访恰英年。　　高铁龙驹空疾啸，流光隧道断难穿。此身恨不十年前。

## 浣溪沙·蛇年春节贺海内友人

少惧蛇妖夜遁逃，江山是日尽蛇腰。倚门娇也出门娇。　　暾暖庭前猫睡足，雪残檐后笋抽高。几声冰裂梦中桥。

## 浣溪沙·荠菜饺子

厌食三朝味蕾开，蒸笼弯月卧成排。内藏何物不须猜。　　陌上泥香欣满口，楼头蝉噪倦登台。乡愁滋味透窗来。

## 浣溪沙·元旦之夜闻长江十年禁渔

天眼觇窥羽檄传，茫茫九派锁千帆。渔歌昔唱夕阳天。　　竭泽应知鱼不乐，交船且让网长闲。任它浪里白条翻。

## 浣溪沙·大运河通州龙首

云影天光一脉涵，千年死水绿如蓝。龙头故道柳毵毵。　　风笛数声舟解缆，沧浪千里酒同酣。载吾旧梦到江南。

## 浣溪沙·致一片沙沙曳风核桃树叶

乳虎攀柯撼碧光，夹藏书页染诗行。经旬开卷掬余香。　　我不闻之逾卅载，树犹如此翠千张。那时庠序那时窗。

## 浣溪沙·致一枚将赴餐桌鸿雁蛋

遗落芦丛梦翅残，南飞未到海云端。传书千里不辞难。　　客子秋怀称避席，主人美意劝加餐。一听雁阵一惊寒。

## 浣溪沙·致一朵绚烂夏花紫薇

不借胭脂借火攻，熊熊一炬百天红。燎原更欲炙长空。　　只与骄阳掀热浪，岂同阴雨泣寒风？来生变我在丛中。

## 浣溪沙·致一片黑渍斑斑红叶

何故深红镌黑斑？斑斑疑是血痕干。几遭霜袭损朱颜？　　木秀于林风必蘜，行高于世梦先残。听君细说半生艰。

## 忆少年·黄昏偶翻旧照

无穷天地，无情日月，无端歌泣。苍茫雪泥路，印天涯鸿迹。　　蓟北江南皆过客，蓦回眸、画中人隔。红巾久飘逝，褪青春颜色。

## 太常引·正月十八生辰

疫中自饮一杯无？初度忆悬弧。梦蝶我非吾，性本道、偏何又儒？　　韶华负久，忽逢令旦，不复泣杨朱。瘴退楚天舒，访霞客、千山万湖。

# 忆江南·京华烟雨似江南

调水墨，一雨变幽燕。细若缫丝千缕茧，轻如焙茗一炉烟。梦见画中仙。

# 渔歌子二首·新安江九孔泄洪

## （一）

疑是钱塘八月潮，玉龙白马各咆哮。
飞羽箭，掷梭镖，纷纷鱼族上云霄。

## （二）

且借洪威狂一回，胖头鱼向九霄飞。
烹细鲙，备新炊，家家浪里摸鱼归。

# 如梦令·莲花池

红漾珊瑚千树，水珮风环鸣舞。疑入水晶宫，香梦不知炎暑。归路，归路。酒醒驿尘飞处。

# 第九辑：中长调慢词

## 水调歌头·中秋山海关祭历代戍边英烈

我有一壶酒，浇向海滩头。不知珠贝宫阙，忠骨几多收？认取干城守将，记取榆关百战，折戟悚沙鸥。汉祚一肩荷，肝胆固金瓯。　　戚继光，袁崇焕，智空谋。八旗十万，何事谈笑取咽喉？只为红颜一怒，贻误英雄四海，剃发尽蒙羞。酹此烽烟净，岂敢泯恩仇？

## 水调歌头·重览清明上河图

好个太平梦，长卷费丹青。引吾千载之后，也绕御街行。楼上师师笑盼，桥上儒臣落轿，偃武懈边庭。万户上河去，芳草趁清明。　　靖康变，梦华散，翠旌倾。崖山之后，乔木犹自厌言兵。磬折镶黄旗下，血染东倭舰底，钓岛鼓鼙惊。掩卷思长剑，画笔一何轻！

## 水调歌头·三峡红叶

不借彩霞映，偏向雾中红。三分秀色天造，地助七分雄。豪饮长江碧血，两岸红巾起义，呐喊炬熊熊。峭壁火烧赤，直欲炙苍穹。　　仰山魂，俯水魄，与人通。百年过客，呢哝焉学草窠虫？天有神工大美，人有雄怀大爱，力量两无穷。生做峡江叶，笑傲最巅峰。

## 水调歌头·塔吊晓望惊叹工业文明

谁舞铁人臂？伸缩已摩天。曙前一片流云，笑揽入怀肩。我欲攀临握臂，俯仰皇天后土，指点九州烟。叠嶂涌如海，人影小于丸。　　四十载，驹过隙，骏挥鞭。万间广厦，全凭长臂起云端。尚恋桃花牧笛，亦喜钢花飞溅，工匠梦初圆。试问巨人臂：旋转到何年？

## 水调歌头·龙脊梯田礼赞农耕文明

夐古地球土，厚薄岂均匀？巍哉五岭，平仄凹凸恨难耘。谁盗金梭金缕，乞巧云河织女，壮锦一宵纫。只合挂天上，冉冉落凡尘。　　旧渠唱，新苗舞，碧无垠。千层万块，时见弓背伺秧人。左绣七星伴月，右绣九龙五虎，曲线美无伦。上下五千载，不朽是斯民。

## 水调歌头·风月无边

人世弄风月，风月误人空。长城犹记携腕，双采叶秋红。梦散垂杨客栈，车碾红尘白露，破晓月如弓。虽互道珍重，老死岂重逢？　　人之初，无二物，似情浓。劝君情寡，情到多处不从容。纵有交欢一刹，更有孤愁千斛，恩怨两无穷。不化庄周蝶，安可忘情衷？

## 水调歌头·十里洋场上海滩

万国烁金窟，海上旧名都。九流三教人物，熙攘外滩趋。贾侩南京路上，妖丽霓虹灯下，好幅冶游图。众里听私语：买醉一宵无？　五色眩，五音聒，失真吾。道存至简，穷巷箪食亦堪居。不羡乾坤物大，不愠江湖己小，不乐复何如？人海亦濠上，真乐我知鱼。

## 沁园春·初上井冈

雪里行军，猎猎旌旗，漫卷北风。渐翠篁丛里，五星闪闪；黄洋界上，数炮隆隆。星火燎原，铁军撼岳，血沃江山改姓红。人天变，遍杜鹃花笑，燃赤春风。　吾来献菊寻踪。念英烈魂凝万棵松。看喷泉水幕，影存旧史；挑粮小道，车越危峰。重洗肝肠，初心勿忘，红米南瓜下酒浓。无眠夜，听红歌五井，烈焰腾胸。

# 沁园春·天涯海角

南国风情，雨打青蕉，浪吸白鲨。恰秋风瘦马，鸿辞塞外；春潮肥蟹，人在天涯。女采珍珠，郎擒玳瑁，笑醒珊瑚海底花。沙中裸，有南洋阔少，北美妖娃。　　奇风异俗堪夸。怅一贬南蛮帝阙遐。昔逐臣德豫，泪倾赦诏；忠君海瑞，骨喂馋虾。谁主乌纱？东坡潇洒，日啖荔枝不坐衙。惊今世，聚无数张羽，煮海淘沙。

# 蝶恋花·夕阳颂

追到夕阳红透处。无赖斜阳，又隐香山去。一抹匀分窗外树，新妆艳若初相遇。　　美学大师谁鼻祖？除却嫦娥，夕照悬千古。康德万言书枉著，夕阳大美浑无语。

# 蝶恋花·江南之春

陌上笑开花万树。不到江南，不识春佳处！绿影包围湖畔路，远山更起绯红雾。　　还我初心双片羽。又梦江南，又与春同住。飞越花阴朝复暮，瓜洲渡接金陵渡。

## 蝶恋花·西湖遇雨

蝶化庄周蝉蜕羽。又约天堂，又约天堂雨。柳岸维舟归未去，波漫伞拥苏堤路。　　倚遍六桥痴自语：变个神仙，变对神仙侣？欣所欣兮随所遇，人间尽是心归处。

## 蝶恋花·南行北归

乐水乐山皆味道。最是江南，空翠澄怀抱。吴越归来霜落早，京城人与天俱老。　　黄叶秋声生树杪。白发无端，一夕生多少？满壁江山悬画稿，卧游阅遍峰岚缈。

## 蝶恋花·情人节雪之缘

雪里初逢怜一笑。雪虎堆成，盟愿知多少？竹外梅花湖畔鸟，来生更续今生好。　　初雪霏霏年又了。雪兔堆成，旋化春泥潦。夜半卖花声去杳，玫瑰凋满京畿道。

## 蝶恋花·京雪重逢又别

雪色皎于明月照。幔卷寒光，素面花枝俏。斯夜离人应未少，断肠冀北江南道。　　欲舍犹怜琴瑟好。恐又重弹，非复知音调。互道江湖毋自暴，日长天大人间小。

## 蝶恋花·万安墓园哀歌

欲托鱼书泉下寄。苍狗红羊，早换人间世。芒角剑肠狂狷士，百年忧愤应平矣。　　苦乐幽冥谁与倚？结社联吟，乃遂生前志。一片埋愁销恨地，比邻相唤多知己。

## 蝶恋花·悼梅葆玖李世济

昨失瘰梅今失李。两片花飞，减却春光美。白菊万丛同溅泪，茫茫海内存知己。　　露电如身归墓地。不灭香魂，附在歌声里。象笏满床谁久恃？此灯信有传人继。

## 蝶恋花·南锣鼓巷

　　开到蔷薇春已矣。钟鼓楼东，绿暗薰风起。身误随车深巷尾，狡童静女欢游地。　　结宇闻多名士邸。家训残碑，谁解先贤意？叫卖黄昏徐过耳，唯斯声与元明似。

## 蝶恋花·医院之春

　　花信几番春泄漏。窗外红肥，窗内朱颜瘦。柳叶并刀真妙手，素纱如雪针缝后。　　笑粲白衣朝暮守。风送芳菲，吹展眉心皱。百日床前昏梦久，凭栏试换春衫袖。

## 蝶恋花·驿寄梅花

　　辜负韶光真似箭。元日虽过，不见阳和暖。审毕刊文应夜半，劳心公牍堆盈案。　　梦寄梅花江两岸。待植京师，但恐幽香散。纵使北移风土惯，惜无雅士勤吟看。

## 蝶恋花·平分春色

正月岭南春意闹。青帝无拘，一任枝开早。陌上红梅皆失笑，木棉燎向城隍庙。　　偏觉京华春讯少。深院荒园，谁见花枝俏？春色平分空祷告，人间万事悭公道。

## 蝶恋花·西溪种梅

波似丝绸吹不皱。夹竹梅麃，夹岸梅敧瘦。寻梦桃源惊复有，唤醒陶令长携手。　　商略莳梅三五亩。偕隐西溪，小隐清溪口。休采菊兮休种豆，荷锄常使梅开透。

## 蝶恋花·辞旧迓新

子夜钟楼敲岁暮。难驻芳华，去也终须去。远客酒旗招饮聚，暂抛案牍堆如许。　　乐事应随新岁补。不似今年，本命真谙苦。禅净功名尘与土，兴来吟遍天涯路。

# 蝶恋花·大年初二回娘家

少妇妆成娇婿护。谁复骑驴？车满归宁路。晓拜椿萱私耳语，良辰况乃天和煦。　养老而今偏重女。岂必生男，光彩生门户。压岁钱增千百数，稚孺装满红兜肚。

# 临江仙·稻谷丰登

珠穗长垂秧半坠，风来哪复轻扬？几番蛙唱稻花香。惊看千埂绿，终变万畦黄。　大国小农忧稼穑，汉唐不废农桑。但教颗粒尽归仓。秋分弹指到，邀醉故人庄。

# 临江仙·景山歌海

一代沉浮谁主宰？梦回蠹蚀书斋。卅年华发约重来。拉丁新舞步，废苑旧亭台。　语录红歌忠字舞，曾惊歪脖枯槐。于今歌哭任开怀。百人齐唱处，几树早桃开？

## 临江仙·三八节乘地铁晚归

今夕人潮清一色，座中多是男儿。假期半日胜佳期。亭午还巢凤，不待夕阳迟。　　立命安身皆不易，蛾眉焉让须眉？尘霜风露损芳姿。当窗闲坐久，细理鬓边丝。

## 临江仙·阳台山观禅修

生老盛衰情已苦，谪升荣辱魂惊。阳台山外诵经声。白眉开日月，红面赛娇婴。　　清气徐来心吐纳，掌中百万雄兵。三天禅悦悟空灵。山青啼布谷，榴火眼中明。

## 临江仙·养牡丹与养气

富贵于吾悭吝久，冶游且近芳丛。香车隘路洛城东。万盆皆载去，争养满堂红。　　也拟移栽供陋室，养尊岂久亨通？莫如养气沛盈胸。位卑心自泰，君子总雍容。

# 临江仙·西溪行吟

　　曲曲弯弯茅舍，疏疏落落篱笆。红梅花衬白芦花。东坡披皓发，西子点朱砂。　　秋雪菴祠庄重，蓝溪书屋高华。楹联认取此为佳。业师张绣口，砚底走龙蛇。

# 临江仙·彩云之南

　　百里泉声谁奏？四时花气吾闻。三江交汇洗征尘。云游南北客，茶马道扬尘。　　米线缠穿长筷，板蓝扎染长巾。酒旗歌馆饯行人。愿骑千古月，重与彩云亲。

# 临江仙·秋来枕上

　　一日难捱迟暮，四时畏煞寒秋。长安街上物华休。高楼眠处十，蟋蟀四啁啾。　　梦里不谙今古，醒来还叹沉浮。江湖谁与济同舟？秦时孤月在，长照布衣游。

## 临江仙·读史观历代兵变起义破易立难

地火烧红原野，暴君逼下神坛。待谁振臂整
江山？小鲜烹不易，覆水载舟难。　　赵宋朱明
刘汉，兴焉亡也循环。安寻真谛启愚顽？儒冠空
死谏，壮士剑悲弹。


## 小重山·琴岛夜雨再审刊稿

海畔飘霖窗畔听。骎骎流日月、是斯声。
霜丝落纸不心惊。知白发，寸寸又新增。　　未
敢一身轻。廿年堆案牍、总劳形。文山于我独无
情。闲梦短，负重是人生。


## 高阳台·画扇美人传奇

赪尾沉缸，青鳞吻影，双鱼命卜三生。绘
影楼深，十年长费丹青。云屏曲曲重栏掩，梦
觉初、金屋如茔。但晨昏、扇底风摇，眼底波
横。　　时来一柄黄金价，道西廛客满，南浦
舟迎。争说玲珑，果然玉洁冰清。他年莫问奴归
处，不关春、不计芳龄。任开帘、惯蹴飞花，惯
听流莺。

# 小重山·三衢听雨

敲碎芭蕉蝶梦惊。酒醒云水驿、雨飘灯。三衢今夜断人行。青鬓减，哪复听黄莺。　　谁共识飘零？招魂姜白石、玉溪生。朝辞还见越山青。相媚我，相送复相迎。

# 小重山·白衣天使

泪莫轻弹刀莫停。死神天使赛、秒中争。白衣血渍汗流腥。人虚脱，帐外两三星。　　七万死魂灵。华佗何处觅？死回生。从军西线岂虚名？和衣卧，明晓请长缨。

# 高阳台·百湖之市湖殇复生

谁浚清源，谁修暗道，东湖牵手沙湖。碧水涵空，影摇半座汀都。倠川晨练回眸处，渐亭亭、出水红蕖。更移栽、秦汉蒹葭，唐宋菖蒲。　　江皋众口誉州牧，昔填陂结宇，夯土成衢。湖瘦楼肥，楚城之肾应虚。万间广厦金山铸，逆天人、休说宜居。讶重来、波上游船，藻下游鱼。

# 八六子·京坊春分

莽红尘。孰令君喜？花朝过后春分。渐竹外山桃醉酒，驿边河柳垂帘，各欣诞辰。　　天人同揖东君。穴蚁一雷惊动，橱衫万户翻新。但怪得、春来客中才觉，丽春过半，梦华何短，哪堪万水千山未踏，芳菲红紫无痕。借诗神，长留燕魂蝶魂。

# 南楼令·昔寻绿色梅花

芳草印罗裙，苔痕洇袖巾。访吴根、越角不辞频。萼绿华来仙径窈，疑无色，绝凡尘。　　分久会无因，思遥梦比邻。旧月华、照旧时人。唯有情怀非旧日，谁复赠，一枝春？

# 唐多令·喜鹊登枝

新月下琼楼，余霞散绮绸。急匆匆、占遍枝头。有底佳音传万户？翘翠尾，练娇喉。　　老树止悲秋，枯藤岂胃愁。一声声、百啭无休。料得人间闻鹊处，重一笑，泯情仇。

## 唐多令·燕市见南国奇果

香阵入京华，岭南风物佳。遍菠萝、芒果枇杷。翠萼犹垂南岛露，红熟抹，海滩霞。　　燕赵总风沙，物华何足夸？尽森森、暮气官衙。晚岁海湾修别墅，椰吐日，浪飞花。

## 苏幕遮·花花世界

讶东君，真妙手。不拣贫豪，一样花开透。桃李扶墙樱出岫，尘劫冰封，笑靥惊依旧。　　杏为妻，兰做友。画里神仙，此乐何尝有？萧寺童僧窥巷口，也忘拈香，却把梅花嗅。

## 最高楼·海上大都会

江南道，春暮我来迟。骋目路多歧。丽人顾影橱窗里，儒商留客浦江湄。酒初温，茶正酽，语多时。　　久已惯，著红尘内舄；久不梦，著红尘外屐。神会处，两相宜。买舟波绿朱家角，凭栏雨打豫园池。习吴音，忘北斗，有京师。

# 渔家傲·印象同里古镇

停橹低身桥孔渡，珍珠塔畔船娘住。闲逗鸬鹚迎客舞。迷水路，夹塘绿尽香樟树。　　泊岸闻埚吴软语，状元蹄脍香杯箸。醉里霞光红欲暮。今且去，相邀端午重投宿。

# 渔家傲 · 残夏夜听箫

高树残蝉鸣醉吃，晚风已有秋凉意。四季荣枯如梦里。君莫记，华筵谢客重门闭。　　夜泊秋江箫满砌，频催寒士他年泪。事又无成年又逝。推枕起，洞箫远去星河际。

# 渔家傲·地铁七号线

驿站灯摇明忽暗，白驹过隙真如箭。出入频频空座现。人不倦，低头读罢诗三卷。　　暮暮朝朝过客变，众生阅尽交言善。萍水相逢难生念。韶光转，凋残站外桃花片。

## 渔家傲·同享全球第一百二十个劳动节

工运百年雷叱咤，尊严天赋黄金价。牛马谁堪笪胯下。欧美亚，带薪此日同休假。　　倩女型男新浴罢，春衫出郭齐驱驾。野爨罚谈功禄话。明月泻，枕衣醉卧蔷薇架。

## 淡黄柳·一地落红花谢幕

何人盗取？青帝丹青笔。一树亭亭雕绘毕。未雨无风自坠，凋尽繁华是何力？　　悼春魄。良辰奈何疫？葬花者，染何癖？对残红独酌今何夕？酒入愁肠，此身何在？纱罩遮颜匿迹。

## 一剪梅·故乡双河记忆

又见穿桥舴艋舟。一段河床，一段乡愁。泉河颍水合流时，两段乡愁，卅载漂游。　　望断蒹葭三角洲。听雪残融，寻梦残留：桃花春汛破堤来，童叟搬罾，鲫鲤吞钩。

# 一剪梅·清明值班审稿晚归

深掩高楼如坐衙。纸上风云，笔底龙蛇。春风卌里暮还家。入站桃花，出站桃花。　　何物归来添梦华？浓烈须醪，淡远宜茶。情怀几缕向天涯？半逐炊烟，半逐云霞。


# 一剪梅·牡丹诔

红日为肌火作肠。不爱端庄，偏爱浓妆。京城半月看花忙。女赞天香，郎赞花王。　　奄忽凋零一苑荒。富也无常，贵也无常。半枝拾取案头藏。夏悼红殇，冬悼香亡。


# 一剪梅·重访新华社大院怅觉栖身此间十三载矣

十载星光照一衙。育我英华，耗我英华。几时绿鬓杂霜花？国事如麻，心事如麻。　　进社百人焉在耶？夫挈雌娃，妻乳雄娃。独孤岛上自为家。身寄官衙，心泊天涯。

# 一剪梅·地震灾区端午

万粽包成不撒江。军也同尝，民也同尝。从今大国祸祓禳。千古端阳，无此端阳。　　羌笛声声抢插秧。麦舞金黄，酒酿雄黄。帐篷和泪再梳妆。破镜重光，绿鬓重光。

# 满江红·抗震英雄谱

倒泻银河，冲不净、人间腥血。羌笛裂、一声清角，六军集结。铁甲吼开泥石路，伞花怒绽娥眉月。救孤婴、蚁穴掘千寻，呼声切。　　红标袖，肩似铁；白大褂，心如雪。匹夫奔蜀道、讵分胡越？刮骨千刀连手足，扎营万帐同凉热。待授勋、煮酒话英雄，皆人杰。

# 破阵子·全国哀悼日

地狱千声震怒，人间两度清明。十亿生民哀骨肉，万鬼阴曹辨弟兄。千城汽笛鸣。　　断瓦颓墙断臂；遗骸遗骨遗婴。剜掘地心抛秃鹫，倒泻天河洗血腥。国人恨乃平。

## 破阵子·与中央媒体赴新疆报道团返京空中作

大地千门万户，碧空一捧黄埃。云榻风掀仙子卧，雪岭曒升冰刃开。稻秧细若苔。　　唤醒昆仑王母，遍游十二楼台。下望敦煌空姐笑，女伎飞天泪满腮。下凡驾雾来。

## 破阵子·扶醉折梅

醉折黄梅轻嗅，醒来落蕊盈床。春梦已失青鬓短，春恨还随碧草长。当今无二郎。　　永忆何如相忘？孤魂何必成双？千瓣犹怜金玉质，万字难通铁石肠。花间独举觞。

## 齐天乐·风雪夜归人

玉壶天地长安道，飞琼下凡霓节。带雨梨花，因风柳絮，鹤氅加身清绝。踪稀辙灭。共谁立苍茫，玉箫吹裂？访戴归舟，剡溪乘兴梦游彻。　　风骚不闻久矣，叹诗词曲赋，今世休说。万众忧生，千门畏劫，书画琴棋都歇。瘟神黠桀。问蝙蝠藏污，岂知高洁？子夜凭轩，一樽还酹雪。

## 定风波·惜别琴岛

又向京师道上行，沾襟犹是海风腥。解道此身长逆旅，归去。任它水驿与山程。　　潮涌红礁迎复送，如梦。栈桥烟柳笑多情。浪迹半生江海远，谁遣？中年百感总无名。

## 定风波·饯别孔君奉使香港

黄酒频斟长短亭，香山红透景山青。鲲化鹏兮思振翅，同醉。天留地送岂无情？　　箫剑闻鸡中夜舞，今古。图南功业晚来成。一叶白云遥载去，秋暮。京城归卧似空城。

## 定风波·秋宿海畔客栈蟋蟀久鸣于簟店主欲喷药灭蛩予止之

莫嫌秋宵合奏声，烦君相警驿中听。漫道呢哝惊客梦，深恐：营营非复梦中清。　　诵罢秋之为气赋，何处？春衫晞发与鸥盟。终古功名欺绿鬓，无准。沧溟流月夜潮生。

## 定风波·闻报阜阳手足口病感染儿童升至 3321 例

网上新闻爱透明，衙门官吏口如瓶。一顶乌纱东岳重，堪痛：三千乳臭片云轻。　　尿布都成尸裹布，无助。死前犹捉绿蜻蜓。吾劝中华新伉俪，须记：麒麟莫向颍淮生。

## 望海潮·光影杭州

西湖荷举，西溪梅瘦，羲和唤醒花光。双塔问天，三潭梦水，银波浴出星光。何物不交光？一宵画楼雨，晴瓦流光。陌上桑青，杼边绢细焕霞光。　　文如黼黻重光。有胸中墨彩，榜上荣光。楹蠹续联，园成刻赋，湖山写尽春光。凝睇眼波光。鼓瑟吹箫罢，灯炮残光。悟到空空即色，灵隐觅禅光。

## 石州慢·密雨袭京

气乱阴阳，银汉倒倾，千镞连发。才驯三峡洪峰，谁补朔天崩裂？六街争窜，浅揭深厉夷犹，洞涵积潦惟泅越。万里滞飙轮，阻商人心切。　　无歇。羲和安在？回曜难呼，鲁阳挥钺。河伯兴叹，海若雄谈方豁。观宜齐物，大小强弱相生，忧霆胡为肠千折？容我卧南窗，听庭阶飘叶。

# 江城子·满城飞絮

满城飞絮过千门。过千门，不逢君。京华冠盖，楼密絮如云。抛向半空风不识，无情物，有情根。　　袖中玉照泛黄痕。酒初温，灯长昏。狂呼醉枕，天地为谁春？拂晓推窗盈地絮，车碾碎，出郊焚。

# 江城子·渡汉江夜过襄阳古城

人潮拥我大堤行。汉江清，水波兴。岸上梳妆，岸底影娉婷。云是源头涵活水，今北调，向燕京。　　女神解珮过斯城。鬓青青，眼波横。千载移风，料也已无情。总是隆中灵气异，长赐福，孔明灯。

# 青玉案·嫦娥探月

银潢夜雪弧光起，唤玉兔、今无寐。俯眺千门谁独醉？凤箫吹彻，情为何物？剑冷英雄气。　　广寒请斫婆娑桂，移种玫瑰鹊桥砌。一夜催开红露蕊。巡天归去，撷花广散，揾尽相思泪。

# 青玉案·家有病人

东城问遍奔西郭，意忐忑、求灵药。晨喜添汤多一勺。夜思还债，泪光混浊，肯对亲人落？　　一人卧疾肌如削，长使全家罢杯酌。耐可人间康且乐？世无玩症，华佗收业，扁鹊门罗雀。

# 御街行·都门又见蓝天

霾消广宇心同化。湛湛碧、如斯也。穿檐黄雀欲飞天，邀与流云情话。长安街阔，出门衫薄，光映人潇洒。　　京城一氧千金价。万马黑、围城下。冬来谁敢卷珠帘？逃向香山驱驾。吾思贩氧，哀哉兹物，难贮难赊借。

# 杏花天影·海之韵

白桅栖满鸥和鹭。甚灵喙衔愁忽去。捡螺捞蟹澹忘归，舍橹。正霞飞落远渡。　　身何处？沧溟万古。算人世沉浮几度。一襟残照带风腥，日暮。更听潮似击鼓。

# 汉宫春·乾隆下江南

越角吴根，向废园剩水，圮瓦颓檐。无人野渡，孰识侧帽青衫？人天百劫，记风华、几卷残函。吟竹外、梅花瘦老，冷香吹过空庵。　　闻说康乾全盛，怅荒寒北地，六下江南。云闲运河岸阔，直挂龙帆。挥毫赐墨，会心时、驻跸停骖。书漫漶、扪碑细认，当年有梦沉酣！

# 法曲献仙音·西湖之殇

酾酒楼船，焙茶门巷，墨客咸经行处。白石秋怀，玉田春感，湖山缩入词句。倩孰奏招魂曲，虹桥约吟聚。　　忍回顾。阅千年、替兴谁主？鸾管细、难敌铁蹄刀斧。太液竟波翻，染边愁、湖上烟雨。拾翠同舟，再难寻、世外俊侣。算而今残榭，但付徐娘狂舞。

# 声声慢·端午苦旅

榴花喷火，艾草含薰，炎炎酷夏途中。众说端阳，屈子去久难逢。遗音古吟自爱，莽红尘谁与心同？湘渚岸，梦纫兰馥郁，佩玉叮咚。　　廛里劳形何事？费烟缸灰冷，案牍辞工。旦暮敲键，霜发改写春容。江南不归浪子，卧京师情性偏慵。千载下，唤骚魂诗国共宗。

# 行香子·人间海上

　　书卷堪抛，以近天然。莽红尘、淡欲成仙。旧时租界，夏日花前。任凌霄高，牵牛矮，紫薇燃。　　栈桥入海，鸥阵摩天。梦松乔、枕石微眠。婚纱过眼，汽笛归船。正海风腥，海潮退，海云连。

# 行香子·长安大戏院观赏昆曲兰韵新生专场

　　海上春风，唤醒天公。八仙过、偷曲回宫。学君夜演，八面玲珑。集官生尊，巾生秀，雉生雄。　　网虫台下，台上昆虫。一身兼、古典先锋。凭君妙手，微笑从容。折雪中梅，月中桂，凤旁桐。

# 天仙子·初秋听古琴

　　三弄雪梅衾夜听，月落曲终醒未醒。白驹过隙总抛人，留夏境，追春景，秋气袭来人易病。　　红日眼前西忽暝，墙外月摇前夜影。谁家惊觉一婴啼？心欲定，弦思静，重按古琴声满径。

## 夜游宫·庚子元旦植水仙泊今未绽

竟似栽葱种草！叶染恙、蕊萎香槁。花信违期玉音杳。斗星移，夜犹寒，人欲老。　　瘴霭何时了？掩帘久、春风难到。盘舞凌波楚腰袅。忆年年，案头闻，灯下照。

## 夜游宫·春昼喜雨

细细丝丝袅袅。恐暴袭、损花摧草。楼外桃肥饮应饱。柳描眉，胃烟长，青未了。　　更洒长安道。画水墨、几删其稿。泼绿天坛染太庙。莽乾坤，百年中，休说老。

## 江梅引·去冬豪饮姑苏

江湖风急下苏州。志难酬，雨飕飕，酒煮杜姜梅子上高楼。黄洒十瓢双耳热，脱羊裘。吟昆曲，睨俗流。　　壮怀又似少年游：本无心，觅封侯。夺樽攘臂，敲双箸，且伴歌喉。醉立街心，冥鬼撞应羞。堂主今宵添百贯，喜双眸。吾三子，得自由。

# 琵琶仙·馆驿正月

倦矣飘鸿，算湖海、惯宿千家客舍。相对唯有青灯，知吾梦中话。三十载，鸡鸣柝警，漫赢得、绿蕉雨打。已暗貂裘，那堪换酒，聊遣铅夜？　　又还是、桑拱归难，料梅酒、椒盘备齐罢。何事东西南北，亦栖栖人者？听一串、金鞭响起，一寸霜、玉镜涧下。却羡争试春衣，柳眉新画。

# 八声甘州·青岛八大关

过青青港岛十条衢，炎暑骤然收。渐浓阴入袂，繁花出闼，林鸟呼俦。幽极深藏百座，万国小洋楼。上月交峰会，金发齐游。　　俯仰恩仇尽泯，记列强工匠，远自欧洲。算流光百载，华屋易荒丘。看庭园、阁窗犹固，叹匠心、历历此中留。凉飔起、上阳台去，把酒盈瓯。

# 八声甘州·重到西湖

好湖山也待好诗吟，者番我重来。正烟云俱净，潭波极澈，逸兴优哉。暑退凉风有信，爽气润双腮。啸傲吴山顶，身在天台。　　莫锁重帘深院，唤良俦三五，足堕愁胎。怪中年万感，华发鬓边栽。过苏堤、白堤桥畔，记一蓑、烟雨旧情怀。孤山寺、问三秋桂，几日能开？

# 八声甘州·西湖初霁

道浓妆淡抹总相宜，旷士属东坡。渐晴岚霁日，重湖叠巘，盘托青螺。过尽三堤仙侣，收伞转秋波。更喜桐阴密，飞雀鸣柯。　　最是江南信美，任残山剩水，都被吟哦。想康乾盛日，画舫织如梭。引倾城、锦心名士，竞唱酬、逸兴此偏多。今容我、卧三潭外，看落星河。

# 八声甘州·东湖仲夏

乍黑云骤雨霁江城，溽暑扇中收。对东湖涨绿，磨山凝碧，鹭起汀洲。夹竹桃红浦岸，青荇聚鱼游。癯叟呼童出，闲钓矶舟。　　廿载骎骎一箭，听楚音汉调，又变新讴。怅青衿归晚，况未著轻裘。记黉宫、露天观影，落樱轻、初拂少年头。知何日、了家邦事，遁此抛钩？

# 念奴娇·他乡明月

浮云喝退，向天心放出，一轮光洁。上下五千年阅了，六万多回圆缺。玉兔偎怀，嫦娥未嫁，犹守蟾宫阙。人间天上，共欢唯此佳节。　　万户拜月亭台，百般心愿，最恐伤离别。百侣招邀辞故里，诗与远方情切。更进琼浆，一喷绣口，珠玉歌新阕。会心之处，异乡同啸明月。

## 念奴娇·中秋前夕满陇桂雨作

　　东南游子，料过江征雁，识吾踪迹。一担吟囊城百座，收尽山青湖碧。讵逐时流，穿唐越宋，人在风骚国。无端歌哭，绮怀幽境历历。　　惯得梦魄无拘，浪游倦矣，又作秋风客。呼酒旗亭邀月问：乐事赏心何夕？未化鲲鹏，弗栖鸳凤，难矗双飞翼。桂阴听醉，越娥风露吹笛。

## 念奴娇·2011年11月11日为普天下光棍代赋

　　秦时月色，照尘界千古，相思难灭。同穴同衾生死共，天地阴阳谁设？银汉双星，汾河双雁，最苦伤离别。于今为底，剩男幽女身子？　　月老料也年高，三生石上，忘绾同心结。举首女娲天补处，谁补心头之缺？熙攘人间，纷呈百业，何日红媒热？佳偶皆成，永销光棍时节。

## 桂枝香·黄梅戏旷代宗师衔冤陨落五十周年祭

梨园奇辱！任半世流年，眉黛犹嚬。莫道侯门似海，燕巢同筑。吹箫执板帘筛月，玉人教、旧朝遗曲。野兰沾露，天仙别调，卓然凌俗。　　爨灰余、秦灰竟复。怪六月飞雪，梦断金屋。桃叶分携津渡，瑟弦休续。歌沉玉碎难明夜，更群氓、剖验尸腹。故居孤桂，为谁空糁，满庭金粟？

## 钗头凤·古都城门内九外七皆毁于国朝初

凭栏手，浇愁酒。百年苍老宫墙柳。东风恶，骄阳薄。九门残阙，雨中萧索。错！错！错！　　图如旧，篰空瘦。匠师鹃血啼红透。乌栖落，荒池阁。高城何在，梦魂难托。莫！莫！莫！

## 长亭怨慢·梦回南诏国

念人杰、于斯无数。洱海苍山，画琴千古。断壁都垣，阙文碑碣，说先祖。蔓蒿遮堵，茶马道、唐时路。绝域久蛮烟，怎信得、文昌如许？　　日暮，倚高城望极，但剩白云飞度。笙歌歇也，更掩紧、总兵荒府。纵过尽、吉士妖姬，想空院、谁人为主？有老桂吟秋，知散天香何处？

## 金缕曲·崂山听雨

凉甚崂山雨。打空林、商音万叶，断丝千缕。料有鲛人黄海底，迸泪抛珠无数。浇不灭、人间百绪。生老荣枯谁堪抗？况谪迁离合浑无据。广厦密，遁何处。　　紫霄避雨惊奇遇。芝衣人、一瓯清茗，一番清语。讵学穿墙长生术，但炼心安若素。无挂碍、逍遥来去。散发抱琴银河下，任悲欣不向眉峰聚。暮霭湿，下山路。

## 金缕曲·京城初雪

长啸晶莹雪。下重阍、莫飘市井，莫飘京阙。宜伴深山高士卧，一片冰心澄澈。吹素帻、颜回靖节。采菊琴耕闻道喜，任箪瓢四壁俱空彻。五斗米，讵腰折？　　千年道丧淳风辍。问云何、甫仓廪实，众心饕餮？满座儒冠嘲贫士，不笑华轩娼妾。恣物欲、官民无别。禹甸土豪金夺色，唤飞雪更借长风烈。覆浊物，信高洁。

## 金缕曲·百年上海滩

宵听滩声急。一声声、千帆过尽，百年商客。卖报卖花穿闹市，名仕遥来万国。城不夜、为欢无极。胡蝶粉香周璇汗，舞春风同向申江滴。歌未竟，浪潮易。　　外滩人似过江鲫。浦西东、霞飞瓦肆，月明瑶席。塔厦惊闻仙人语，江隧深摩龙脊。真丽矣、巴黎难匹。谁赐天堂城一座？免烽烟举世应同惜。流日夜，海长碧。

## 金缕曲·滇藏茶马古道

马迹浑湮灭。跨崇山、绿波新稻，辐车深辙。官路遍通村寨外，百货捎来无缺。不复贩、盐巴茶叶。祖辈那堪游客问，搅乡愁稗史谁能说？帮主老，鬓飞雪。　　男儿抵死心如铁。闯天涯、马夫流汗，马鬃流血。暮避蝎蛇朝避虎，万里谁收骏骨？更瘴疠、人饥路绝。蔓草掩尸滇藏驿，记亡灵只有唐时月。铃响哑，马蹄裂。

## 金缕曲·再悼毓师

又梦潇湘道。正炎精、九垓纵火，九州蒸灶。红汗疑从红壤滴，那更蝉蛙合噪。算未抵、平生煎烤；鸣放阴阳高难问，变蛇神肯向严亲告？逃劫镬，鬓惊皓。　　程门八稔欢何少！记传灯、病房萧索，病容枯槁。甚矣吾痴深恩负，讵悟唐风宋调？更未识、高标遐抱。骚魄信归芙蓉国，唤湘灵鼓瑟吟公稿。横白露，洞庭渺。

## 水龙吟·昆曲六百年荣辱

玉龙牙板重闻，眼前百代风云起。一鞭代马，一桡当舸，欻过万水。翠辇明君，边庭飞将，江南才子。遍兴亡离合，穷通啼笑，五千载，浑如戏。　　自信风华大美。算而今、知音余几？旧时冷月，沟渠空照，幽兰憔悴。欲败犹开，飘摇风雨，厥根难死。纵阳和返暖，佳人迟暮，在春光里。

## 庆春泽·天问一号首次探测火星

鸣镝乘风，腾空唳鹤，蘑菇云起琼州。试把千年，灵均之问详求。载人奔月寻常事，又扶摇、火海遨游。待明朝，金木探原，水土寻幽。　　兹行碧落红尘外，问焉分冬夏，可有春秋？可有鱼虫，栖迟另类星球？漫漫半载巡天路，盼归来、望断人眸。最关情，何日凌霄，遍盖高楼？

## 潇湘夜雨·北斗三号全球导航首启

神箭连腾，吉星高照，几番叩问苍穹？云河深处，一一识真容。无粉黛、姮娥倚桂；挥彩笔、雨伯惊虹。茫茫夜，共参北斗，不与众星同。　　谁添天眼邃？大千万象，窥测无穷。莫愁歧路，细辨迷踪。驰大漠、张骞促驾；探绝境、孙武谋攻。邀三保，五洋捉鳖，笑傲一帆风。

## 满庭芳·三军抗洪

滚滚悬河，滔滔决口，赳赳三万貔貅。衔枚撅甲，围堰垒江洲。彭蠡圩填百尺，合龙罢、汗血交流。又鼙警，城陵矶涨，波撼岳阳楼。　　飕飕。旗漫卷，沾泥醺雨，虎踔排头。越千里长江，浪遏飞舟。我以我躯济溺，洪不退、兵岂言收？金汤固，班师醉卧，明月照沙鸥。


## 宴清都·忆皖南多座古桥

上善偏为恶！漫千里、百川谁谓柔弱？屯溪旌德，骈邻守望，婺源村郭。三桥暮袅炊烟，有客子、兰舟夜泊。浣女出、照影瞰波，青山一角沉落。　　何堪水墨徽州，垂虹总被，洪斧冲削。漂廊泛梗，残墩失孔，恨沧浪浊。凭谁匠心稽古，叠木石、重修似昨。恐劫波、卷走乡愁，难将梦托。


## 摸鱼儿·怀五百余处文物

更能消、几番风雨，文殇之最谁护？物华天宝钟神秀，名士故园无数。涛肆怒，损半壁、楼台摇坠江南路。覆舟野渡。算七十虹桥，迭声倾裂，绝似断魂鼓。　　逃洪劫，万户携雏挈妇。文心移向何处？千金纵买能工匠，百代风华难补。胡不悟？君不见、城垣已缺襄阳府。武当恸诉。倘未雨绸缪，慎防倍惜，岂把国琛误！

# 琐窗寒·江南抗洪

羽檄联翩，家书告急，故园风雨。长江笠泽，险陁百年重遇。拔垂杨、浸损茶囷，溃堤莫道金汤固。早鄱阳湖溢，新安江泄，乱鱼惊舞。　　　长阻。江南路。忆听笛东皋，采莲南浦。西江月照，北雁客船宵渡。奈而今、燕失飞檐，樯倾远遁过江鹭。纵秋来、大禹安澜，胜境焉如故？

# 剑器近·太湖

太湖美，润稻蟹、波光千里。藕莼荸荠三脆，脍鲈细。载西子，范蠡采、珍珠嵌髻。千帆几多名士，隐斯地。　　　多丽，劫来何计避？洪魔未缚，揾不尽、锦绣江南泪。才惊群鹭溺潇湘，更江东下游，浪高樯楫频坠。不忧鱼米，但惜亭台，胜迹斑斑溃毁。五湖骤减人文气！

# 风入松·歙县茶叶三千吨被浸蚀

南方嘉木性通灵，采焙趁新晴。一瓯三沸沾君口，费农人、十道工成。六艺忘添茶艺，五经补续茶经。　　　江神雨伯两无情，濡渍叶青青。黄金粪土殊霄壤，交华盖、白发宵生。几度煨祛霉黬，几分减却芳馨？

## 金人捧露盘·过天桥遇贩湘莲

露青眸，藏翠幄，碧珠圆。子粒粒、犹滴清
涟。挑夫却道：遭灾年难值一文钱。疾催兰桨，
抢采收、莲叶田田。　　芙蓉国，洪漫坝；湘楚
岸，雨倾川。躲厄劫、载入篷船。京华北上，别
故园犹带泪斑斑。我今休唉，案头供、遥祝南
天。

## 锦堂春慢·成都龙泉驿水蜜桃入京

千里穿行，巴山蜀水，京畿北上途遐。
绿鬓红腮，谁染两抹丹霞？唉若蜜饴甘露，润
我烟渍黄牙。梦采芝酿醴，献寿麻姑，身列仙
家。　　倍珍芳甜无价，叹流年不利，百劫频
加。犹自瘟云三月，灼灼其华。六月盈枝正熟，
又躲却、洪涝摧桠。过尽长江水驿，迎我依然，
笑靥如花。

## 满江红·万里长江战洪峰

漏泻银潢，倩谁补、九天之缺？惊泽国、百川齐涨，溃堤蚁穴。镇宅万头狮吼破，栖埘七月鸡鸣歇。弃仓廪、挈妇复呼雏，虹桥裂。　赣浙皖，千里越；蓝绿白，三军结。驾方舟铁甲，满江巡彻。廿二年前圩堰圮，百千营里人墙接。待驯洪、重整碎家园，开新箧。

## 千秋岁·九零后抗洪火箭兵数延佳期终结连理

卜期庚子，美眷如花蕊。春雪密，瘟云戾。虫窥行路客，浪打过江翅。鸣铮疾，南征万里江河水。　挝鼓长堤外，奋楫方舟里。巾帼梦，须眉志。汹汹洪潺落，滚滚情潮起。花烛剪，西窗细话相思味。

## 苏武慢·猫啼深巷

流浪无家，觅寻无友，城掩更无人返。三呼喉噎，几寸毛蜷，染疠亦疑非浅。犹盼立春，斯夜应难，把春招唤。是何方魍魉，不饶童叟，人天都变。　忆闲庭、笑眄薰风，娇啼私语，帘卷桃花人面。今有谁听？听也可垂泪满？踪绝飞鸿，影匿栖乌，天涯遁远。更空中警柝，敲破惊魂欲断。

# 霓裳中序第一·元宵

暗暗万室寂。昼锁重楼宵面壁。佳节又临禹域。料圭月兔藏，宫灯光熄。金吾禁集。算百年无此元夕。身何在？一庭积雪，深浅印新舄。 忧惕。蓄须弥密。问甚计降魔剿敌？千城鼙哝哨急。紫阁文书，市井消息。百花犹避疫。任雪国飞驹过隙。祈青帝，催开桃李，共卧酒旗侧。

# 解佩令·半年流光

桃花恚忿，莲花室闷。罩遮颜、芳菲难近。蜮毒洪峰，把半载、韶华吞尽。几番辞、酒筵逸俊。 山川画认，园林梦进。卜重游、愆期无准。瓦肆梨园，待遣愁、勾栏扃紧。对吟灯、料添白鬓。

# 蓦山溪·重归影院

望穿秋水，银幕今重启。待解几多愁，约黄昏、才郎佳丽。别来无恙，得意且倾欢，宵不寐。皮影里，笑看人间事。　　惊魂疫袭，波谲浑如戏。骇世一瘟虫，匿幕后、频生毒计。索居逃劫，半载若三生，春复夏，悲转喜，谙尽沧桑味。

# 兰陵王·半年生涯

网丝密，长仰人人鼻息。孤城闭，歌哑九州，寸幅缯绡共呼吸。其功敌药石。今夕，深深谢揖。非斯物，殷血满江，黄鹤归骖泪犹滴。

京华倦为客。况净土难寻，尘芥安匿？遮髯蒙面逃馋席。渐室气悭语，勒痕多血，重纱无毒膝理入，隙驹逝无迹。

谁惜？阻游屐。剩苟且皮囊，憔悴魂魄。传花载酒空追忆。又欲摘犹戴，未欢先惕。香兰腥鲍，久莫辨，一罩隔。

# 锦缠道·德云社新生代相声

疫久无欢，杂戏解忧如酒。吐莲花、捷才
簧口，百般俳谐千般逗。下里巴人，世相惊参
透。　　梦勾栏大都，掌灯时候。醉优伶、各呈
娇丑。怅投生、愁也无涯，便九流三教，此乐人
人有。

# 离亭燕·察汗淖尔湖殇

触目茫茫盐渍，沙暴借风飓起。千顷碧波空
掩泣，涸久已无多泪。积雨亦难留，贾祸责谁之
罪？　　牧草昔夸丰美，舒卷马鬃牛尾。蓑羽鹤
寻孵化处，降落蒹葭丛里。卧看镜中波，倒映夕
阳沉底。

# 水调歌头·奔流复生永定河

江海接湖泊，驯水古来艰。百川福祸相倚，
忧患到康乾。滥则狂淹千顷，涸则难通一苇，南
北不同天。荒渡断流久，京辅少奔川。　　无定
河，桑干水，昔同源。引黄唤寤鱼龙，漕道补新
澜。一脉京津冀晋，百处关停并转，廿载换清
涟。濑涌长堤翠，白鸟任翩跹。

## 夺锦标·藏羚羊可可西里大迁徙

　　莽莽高原，皑皑叠岭，杳杳无人踪迹。岁岁欣然赴会，倾族徂征，故园栖集。望雄鹰矫矫，路漫漫、何叹孤寂。更追驰、滚滚飙轮，载去欢颜过客。　　偏喜春风夏日，百草萋萋，卓乃满湖新碧。不复惶惶挂角，血溅鸣枪，骨穿飞镝。感天人睦睦，且安然、繁滋生息。料长怀、跪乳之恩，代代绵绵无极。

## 水调歌头·致动物摄影发烧友

　　君有一生梦，万类影追随。朱鹮飞近麟鹿，苍鹭戏鸬鹚。行到山穷水尽，觅遍飞禽走兽，意态各称奇。夜半画图动，欲出更呼之。　　人之初，与万物，本相依。惊弓畏铳，相克相犯起何时？人有童心天趣，物有神姿灵性，美美共长栖。两不厌相看，猿鸟料如斯。

## 绮罗香·外来入侵生物逾六百种

　　毒菊腥兰，灯蛾火蚁，折寿螺侵肝腑。海岬天涯，扰攘乱源何处？戕五谷、豚草谁枭？鸩六畜、刺茄焉恕？甚无端、变异阴阳，翩跹魔怪十年舞？　　天公今也老矣，良莠参差造物，昏昏

多误。搅事长风，吹入播来无阻。更埠懈、甲士
轻防，任船载、国门难拒。待炼就、刮眼金篦，
察微诛宿主。

## 瑞鹤仙·访友人居见鸽栖

有翩翩白鸽，闲集落、映日楼台未阖。暗
声暗移榻，莫惊它看饱，流云开合。秋波四眄，
正软尘、车辂杂遝。讶何时郭外，人境结庐，广
厦如塔？　　更又呼朋敛翅，恰恰和鸣，赛歌相
答。飘然一霎，骈飞远，影英飒。料穿花拂柳，
周巡千户，窥帘双照镜匣。任层楼上遍，何惜绕
飞百匝。

## 烛影摇红·昙花夜访

尽洗铅华，撩人五色终知浅。自生姑射雪精
神，不借秋波转。岂与桃花争眩？便赢来、吟灯
顾盼。一年光景，一日良辰，优昙一现。　　一
现仙姿，凡间胜却千千遍。熙来攘往几多人，错
过深宵见。碌碌流光似箭。近清流、尘埃自远。
一樽淡茗，一种禅心，相看无倦。

## 何满子·庭院初识无花果

　　皆道未花自果，岂真不慕芬芳？株异暗传雄蕊粉，瘿花内壁深藏。静待半年红熟，人间几度秋霜？　　谩说无根无本，波斯驮入初唐。扦插天山南北岭，晋京今也寻常。青涩一枚过眼，梦回丝路驼帮！

## 扬州慢·北京西站莲花

　　炎不愆期，毒难侵体，去来淡定无声。乍凌波玉立，自袅袅盈盈。墨池畔、彤毫正举，翠笺初展，何字书成？引朝霞、批阅圈红，都作佳评。　　疫中又遇，慕文心、如许空灵。料物外禅魂，胎中佛性，修到无情。任觚驿边过客，红尘莽、岂染冰清？卜何年、无喜无悲，重写今生！

## 瑞鹤仙·瓶中莲花红消今夕

　　向隅惊败萎。正案牍灯窗，端居无事。移来便憔悴。忆前朝、深巷卖花声里。三枝购市，乍绿衬、嫣红姹紫。甚等闲、一萼犹红，两萼绀衣垂矣。　　应是，池边柳暗，叶底鱼游，梦魂长记。楼台四闭，终难称、湖野之志。待踏波、濯足一瓶浅浪，不似沧浪曲水。纵残存、几瓣枯颜，寸心已死。


## 选冠子·白洋淀菡萏入京

醉酒朱颜，舞盘翠袖，梦远白洋之淀。迁移冀泽，辗转京坊，我见寸心犹颤。吟友小筑雄安，兰桨相邀，几番书柬？奈瘟行半载，愆期无准，隙驹如电。　　空见说：白映蒹葭，红栖凫鹭，万顷趁时开遍。君如不至，雨必先摧，一舸闹红都变。谁信深居，渐疏霞客箫觞，坡仙蓑扇。但按挲几朵，疑掬莲波浩瀚。


## 凤凰台上忆吹箫·圆明园并蒂莲

荒苑幽池，碧圆红润，照波相映相怜。乍骤霖初霁，尚沸高蝉。偕栉秋霜老去，情不绝、藕节丝牵。三生约，同栖浊淖，共濯清涟。　　千年，好逑唱彻，千万遍关雎，比翼翩跹。算世今悭遇，金玉良缘。蛇恋西湖休忆，惊俎醢、连理枝残。知多少，游人赏花，恶对双莲。

## 雨霖铃·月缺花残

西湖风月，奈前缘恶，美景虚设。红莲待赏并蒂，惊狂浪卷，花漂枝折。月缺难圆破镜，竟争利恩绝。剩一缕、空宅冤魂，白骨招蝇粪池穴。　　三生石上红丝结，念千年、月老情殷切。雷峰塔外鸳梦，修共渡、断桥伤别。有底深仇？何忍、刀光骤溅腥血。问孰悟、絜果兰因？伴白头如雪。

## 声声慢·还家

真凶未觅，逝者无归，南冠图圄永隔。契阔还乡辽鹤，九千余日。风前一掬稻浪，认祖居、网蛛苔蚀。母老也，子添孙、四代欲呼难识。　　酹醽燔钱东陌，椿父殁、何曾等来今夕？忍忆锒铛，黧犬铁窗紧逼。漫劳血书讦讼，覆盆冤、百舌怎涤？卧故里，恐魃魇还附枕席。

## 玉漏迟·三代世袭家族村支书

钵衣谁缵绍？螽斯蛰蛰，护传家宝。厚友优亲，膏血吮吞多少？卅载浇风易渐，袭三代、皆行无道。昏浊了，山明水秀，浙西春晓。　　却忆积里为亭，仗里正为基，里仁为要。蚁穴溃堤，硕鼠食苗孳草。贻患千村万落，遍齐鲁、中州燕赵。须尽剿，林清再闻啼鸟。

## 洞仙歌·大凉山悬崖村贫困之战

巉岩似槊，刺云根深处。黄鹤猿猱恐愁度。况彝人、絺葛缘木攀藤，抛白骨，肥了林魈兕虎。　　鼓钲传万仞，奕叶何堪，灶冷炊烟面如土。唤少壮愚公，凿启山门，驰辂辂、天无绝路。望篝火黄昏下羊豚，更遍种夭桃，待迎新妇。

## 新雁过妆楼·黑土地上新农人

沉睡千年，嗟黑土、穷厄岂似桃源。一番惊寤，人换换了园田。渐觉桑麻穄秕贱，偏怜靛果树莓鲜。两头牵。旦穿市阓，宵访畦边。　　繁霜溽露几度，惯种耕佘枲，练就双仝。最喜家家，仓满鬻换铢钱。半生唯识稼穑，又何幸、新翻经纪篇。秋分节，唤炕头温酒，醉客酣眠。

## 夜飞鹊·炎夏喜雨

抛离案头事，听雨潇潇。仙乐谱落灵霄。庭前夏木绿肥遍，未应红瘦花梢。甘霖润匀后，料阶铺新藓，柳蜕柔蜩。谁撑伞簰，若披蓑、信步逍遥。　　过客百年驹隙，无益事多为，心竭神销。焉止惶惶行役，营营碌碌，长乐陶陶？及时雨至，阻车尘、暂莫奔劳。任黄昏痴坐，凭栏隔雨，隐隐闻箫。

## 喝火令·雨夜楼外闻人京剧念白

竹径疏灯暗，花丛密雨侵。不须弦管但清吟。何幸结庐人境，邂逅古人心。　　韵白传神远，声情寄慨深。莫辞新霁更援琴。任是天明，任是鸟鸣林。任是众生过尽，和寡几知音？

## 解语花·九州夜色

巴山脍炙，后海觞歌，黄浦霓虹射。软尘车马。绛河浅、蟾月逐人欲下。何忧鼓打？宵禁解、汴京不夜。春梦宽、舟泊秦淮，燕侣飞三亚。　　喧极岂无静雅？向小桥流水，昆曲琴榭。朗吟飘瓦。幽兰室、谁与古人清话？青灯暗也。破万卷、书香无价。长镜擎、收尽繁星，卧草原观罢。

## 翠楼吟·赞高分湘女报考北大考古

牛角拴书，囊萤映雪，垂髫既谙茹苦。穷坚焉坠志？最魂系韶华稽古。敦煌丝路。溯窟画之源，驼铃之旅。心痴处。一生唯梦，不应辜负！　　独步。斯女来朝，拥九垠珍珷，腹中真富。五千年自信，遍西赆南琛埋土。残阳陵墓。试抉奥秦陵，钩沉良渚。双槐树。又闻河洛，待人垂顾。

## 贺新郎·翰墨江湖

翰墨沉沦久。搅文房、江湖狐鼠，舞挥长袖。坛坫沐猴而冠者，毛颖纷沾铜垢。闵大雅、谁分妍丑？终使芝兰埋萧艾，问铸金鬶爵知羞否？入膏疾，以何救？　　外师造化钟灵秀。慕风华、苏黄米蔡，褚欧颜柳。晋帖魏碑何高古，但写吾心吾手。又岂在、分腥逐臭？仓颉蒙恬今如见，悔造文造笔传身后。卷楮墨，掷毫吼！

# 南浦·江汉逢故人

丹桂落望舒，互唱酬，香漂到水穷处。魑魅搏人时，瘟飚卷、吹尽落樱红雨。参商两隔，几番京兆望荆楚。屋梁玉杵，频关塞枫林，梦魂来去。　　何期一领蕉衫，又虹霁东湖，莲开南浦。劫烬惜金兰，联吟乐、今夕直须追补。疏狂拚却，醉酡攀摘星临户。雪泥覆路，知异日江湖，鸿踪长阻。

# 八声甘州·重访武汉

避红羊劫镈惜颛生，重对楚天舒。正洪消圩垸，蓬生莲子，歌沸东湖。风展斜阳酒旆，新食武昌鱼。绿道无腥毒，屏气深呼。　　终见魔头逃遁，信楚虽三户，难把城屠。对孤城闭久，春夜听啼乌。有雄师、操戈披甲，更白衣、鬼窟勇悬壶。墙头外、绽凌霄蕊，笑靥知初。

# 渡江云·荆楚野生兰花惨遭盗挖

猗兰生涧谷，不侪众草，王者领群芳。紫茎滋九畹，结佩双襟，楚泽诵佳章。交梅竹菊，四君子、宜配文房。瑶轸伴、美人贤士，善养气如霜。　　惊殇，刀瘢断脉，爪甲除根，遍荒冈野

壤。忧贾客、焚琴煮鹤，积恶余殃。辞山出谷行
多露，似泣眼、垂泪千行。廛市嚯，飘残恐是枯
香。

## 法曲献仙音·东湖畔夜谒屈子行吟阁

放逐宫垣，行吟泽畔，此处当年羁泊。莲
浴笼灯，柳穿骑士，星垂迥临高阁。念楚客悲辞
乐，多因国殇作。　　尔先觉，独清标、世人皆
浊。忧美政、哀郢哭邦沦落。又见楚危亡，避瘟
神、深闭城郭。桴鼓操戈，算而今、毒魅尽削。
听环堤歌笑，水府招君魂魄。

## 西河·首访武汉宜昌荆州鄂州

诛毒魅，长空序幕重启。身随白鹭渡江城，
更无倦意。绮罗万匹散余霞，人间烟火之气。楚
天阔，楼复倚，驿亭九省曾闲。东湖鄂渚丽人
行，采莲戏水。半轮月照古荆州，夷陵鲈鳜新
脍。　　复工复市惜不易，阅千门、欢魇洵美。
劫后若经三世，听寻常巷陌人家相对，闲话沧桑
斜阳里。

## 二郎神·伫观三峡大坝泄洪

巍巍坝，乍放出、银龙银马。正万匹咆哮天际湿，无羁绊、不须催驾。疑又星娥逢七夕，罢织锦、云河倒泻。极目处、狂涛万顷，白鹭呼群齐下。　惊诧，人间壮景，史前神话。任万丈洪峰三峡越，河伯怒、长缨谁怕？鲧禹安澜千古梦，算今世、雄图可画。遍天下家邦，不绝绵延，唯吾华夏！

## 绕佛阁·剃须南下

草遮半面，髯蓄百日，真我谁辨？瘟瘴逃远，此番万丈愁丝一并剪。朗神又现，羁鸟振羽，霞客频唤。光曶如箭。梦骑八骏天涯欲巡遍。　最念楚天病，涕霰曾添江水满。浑似屈原长楸哀郢叹，奈毒踞孤城，樯折空岸。复生江汉。看鼻罩齐抛，眉锁初展，古琴台、断弦新按。

# 最高楼·鄂州峒山村见芝麻开花

群芳谱，应未录斯花。节节赛高桠。素颜总是含欢靥，琼枝只欲献贫家。守农耕，因有节，乃无瑕。　也莫与、百花争秀色，也莫惧、九州逢大疫。秋实饱，密麻麻。凝脂碾出烹锅爨，油香滴入沁唇牙。蕴乡愁，随赤子，走天涯。

# 水调歌头·瑶寨七夕

今夕是何夕？宵短鹊桥长。共看天上双星，瑶妹会檀郎。男跳黄泥鼓舞，女唱葫芦丝曲，红米酒流香。黑底衬红饰，寨寨赛新装。　摘贫帽，祭先祖，告盘王。乍兴瑶绣，还传瑶药梦仙乡。莫道山穷水尽，终见峰回路转，不复叹饥荒。乞借金梭巧，再绣好年光。

# 醉蓬莱·瑶都山村七夕露天观影

渐流云合璧，短袂生凉，素秋新霁。半月如梳，理星娥蝉髻。布幔初张，媪翁闲聚，坐藓苔阶砌。画影虚人，谈今讲古，几多奇事？　炯炯眸光，晏然言笑，夜寂山空，影摇风起。黄犬销声，向幕前摇尾。卅载暌违，又见银幕，挂峭崖村里。乍拔穷根，还思欢趣，直通心底。

## 雨霖铃·瑶寨七夕夜雨

　　双星沉匿，打芭蕉叶，骤雨初急。山村夜半歌歇，方灯焰炖，帘帷飘湿。卧起瑶乡燕侣，料听雨欢怿。怪耳畔、瓢泼敲窗，不觉苍凉不凄戚。　　多情七夕交今夕，任鲛珠、恰似甘霖滴。催成喜泪纷落，当此际、抚今非昔。永别遑穷，终见、红丝系结鸳翼。更唤取、飞瀑奔泉，助雨声声密。

## 渔家傲·安吉竹海山村初秋夜宴

　　交响是虫还是鸟？细听蟋蟀非蝉噪。空谷深山秋到早。三声啸，万竿翠竹投怀抱。　　疫久皆叹欢笑少，金樽斟满星光照。恨不江南人告老。须醉倒，浮云富贵俱忘了。

## 渔家傲·闻和也科技研发磁健康枕衾

　　富贵黄粱痴未了，卢生瓷枕邯郸道。高枕吾今眠正好。尘不扰，一宵无梦醒啼鸟。　　砭石众称齐鲁妙，更兼碧玺神功效。岂羡灵芝长命草？休服老，寿星无恙如年少！

# 蝶恋花·美丽乡村安吉余村

蛙共芰荷虾共稻。绿水盈盈，总把青山绕。彩蝶呼群拦客道，秋凉依旧多花草。　黛瓦茶烟升袅袅。日月悠悠，都在茶中泡。世外桃源何处找？桃源未必如斯好！

# 曲玉管·美丽乡村化妆师

粉黛铅华，樱桃柳叶，浓妆淡抹形容变。乍试乌云螺髻，千绺披肩，衬裳鲜。户倚荆妻，田归夫婿，愕然执手应难辨。巧手神工，悦美心返花前，是天然。　暗想千村，有多少、晨炊宵织，更兼日午锄禾，苍苍雨鬓风鬟。叹流年。渐丰登无馑，每对山青湖绿，浣纱摇桨，照影临波，鹭落裙边。

# 一剪梅·燕都秋思

驿外斜阳银杏黄，一叶知秋，万雁南翔。蝶寻塔畔采枯香，无齿瘟虫，偏啮年光。　飞盖妨花忆举觞，雅集西园，啸咏华章。疫长故旧隔参商，待不思量，怎不思量？

## 御街行·闹市邂逅明朝慈寿塔

驱车偶过红尘市。耸梵刹、参天地。须弥莲座罅生苔，檐角斜阳红坠。三千铜铎，月明清响，曾伴风声起。　　沧桑四百年存废。剩宝塔、亡萧寺。周遭门巷几番新，谙尽孤高滋味。濒危不倒，待谁详说，明代那些事。

## 青玉案·怀念八月桂

秋来何物传秋意？但把酒、成林桂。朔北难寻宜桂地。钓台银杏，祭坛松梓，桂子寥寥尔。　　江南有梦归无计，月满天香落山寺。屈指中秋胡不喜？西泠桥畔，落霞秋水，昔拾黄金蕊。

## 青玉案·初识七彩大米

太阳七彩投天际，便化育、炎黄地。七彩云南谁媲美？不须颜笔，已如珠翠，七彩斑斓米。　　赤橙黄绿青蓝紫，七彩人生更同绘。米线过桥千缕细。眼前多彩，舌尖多味，梦里多诗意。

## 齐天乐·走出抑郁

悲秋宋玉工愁赋，江淹别情南浦。溅泪春花，驱车夕照，都是心怀伤处。哀音泣诉。听鹈鴂春归，鹧鸪声住。百代骚人，笔端抒尽万端绪。　　销魂岂止秀句？堕楼无寐者，今甚于古。白领佳人，青衿学子，别有殷忧无数。愁城遍布。更乡吏村官，不胜增负。底物为愁？逼生灵薤露。

## 水调歌头·秋风四起

闷罩几时摘？笑口几时开？寝闻寒暑交替，瘟疫欲重来。已误无痕春梦，忍负无边秋色，都付与蒿莱。蟋蟀合弦夜，惊梦到庭阶。　　百果香，五谷稔，满江淮。蟹肥秋水，传杯吟咏更悠哉。达者吴中张翰，隐士东篱陶令，鲈菊惬高怀。晴鹤排云上，吾亦下楼台！

## 唐多令·京北第一天路见白桦林

林海吼风声，巍巍列哨兵。戍边陲、南望宸京。洁白纸皮书甚语？无一字，气纵横。　　银色月霜明，长怀叶赛宁。蘸童心、曾赋晶莹。北国雪原多此木，根难徙，是乡情。

## 唐多令·秋访丰宁坝上草原

调色半黄青，秋风弹指轻。画轴长、落款谁名？借问离离原上草，五千载，几枯荣？　休伴短长亭，岂关离别情？野性滋、浩气长横。坝上莫忧高百仞，更漫卷，向天庭。

## 唐多令·坝上草原之夜

良夜寂无声，仰头三五星。露成团、草叶晶莹。回首平生多夜梦，无此梦，似斯清。　羊脍岂膻腥？炖菇皆野生。碧葡萄、新酿初成。扶醉不知身是客，听满语，话丰登。

## 破阵子·木兰秋狝围场

惯看江南烟雨，忽闻塞北秋风。三百里围皆逐鹿，万片云穿争射鸿。齐张后羿弓。　满汉今朝庄院，康乾曩昔行宫。坝上金波莜麦熟，马背红鬃水草丰。醉翁呼牧童。

## 水调歌头·坝上三草原丰宁沽源围场

暂废案头事，又到草原来。茫茫碧野千顷，豁目更澄怀。莫辨牛羊牝牡，勿问鸿鸥南北，骏马下高崖。绿海帐房漾，朵朵白莲开。　牧琴飞，车声啸，两悠哉。此生岂可，愁鬓凋尽困枯斋。书箧须温万卷，驿路须行万里，何必两相乖？幕席为天地，繁露任沾鞋。

## 水调歌头·草原飞霜

京兆乍凉露，塞外已银霜。围场多少林草，一夜半焜黄。自掬晶莹盈手，滚落何堪相赠，一任湿鞋裳。但恐易晞尽，杲杲出晨阳。　立野川，悟大化，感流光。忆吾始龀，露华金秋摘瓜秧。万物阴阳轮转，半世沉浮谁宰，生灭总无常。应尽但须尽，霜露两无伤。

## 满江红·中国稻谷颂

一万年前，长江岸、早知稼穑。遗迹溯、玉蟾岩畔，谷皮四粒。秧绿广栽河姆渡，颖黄遥播恒河侧。辨粳籼、捣臼去粗糠，抛心力。　　经千代，传万国；香益远，人皆食。屡丰登五谷，乃兴优质。共富之邦贫渐减，杂交之父功无极。塞鸿秋、金穗捧胸前，思今昔。

## 水调歌头·秋访昌黎葡萄沟

玉露金风至，珠串已缠藤。文豪韩愈，故里今以酒闻名。摘下春光秋色，酿就干红干白，气壮号长城。更与玫瑰配，香冽溢胸膺。　　沟壑深，山海近，雾霞升。得天独厚，别有忧患系民生。岁岁防螬防螨，户户修枝修叶，翁妪梦秋成。十里葡萄架，醉了满天星。

## 汉宫春·松鼠归来

颠沛归林，看精灵深樾，密叶新翻。松针松果，饱啖何虑三餐？怡然自乐，占浓阴、俯仰攀援。听不断、涛冲礁石，更观霞落沙滩。　　却幸丛林从此，有虫朋雀友，不复孤单。惊魂昔年斧钺，伐木声寒。青山又绿，问何人、修复家园？休苦忆、逃离梦魇，呼来同伴齐还。

# 惜红衣·海鸥一生

项背披霞，沙汀唤日，嗯鸣难息。独爱风高，翛然浪头立。衔鱼在喙，齐又向、帆樯栖集。双翼，随性翕张，剪狂澜千匹。　何须借力，元自修功，穿飞海天碧。年年绕闯万国，徙南北。料得老来多识，惯辨亚欧肤色。向子孙闲说，波谲一生奇迹。

# 暗香·在路上

下骖独立，顾辙尘碾处，都成陈迹。莫道古今，昨日浑非似斯夕。无计流光定止，空歇向、长亭长驿。但悟得、踏雪飞鸿，天地一过客。　南国，更塞北。念大美万千，直抵心魄。景情自惜，安得留痕耿相忆？因我诗故我在，千首记、长驱栖息。又愧拙、难借取，锦心梦笔。

# 水龙吟·南行北归云端俯瞰九州

白云千载悠悠，引吾霄堮望华夏。江缠玉带，山梳螺髻，畦裁罗帕。万绿滔滔，镶金稻菽，颙民知稼。又重楼夕照，百城棋布，一盘局，谁来下？　重整河山如画，正炎黄、斗瘟初罢。复归井邑，万家烟火，民心无价。千古难磨，英雄正气，沛盈湖野。任披襟四顾，两行热泪，自高空洒。

# 水龙吟·倦客京华

醉扶垂地银河，月光又满金樽里。大江洗砚，铜琶舞剑，徽州曾记。水榭姑苏，玉人同载，折梅长寄。甚布衣未释，卖花声歇，空淄涅，幽燕市？　京阙大居不易！斗轻肥，乌衣高第。万篇案牍，一张房簿，卅年游子。载酒严滩，泊舟剡雪，卜归归未？待闲人一介，出门大笑，踏千山翠。